GEWAGTES SPIEL

TATORT KÖLN

SALIM GÜLER

1. Auflage Mai 2021
Autor: Salim Güler
Lektorat: Christiane Saathoff, www.lektorat-saathoff.de
Covergestaltung: HollandDesign, Bruchköbel, hollanddesign@gmx.de
Erstveröffentlichung: 2021 als E-Book
ISBN der verfügbaren Taschenbuchausgabe: 9798500389428
Independently published

DAS BUCH

Er wird sterben, sehr bald!

Auf einem Feld in Köln wird die Leiche eines Mannes in entwürdigender Position als Vogelscheuche zur Schau gestellt. Der Mord stellt die Kölner Kripobeamten Brandt und Aydin vor ein Rätsel. Haben sie es mit einem Racheakt oder gar einem Serientäter zu tun?

Als nur wenige Tage später eine weitere Leiche gefunden wird, ist klar, dass nur ein durchgeknallter Psychopath dahinterstecken kann, und der könnte jederzeit erneut zuschlagen.

Fieberhaft suchen sie nach dem Täter, ohne zu ahnen, dass dieser bereits sein nächstes Opfer im Visier hat: Lasse Brandt.

DER AUTOR

Salim Güler, aufgewachsen in Norddeutschland, studierte in Köln Wirtschaftswissenschaften und promovierte an der TU-Chemnitz.

Schon als Schüler begann er mit dem Schreiben von selbsterfundenen Geschichten und diese Leidenschaft ließ ihn bis heute nicht los.

In seinen Romanen finden sich immer wieder gesellschaftlich aktuelle Themen, die er geschickt in eine fiktive und hoch spannende Geschichte einzubetten versteht.

Seine Bücher landen regelmäßig in den Bestsellerlisten der Amazon und Bild Verkaufs-Charts. Mit mehr als 1 Million verkaufter Bücher gehört er zu den beliebtesten und erfolgreichsten Krimi- und Thriller-Autoren Deutschlands.

Güler ist sehr am Austausch mit seinen Leserinnen und Lesern interessiert und freut sich daher über jeden Kontakt, entweder über Facebook oder über seine Homepage.

www.salim-gueler.de
    https://www.facebook.com/salim.gueler.autor
    https://www.instagram.com/salimgueler

LASSE BRANDT HATTE SCHLECHT GESCHLAFEN. Er war mitten in der Nacht mehrmals aufgewacht, einmal sogar regelrecht hochgeschreckt. Warum, konnte er nicht sagen, da er sich kaum an seinen Albtraum erinnern konnte. Nur daran, dass sein bester Freund und Partner Emre Aydin im Traum bei einem Einsatz ums Leben gekommen war.

Allein der Gedanke, dass dies in Wirklichkeit passieren könnte, trieb ihm Schweißperlen auf die Stirn. Vor Jahren hatte er bei einem Einsatz einen Kollegen verloren, der eine Kugel abfing, die für ihn bestimmt war. Und es hatte lange gedauert, bis er diesen Verlust überwunden hatte. In dieser Zeit war der Alkohol sein bester Freund gewesen, doch dann war Aydin zum Kölner Team dazugestoßen, und wie es der Zufall wollte, kam Aydin wie er aus Hamburg. Auch wenn er sich anfangs dem viel jüngeren Kollegen, der von der Polizeischule kam, ablehnend gegenüber verhalten hatte, hatte sich im Laufe der Jahre eine intensive Freundschaft zwischen ihnen entwickelt.

Heute war Aydin mehr als ein Kollege und Freund, er war Familie.

»Dach. Wo ist dein Schatten?«, fragte Alexander Rech, der

Leiter der Spurensicherung. Er hatte die kleine Küche im Polizeipräsidium betreten, wo Brandt sich gerade einen Kaffee holen wollte.

»Wie bitte?«, fragte Brandt, er hatte Rech nicht kommen hören.

»Na, der Nettere von euch beiden. Emre.« Rechs Mundwinkel hoben sich.

»Witzig. Aydin hat heute frei. Er muss mit Leah zum Arzt. Nina musste zu ihren Eltern.«

»Ich hoffe, nichts Schlimmes.«

»Nein, ist nur der Zahnarzt«, beruhigte Brandt ihn. »Kaffee?«

»Da sage ich nicht Nein. Ganz ungewohnt, dich alleine zu sehen.«

»Passiert schon mal«, antwortete Brandt und füllte einen zweiten Becher mit Kaffee, den er Rech reichte.

»Danke. Und, was denkst du, steigt der HSV diese Saison auf oder macht ihr wieder auf der Zielgeraden schlapp?«

»Dieses Jahr packen wir es. Ganz klar. Aber der FC sollte aufpassen, dass er nächste Saison nicht zweitklassig ist.«

»Mein FC?« Rech tat pikiert und gönnte sich einen Schluck aus seinem Becher. »Mach dir darüber mal keine Sorgen. Wir steigen nicht ab. Wir wollen ja dem HSV den Arsch versohlen in der nächsten Saison.«

»Wir werden sehen, Kollege. Denk an meine Worte.« Brandt verabschiedete sich und verließ die Küche, um zurück in sein Büro zu gehen.

Seine Gedanken kreisten noch immer um seinen Albtraum. Zu gerne hätte er die losen Puzzleteile, die durch seinen Kopf spukten, zusammengesetzt, aber es gelang ihm nicht.

»Es war nur ein Albtraum. Bedeutungslos. Entspann dich«, ermahnte er sich, nicht zu viel in das Ganze hineinzuinterpretieren.

Er betrat sein Büro, nahm an seinem Schreibtisch Platz

und stellte den Becher neben der Mouse ab. Dann schaltete er seinen Rechner an und checkte seine E-Mails. Gerade als er die erste geöffnet hatte, klingelte sein Bürotelefon.

»Ja, bitte«, nahm er das Gespräch an, da es ein interner Anruf vom Empfang war.

»Hallo. Hier steht eine Frau bei mir. Jemand von der Mordkommission sollte sich mit ihr unterhalten. Am besten du.«

»Und warum?«

»Sie möchte einen Mord, besser gesagt: mehrere Morde gestehen.«

»Morde?« Brandt wollte nicht glauben, was er da hörte. Erlaubte sich die Besucherin etwa einen Scherz mit ihnen? Es geschah äußerst selten, dass ein Täter sich freiwillig stellte, aber bei Serientätern war das noch viel unwahrscheinlicher. Brandt fiel auch kein offener Fall ein, bei dem die Kölner Kriminalpolizei nach einem Serientäter fahndete. Es konnte sich also nur um einen schlechten Scherz handeln.

»Ja, mehrere Morde. Ich habe die Frau extra gefragt, aber sie beharrt darauf.«

»Ist sie geistig verwirrt?«

»Ehrlich gesagt, macht sie nicht diesen Eindruck auf mich. Sie wirkt allerdings auch erstaunlich gefasst. Nicht wie eine durchgeknallte Serientäterin.«

Brandt atmete aus. Das Ganze war mehr als nur seltsam. Sie einfach gehen lassen, kam jedoch nicht infrage. »Die Kollegen sollen sie bitte in Verhörraum 4 bringen. Ich bin in zehn Minuten da.«

»Werde ich veranlassen. Danke.«

Brandt beendete das Gespräch und nahm einen großen Schluck von seinem Kaffee. Erst die Albträume und jetzt eine vermutlich geistig verwirrte Frau, die glaubte, eine Serientäterin zu sein. Was sollte heute noch passieren?

Er wählte Fischers Durchwahl.

»Hallo, Lasse«, grüßte Fischer ihn.

»Hallo, Lutz. Kannst du mir einen Gefallen tun?«

»Klar. Ist gerade etwas Luft. Worum gehts?«

»Schau mal bitte, ob irgendwo bei den Kollegen bundesweit nach einer Frau, die als Serientäterin gesucht wird, gefahndet wird.«

»Mach ich. Darf ich fragen, warum?«

»Am Empfang steht eine Frau, die behauptet, mehrere Menschen ermordet zu haben. Ich verhöre sie gleich.«

»Du klingst nicht überzeugt.«

»So ist es. Ich mache den Beruf schon ein paar Jährchen, aber ich hatte noch nie den Fall, dass eine Frau sich als Serientäterin gestellt hat.«

»Wäre doch möglich, dass sie bisher nicht aufgefallen ist, jetzt allerdings mit dem psychischen Druck nicht mehr klarkommt.«

»Wer weiß. Schau bitte trotzdem mal nach. Ich möchte alle Möglichkeiten ausschöpfen, aber vermutlich ist sie nur geistig verwirrt.«

»Mach ich. Ich rufe dich an, sobald ich was weiß.«

»Danke.« Brandt legte auf und leerte seinen Becher.

Dann sperrte er seinen Dienstrechner, stand von seinem Platz auf, nahm ein paar Sachen, die er fürs Verhör benötigte – sein Notizbuch und ein Aufzeichnungsgerät, da in Verhörraum 4 kein solches installiert war –, und verließ sein Büro.

Er konnte sich nicht erklären, warum, aber ein flaues Gefühl begleitete ihn, als er über den Flur ging.

»Wohin so schnell?«, wurde er von Kristina Bender, seiner Chefin, gestoppt.

»Zum Verhörraum 4«, antwortete Brandt. Er ärgerte sich, dass er Bender ausgerechnet jetzt über den Weg laufen musste, weil er ahnte, was nun kommen würde.

»Und wer erwartet dich da?«

»Eine Frau, die behauptet, mehrere Morde begangen zu haben.«

»Wieso erfahre ich das auf dem Flur?«

»Das ging alles sehr schnell. Der Empfang hat eben erst angerufen. Die Frau stand plötzlich vor ihnen und ich dachte, es wäre besser, wenn ich sie sofort verhöre.«

»Verstehe. Danach wolltest du mir sicherlich Bericht erstatten.«

»Auf jeden Fall«, nickte Brandt. »Aber ich habe das Gefühl, dass das Ganze nur ein übler Scherz ist. Wir jedenfalls suchen keine Serientäterin. Fischer schaut gerade nach, ob irgendwo anders eine Frau zur Fahndung ausgeschrieben wurde.«

»Komm bitte nach dem Gespräch in mein Büro.« In Benders Gesicht flackerte ein feines Schmunzeln, was Brandt verriet, dass sie möglicherweise auch schon von der Frau gehört hatte und ebenso wie er annahm, dass sie psychische Probleme hatte.

»Mach ich«, antwortete er.

Vor dem Verhörraum stand bereits ein Kollege an der Tür.

»Hallo«, machte sich Brandt bemerkbar.

»Hallo. Sie ist drin.«

»Und, was meinst du? Wie ist dein Eindruck von ihr?«

»Schwer zu sagen, wenn du hören willst, ob sie einen Dachschaden hat.«

»Genau.«

»Wir haben nicht miteinander gesprochen, aber rein äußerlich wirkt sie nicht gestört.«

»Das hat nichts zu bedeuten. Danke.«

Brandt trat ein.

Am Tisch saß eine Frau, die er auf Ende dreißig schätzte. Sie sah gepflegt aus und war vermutlich etwas kleiner als einen Meter siebzig. Ihre braunen Haare hatte sie zum Zopf gebunden, sie war schlank und ihr Gesicht wirkte freundlich. Ihre großen blauen Augen betonten diesen ersten Eindruck. Wie eine Verrückte sah sie jedenfalls nicht aus, fand Brandt, aber vom Äußeren auf das Innere zu schließen, war nicht immer eine gute Idee.

»Guten Tag«, machte er sich nun bemerkbar und erst jetzt fiel ihm ein, dass er ihren Namen gar nicht kannte.

»Guten Tag«, antwortete sie. Ihre Stimme klang höflich und liebenswürdig. Sie passte zu ihrem Gesamtbild. Dass sie eine Serientäterin war, wollte er noch immer nicht glauben.

Sie fixierte ihn mit ihrem Blick und plötzlich trat eine Veränderung in ihrem Gesichtsausdruck ein, die Brandt nicht deuten konnte, ihm aber ein seltsames Gefühl in der Magengegend bescherte. Er wusste nicht warum, doch in diesem Augenblick wünschte er sich Aydin an seiner Seite.

»Möchten Sie etwas trinken?«, fragte Brandt.

»Nein, danke. Dafür gibt es keine Veranlassung.«

Brandt nahm ihr gegenüber Platz.

»Haben Sie Ihren Ausweis dabei?«

»Ja, warum?«

»Weil ich Ihre Personalien aufnehmen muss.«

Sie fischte eine Geldbörse aus ihrer Tasche und zog ihren Personalausweis heraus, den sie Brandt reichte.

»Frau Nikola Braun«, sagte Brandt und notierte sich die Daten auf dem Ausweis. Dann gab er ihn der Frau zurück. »Ich muss Sie darüber informieren, dass das Gespräch aufgezeichnet wird.«

»Das habe ich mir schon gedacht.«

»Des Weiteren muss ich Sie darüber informieren, dass Sie sich strafbar machen, wenn Sie die Polizei belügen oder eine Falschaussage treffen.«

»Wieso sollte ich Sie belügen?« Sie ruckte mit ihrem Kopf leicht zurück, als wäre sie irritiert. Insgesamt signalisierte ihre Körpersprache Brandt, dass sie nicht log. Er war auf den weiteren Verlauf des Gespräches gespannt, doch bevor er etwas sagen konnte, leuchtete das Display seines Handys auf. Es war Fischer.

»Sie entschuldigen mich bitte kurz«, sagte Brandt, griff sein Handy und verließ den Raum. »Das ging aber schnell«, nahm er draußen das Gespräch an.

»Vielleicht habe ich etwas«, antwortete Fischer zu Brandts Überraschung. Sollte er sich in seiner Menschenkenntnis so geirrt haben und diese freundliche Frau war tatsächlich eine eiskalte Serientäterin?

»Na, dann schieß los.«

»In Mannheim wird nach einer Frau gefahndet. Sie hat ihren Mann und ihre zwei Kinder ermordet. Sie ist auf der Flucht.«

Brandt dachte unwillkürlich an seinen Kollegen Tom Hardt, der bei der Mannheimer Mordkommission arbeitete und den er aus Hamburger Zeiten kannte. Ob diese Frau die gesuchte Mörderin war? Und wenn ja, warum stellte sie sich in Köln und nicht in Mannheim?

Weil sie auf der Flucht ist, gab er sich sogleich die Antwort.

Fälle, in denen Kinder Mordopfer waren, waren besonders schlimm. Er wollte nicht mit Tom die Rollen tauschen.

»Wie heißt die Frau, die zur Fahndung ausgeschrieben ist?«

»Luise Frank.«

»Und wie sieht sie aus?« Der Name passte zwar nicht, dennoch wollte er sichergehen.

»Sie ist einen Meter fünfundsiebzig groß und hat lange blonde Haare ...«

»Das ist sie nicht. Die Frau im Verhörraum ist deutlich kleiner, hat braune Haare und heißt Nikola Braun. Schau mal in den Datenbanken, ob du was unter ihrem Namen findest.«

»Mach ich.«

»Danke«, antwortete Brandt und beendete das Gespräch.

Er hielt kurz inne, dann trat er wieder ein. Nikola Braun saß wie erwartet an ihrem Platz. Ihr Blick war auf den Tisch gerichtet, sie schien ihn nicht zu bemerken.

»Das kann nicht sein«, flüsterte sie und wippte mit dem Kopf. »Das kann nicht sein.«

»Was kann nicht sein?«, fragte Brandt.

Ohne zu erschrecken, schaute sie zu ihm auf. Ihre Augen

glänzten feucht, Tränen hatten sich in ihren Augenwinkeln gesammelt. »Es war kein Zufall, dass ausgerechnet Sie mich befragen.«

»Inwiefern?«

»Weil man Sie bald ermorden wird. Und es ist meine Schuld.«

KAPITEL ZWEI

BRANDT WOLLTE NICHT GLAUBEN, was er gerade hörte. War das ein schlechter Scherz? Braun wirkte nervös. Ihre Augen flackerten, ihr Blick wanderte durch den Raum und sie wirkte unruhig, da sie unablässig auf ihrem Stuhl leicht vor und zurück wippte.

»Frau Braun, was genau meinen Sie mit der Aussage, dass ich bald sterben werde?« Er musste auf diesen Hinweis eingehen, auch wenn ihm sein Gefühl sagte, dass er einen Arzt rufen sollte, damit dieser den geistigen Zustand der Frau prüfte.

Sie nickte, dabei zog sie die Nase hoch. »Es tut mir sehr leid. Ich war noch nie in so einer Situation. Ich hätte nicht kommen sollen, aber ich konnte ja nicht wissen, dass Sie die Person sind, die ich als Nächstes auf dem Gewissen haben werde.«

»Dann haben Sie noch andere Personen auf dem Gewissen?«

»Ja, das hatte ich Ihrem Kollegen am Empfang bereits gesagt. Ich halte diesen Druck nicht mehr aus. Ich bin kein schlechter Mensch, es geschieht einfach.«

»Was geschieht einfach?« Brandt konnte ihr nicht so recht folgen.

Braun schien sich indessen ein wenig gesammelt zu haben, sie wirkte deutlich aufgeräumter und schaute ihn nun aus ihren auffallend großen blauen Augen aufmerksam an.

»Das Sterben«, flüsterte sie. »Ich kann es nicht verhindern. Es liegt nicht in meiner Macht. Bitte verlassen Sie Deutschland für eine Weile. Bringen Sie sich in Sicherheit.«

»Jetzt mal ganz ruhig, und dann erklären Sie mir bitte, was Sie genau meinen, da ich Ihnen gerade nicht folgen kann.«

»Das habe ich befürchtet. Es hört sich zu unvorstellbar an, um es glauben zu können, deswegen habe ich mich so schwer damit getan, mich zu stellen.«

Brandt atmete aus und hoffte, dass es ihm gelingen würde, zu verstehen, was genau sie meinte. Nachdem sie gesagt hatte, dass sie auch für seinen Tod verantwortlich sein würde, konnte er sich noch weniger vorstellen, dass sie eine eiskalte Mörderin war. Eher wohl eine geistig verwirrte Frau.

»Sagt Ihnen das Stichwort Astralprojektion etwas?«

»Sie meinen, eine Seelenreise?«

»Ja.«

»Sie wollen also behaupten, dass Ihr Astralkörper Ihren physischen Körper verlassen kann?« Jetzt war Brandt froh, dass Aydin nicht zugegen war. Im Gegensatz zu ihm war sein jüngerer Kollege offen für so einen Unsinn – nichts anderes war so etwas in seinen Augen.

»Nein, das nicht. Ich weiß nicht, was es ist, was ich beherrsche. Ich habe es gegoogelt und vorsichtig auch mit einigen Psychologen darüber gesprochen, aber sie konnten mir keine Antwort geben.«

»Was beherrschen Sie? Ist es das, was Sie unfreiwillig zur Täterin macht?« Brandt hatte eine Vorahnung.

»Genau.« Sie schluckte, als wäre ihre Kehle plötzlich trocken, dann schaute sie Brandt direkt an und ihm wurde wieder einmal für einen Sekundenbruchteil unwohl. Es war ein kurzer, kaum wahrnehmbarer Reflex. Gleichzeitig war ihm, als hätte sich ihre Augenfarbe von Blau zu Braun verändert.

Sie schwiegen und Brandt gab ihr Zeit, sich zu sammeln.

»Ich habe manchmal komische Gedanken«, begann sie. »Es fing ganz harmlos an. Ich habe mir etwas vorgestellt und zu erwirken versucht, dass es Realität wird. Sicherlich haben Sie schon von der Forschungsarbeit des Fraunhofer Instituts in dieser Richtung gehört, die sind federführend auf dem Gebiet. Man baut dort Technologien, die nur durch unsere Gedanken gesteuert werden. Wie zum Beispiel Prothesen, die wie echte Gliedmaßen funktionieren, Finger, die allein durch die Kraft der Gedanken gesteuert werden.«

»Davon habe ich gehört. Das hat allerdings wenig mit Astralprojektion zu tun«, entgegnete Brandt.

»Sie haben recht. Aber mein Fall ist komplizierter. Ich wünschte, es wäre nur eine Frage der Gedanken, dann hätte ich mich dem Fraunhofer Institut als Versuchsobjekt zur Verfügung gestellt.« Sie unterbrach sich und warf Brandt einen Blick zu, als erwartete sie eine Reaktion von ihm, doch diesen Gefallen tat er ihr nicht. Er überlegte vielmehr, wie er das Gespräch beenden sollte.

»Das Ganze fing vor fünf Jahren an, jedenfalls habe ich es da bewusst wahrgenommen. Wir alle haben uns doch bestimmt schon einmal vorgestellt, wie es wäre, wenn wir etwas allein mit unserer Gedankenkraft tun könnten, wie zum Beispiel einen Gegenstand bewegen. In der Schule habe ich mir ausgemalt, wie mein Chemielehrer sich an ätzender Flüssigkeit verletzen könnte, weil ein Reagenzglas in seiner Hand zerplatzt. Dann wurden meine Gedanken jedoch krasser. Ich wollte Autos gegen eine Wand fahren lassen, Busse oder ein Flugzeug bewegen. Vor fünf Jahren war dann plötzlich diese sehr reale Vorstellung da, ich konnte sie nicht kontrollieren: Ich war Pilot in einem Flugzeug und habe den Flieger einfach abstürzen lassen.« Sie schaute auf ihre Hände.

»Eine Woche später lese ich in den Zeitungen, dass ein Flieger kurz vor Manila abgestürzt ist. Zweihundertvierundzwanzig Tote. Es war ein Airbus A340. Der Flieger, in dem ich der Pilot war.« Sie hielt erneut inne und schluckte.

»Sie glauben also, der Absturz war Ihre Schuld?« Kaum hatte er das ausgesprochen, bereute er, die Frage gestellt zu haben.

»Damals nicht. Ich habe es für einen dummen Zufall gehalten, nur gab es in den letzten fünf Jahren noch einige ähnliche Fälle. Ich habe an etwas gedacht und wenig später war ich in meinen Träumen vor Ort, als beteiligte Person. Dann geschahen diese schlimmen Dinge wirklich. Haben Sie von dem Serientäter in Amsterdam gehört, der zehn Männer auf dem Gewissen hat?«

»Ja, das ging durch die Presse.«

»Ich habe davon geträumt und kurz darauf war es, als würde ich durch die Augen des Mörders sehen und die Taten begehen, die jetzt Realität geworden sind. Als man den Mann gefasst hat, war ich nicht überrascht, ich habe ja gesehen, wie er aussah. Ich halte das nicht mehr aus.« Sie klopfte mit ihrer Hand gegen die rechte Schläfe, als wollte sie einen Gedanken dort herausklopfen.

Brandt hatte genug gehört, er brach den Mitschnitt des Gesprächs ab. Er hatte nur noch eine Frage, bevor er das sinnlose Gespräch beenden würde.

»Wie sind Sie ausgerechnet auf mich gekommen? Woher wissen Sie, dass ich ermordet werde?«

»Ich habe Sie durch die Augen des Mörders gesehen«, antwortete sie.

»Wie sieht der Mörder aus?«

»Das weiß ich nicht. Es war letzte Woche. Er hat schon andere Menschen ermordet. Sie saßen gefesselt auf einem Stuhl und er hat Ihnen das Messer in den Rücken gerammt.«

»Sie sagten doch eben, dass diese Vorfälle passieren würden, kurz nachdem Sie diese Träume gehabt haben, und dass es sich bei der aktuellen Person um einen Serientäter handeln würde. Wir ermitteln aber derzeit nicht in diese Richtung.«

»Ja, ich weiß, das klingt verrückt. Ich würde mir selbst nicht glauben, wenn ich an Ihrer Stelle säße. Allerdings muss ich mich in einer Sache korrigieren: Es war nicht immer kurz danach. Manchmal lagen die Taten in der Vergangenheit, manchmal geschahen sie Monate nach meinen Träumen. Ich kann es nicht steuern.«

Eine Zeitreisende?, dachte Brandt sarkastisch. Laut sagte er: »Frau Braun, es tut mir leid, aber wir können Ihnen hier nicht helfen. Nur weil Sie glauben, in Gedanken Morde gesehen zu haben ...«

»Nein, nein, es ist anders! Erst wegen meiner Gedanken geschehen diese Morde. Ich denke an schlimme Dinge, und wenn ich nur fest genug daran denke, bin ich vor Ort. Ich sehe durch die Augen des Täters, des Piloten, des Busfahrers oder sonst wem, der für den Tod vieler Menschen verantwortlich ist, und kann es nicht verhindern«, unterbrach sie ihn scharf.

»Beruhigen Sie sich bitte. Wir können niemanden verhaften, der keine Morde begangen hat.«

»Wollen Sie denn nicht verstehen?«

»Mein Rat an Sie: Suchen Sie sich ärztliche Hilfe.«

»Ich bin nicht krank. All diese Dinge geschehen, weil ich daran denken muss.« Ihr Atem wurde schneller, dann schloss sie die Augen und riss sie plötzlich wieder auf. »Wenn nur Herr Aydin hier wäre, er würde mich verstehen.« Ihre Stimme klang mit einem Mal kalt und monoton, dabei durchbohrte sie Brandt regelrecht mit ihrem Blick.

Brandt schluckte. Woher kannte diese Verrückte den Namen seines Kollegen?

KAPITEL DREI

»Es heißt immer, das erste Mal wäre am schlimmsten ... nein, nicht am schlimmsten, am schwierigsten.«

»Das erste Mal?« Dirk schien ihr nicht folgen zu können.

»Nicht, was du denkst, du Schwein«, zog sie ihn auf. Dirk war leicht zu durchschauen. Sein Wesen war schlicht, daher wunderte es sie nicht, dass sich seine Gedanken die meiste Zeit um Sex drehten.

»Woher willst du wissen, dass ich an Sex gedacht habe?«

»Du nimmst mich wohl auf den Arm? Du denkst doch immer nur an Sex.«

»Weil ich sexsüchtig bin«, sagte er mit einem Achselzucken, als würde das als Entschuldigung reichen.

»Lass das, sag doch die Wahrheit«, erwiderte sie gereizt.

»Das ist die Wahrheit«, echauffierte er sich. Aber er war ein sehr schlechter Schauspieler. »Mehr bleibt mir ja nicht. Der Sex lässt mich vieles ertragen. Sex und Alkohol.«

»Die Wahrheit ist, dass du nicht der Hellste bist, deswegen denkst du nur ans Rammeln. Mehr gibt deine Intelligenz halt nicht her.«

»Das muss ich mir nicht gefallen lassen.«

»Tust du aber.«

»Warum bist du immer so ...«

»Wie, so ...?«, fiel sie ihm ins Wort. Ihre Aggression nahm spürbar zu. Sie atmete tief durch die Nase ein.

»Na, so gehässig. Nie kannst du etwas Nettes sagen. Immer hackst du auf mir rum. Warum tue ich mir das überhaupt an?«

»Weil du es so willst. Du bist ein devotes Dreckstück.«

»Lass das. So redet man nicht mit seinem Freund.«

»Du bist nicht mein Freund.«

»Nicht der Freund, das habe ich gar nicht gemeint. Ich meinte einfach so ein Freund.«

»Das stimmt auch nicht. Wir sind höchstens Bekannte, mehr nicht. Ich habe keine Freunde.«

»Und was ist mit diesem hässlichen Wiktor?«

»Red nicht so abfällig über ihn.«

»Ihn verteidigst du, aber mich ziehst du auf. Dabei bin ich tausendmal cleverer als er.«

»Daran habe ich meine Zweifel. Im Gegensatz zu dir ist er sehr loyal.«

»Loyal? Der ist doch strohdumm.«

»Lass das, sonst werde ich wirklich wütend.«

»Ist die Wahrheit. Er ist das Opfer, nicht ich. Fickt er dich?«

»Du überschreitest gerade eine Linie, die du besser nicht überschreiten solltest. Ich warne dich kein zweites Mal.«

»Ich wusste es, er fickt dich und ich darf nicht ran. Was findest du so toll an ihm?«

»Halt dein Maul«, wurde sie laut. Dann überkam es sie, sie konnte nicht anders. Ihre Faust rauschte auf Dirks Gesicht zu, traf aber nur den Hinterkopf.

»Spinnst du?«, schrie Dirk.

»Das hast du dir selbst zuzuschreiben. Ich habe dich gewarnt.« Ihr Atem wurde immer schneller und plötzlich nahmen Gedanken von ihr Besitz, die sie sehr erregten. Adrenalin flutete ihren Körper. Sie liebte dieses Gefühl.

»Du bist total gestört. Warum schlägst du mich?«

»Weil du deine Grenzen nicht kennst. Ich bin doch nicht deine Fickstute, zu der du immer gehen kannst, wenn du Bock hast.«

»Ich zahle.«

»Du? Hast du überhaupt Geld? Du dreckiger, versoffener Hartzler.«

»Ja«, erwiderte Dirk einsilbig, schien einen anderen Satz jedoch herunterzuschlucken. Vermutlich scheute er die Konfrontation, weil er sie kannte. Man durfte sie nicht wütend machen, denn dann wurde sie unberechenbar, ja unbeherrschbar. Als würde jemand einen Schalter umlegen oder einen Käfig öffnen, um eine Bestie in die Freiheit zu entlassen.

»Wie viel?«

»Was, wie viel? Müsste ich das nicht dich fragen?«

»Wie viel hast du dabei, du Hund?«, brüllte sie ihn an. Sie kannte Dirk seit einem knappen Jahr, sie trafen sich nur ab und zu, und bisher hatte sie ihn eher als Goldesel genutzt, der hier und da Besorgungen für sie machte, wenn sie knapp bei Kasse war. Sie schätzte seine Gesellschaft nicht, er war in ihren Augen viel zu primitiv und unter ihrem Niveau. Einen Mann, der so devot war wie er, konnte sie nicht ernst nehmen. Dirk war ein echtes Weichei. Kein Wunder, dass seine Frau ihn verlassen hatte und er alkoholabhängig geworden war.

Wieso lügst du dich an?, ermahnte sie sich in Gedanken. *Er hat gesagt, dass seine Frau gestorben ist.*

Diese Geschichte hatte sie ihm jedoch nie geglaubt. Sie traute ihm sogar zu, gar nicht erst verheiratet gewesen zu sein und die Frau nur erfunden zu haben, um Eindruck bei ihr zu schinden. Alkoholiker logen doch ständig.

Am Ende war das auch egal, solange er für sie von Nutzen war, und da sie gerade wieder einen finanziellen Engpass hatte, konnte es nicht schaden, zu erfahren, wie viel Geld er bei sich hatte.

»Genug«, ließ sich Dirk jetzt vernehmen. »Wie viel willst du?«

»Verarsch mich nicht. Zeig mir deine Geldbörse. Ich kann mir schwer vorstellen, dass jemand wie du Geld hat. Woher solltest du es haben? Dein Hartzler Geld hast du doch längst versoffen.«

»Ich habe Geld, warum sollte ich dich anlügen?«

»Dann mach mich nicht wütend und zeig mir deine Geldbörse.« Sie holte wieder aus, aber Dirk duckte sich, sodass der Faustschlag ins Leere ging.

»Nicht mit mir. Lass das, sonst werde ich ungemütlich«, wurde er laut.

»Du? Du hast gar nicht die Eier dafür. Und du hast kein Geld!«

»Doch, habe ich.«

»Wenn du mich ficken willst, will ich erst sehen, wie viel Geld du hast.«

»Sag, wie viel du willst.«

»Fünfhundert.«

»Fünfhundert? Weißt du, was ich für fünfhundert im Puff kriege?«

»Ich bin aber keine Nutte«, brüllte sie ihn an. Sie kochte vor Wut, trotzdem musste sie sich zügeln, weil sie wissen wollte, ob Dirk wirklich Geld hatte.

»Zweihundert.«

»Fünfhundert oder verpiss dich.«

Dirk schien zu überlegen. »Nur, wenn ich dich in den Popo ficken darf.«

»Darfst du. Aber ich will zuerst das Geld sehen.«

Dirks Augen leuchteten auf. Er befeuchtete seine Lippen, zog sein altes Portemonnaie aus der Hosentasche und öffnete es. Erstaunt nahm sie zur Kenntnis, dass einige Geldscheine darin steckten.

»Woher hast du das ganze Geld? Hast du jemanden ausgeraubt?«

»Nein, endlich mal Glück beim Wetten gehabt.« Er strahlte über das ganze Gesicht.

»Warte hier. Ich hol die Kondome.«

Sie ging in die Küche und ein dunkler Plan nahm Besitz von ihr. Sie brauchte das Geld, aber sie würde sich dafür niemals jemandem wie Dirk hingeben. Dass er wirklich glaubte, sie würde mit ihm Sex haben, war geradezu widerlich.

Sie öffnete eine Schublade und holte ein Fleischermesser heraus, das sie hinter ihrem Rücken versteckte, dann betrat sie wieder das Wohnzimmer, erfüllt von dem Wunsch, Dirk abzuschlachten. Nicht nur wegen des Geldes.

»Was hast du hinter deinem Rücken?«, fragte Dirk neugierig. Er saß auf dem Sessel und hatte sich bereits bis auf die Socken ausgezogen.

»Eine Überraschung.« Lächelnd trat sie zu ihm. »Erinnerst du dich noch an meine Worte, als ich sagte, das erste Mal wäre am schlimmsten?«

»Keine Sorge, der Sex mit mir wird dir gefallen. Ich mag es devot. Du kannst mich benutzen, wie es dir gefällt. Wenn du mich beim Sex beschimpfst und wie einen Hund behandelst, ist das okay.« Er beugte sich herunter, um auch seine Socken auszuziehen, und achtete nicht mehr auf sie.

»Du kapierst nichts.« Ihre Augen wurden zu Schlitzen. »Beim zweiten Mal ist es nämlich fast schon ein Spaß.« Sie holte das Messer hinter dem Rücken hervor und stach es Dirk ohne Umschweife in die Schulter.

KAPITEL VIER

Endlich Feierabend!

Kurz bevor er das Präsidium verlassen hatte, hatte er sich ein zweites Mal mit Bender getroffen. Sie hatte vorgeschlagen, dass Fischer einen Backgroundcheck für Nikola Braun durchführte. Obwohl Brandt annahm, dass sie bloß eine geistig verwirrte Frau und im Grunde harmlos war, konnte es nicht schaden, mehr über sie in Erfahrung zu bringen, daher hatte er zugestimmt.

Irgendwie war es dieser Nikola Braun gelungen, den restlichen Tag Teil seiner Gedanken zu sein. So sehr er auch versucht hatte, sie abzuschütteln, es gelang ihm nicht. Ihre Stimme hatte etwas Eindringliches, Warnendes gehabt, etwas, was sich in seinem Unterbewusstsein festsetzte. Dabei war das Ganze bei Lichte betrachtet absolut absurd und hatte rein gar nichts mit der Realität zu tun.

Als Brandt seinen Wagen vor Walters Imbiss parkte, sah er Aydins Auto in kurzer Entfernung stehen, also war er schon da. Sie hatten sich für diesen Abend bei Walter verabredet.

»Moin«, machte sich Brandt bemerkbar, als er den Imbiss betrat.

»Na, wenn das mal keine Punktlandung ist.« Walter strahlte übers ganze Gesicht. »Deine Currywurst ist gerade fertig geworden.«

»Du weißt doch, dass ich immer pünktlich bin. Ich habe echt Hunger.«

»Keine Mittagspause gehabt?«, erkundigte sich Aydin und erwiderte den Handschlag von Brandt. Danach reichte Brandt auch Walter die Hand, der gerade die Currywurst vom Grill genommen hatte.

»Leider nicht. Ich sehe schon, du bist fleißig am Essen. Wie gehts meiner Patentochter?«

»Ich hatte halt Hunger.« Aydin grinste. »Leah geht es prima. Sie hat nach dir gefragt und hofft, dass du mal wieder vorbeikommst.«

»Auf jeden Fall.«

»Wie war dein Tag?«, fragte Aydin und Walter reichte Brandt den Teller mit der essbereiten Currywurst samt seiner hausgemachten Spezialsoße und einer Portion Pommes. Anschließend holte er drei Flaschen aus dem Kühlschrank: ein Pils für Brandt und für Aydin und sich ein Kölsch.

»Spooky bis entspannt.«

»Spooky?« Walter wirkte neugierig.

Bevor Brandt antwortete, genoss er sein erstes Stück Currywurst. Die Geschmacksexplosion erschien ihm intensiver als sonst und sagte ihm, dass er doch hungriger war, als er geglaubt hatte. Er liebte Walters Currywurst, aber dieser Bissen erreichte eine Dimension, für die er keine Worte fand.

»Heute war eine seltsame Frau bei uns im Präsidium.«

»Eine seltsame Frau?«, erkundigte sich Aydin aufmerksam. »Was für eine Frau?«

Brandt ließ ein zweites Stück Currywurst in seinem Mund verschwinden und kostete den wunderbaren Geschmack genüsslich aus. Dann nahm er seine Flasche Bier, stieß mit seinen beiden Freunden an und gönnte sich einen kräftigen Schluck.

»Möchtest du nicht von dieser merkwürdigen Frau erzählen? Oder macht es dir nur Spaß, uns auf die Folter zu spannen?«

»Ach, das war belanglos. Sie war ein bisschen verrückt.«

»Verrückt?«, bohrte Walter nach.

»Ehrlich, Jungs, ihr wollt das nicht hören. Dass ich mir überhaupt die Zeit genommen habe, mit ihr zu sprechen ...« Brandt gönnte sich einen weiteren Schluck von seinem kühlen Pils.

»Warum hast du es denn getan?«, fragte Aydin und trank ebenfalls einen Schluck von seinem Kölsch.

»Weil sie behauptet hat, dass sie eine Serientäterin sei.«

»Das wird ja immer suspekter. Mist, und ich war nicht da«, spaßte Aydin. »Möchtest du nicht kurz skizzieren, was an ihr so komisch war?«

»Ihr gebt ja doch keine Ruhe«, seufzte Brandt und holte Luft. »Sie hat, seit sie ein kleines Kind ist, merkwürdige Fantasien. Sie meint, sie könnte mit ihren Gedanken Dinge und Handlungen beeinflussen. Zum Beispiel hat sie sich vorgestellt, dass ein Auto gegen eine Wand fährt, wenn sie nur fest genug daran denkt. Ein anderes Mal hat sie sich ausgemalt, dass ihr verhasster Chemielehrer sich die Hand verätzt, weil sie wollte, dass das Reagenzglas, das er in der Hand hielt, nur durch ihre Gedankenkraft zerplatzt.«

»Und das ist geschehen?« Walter rümpfte die Nase.

»Nein, natürlich nicht. Zumindest damals nicht. Seit einiger Zeit aber angeblich schon. Sie glaubt, das würde daran liegen, dass sie als Kind noch nicht so weit gewesen sei. Jetzt allerdings würden ihre Gedanken Realität werden und sie könne es nicht mehr steuern. Das fing vor fünf Jahren an.«

»Was war da?«, fragte Aydin.

»Der Flugzeugabsturz vor Malaysia.«

»Den hat sie zu verantworten?«

»Das glaubt sie zumindest. Was für ein Unsinn.« Brandt schnaubte. »Zu dem Zeitpunkt hätte ich das Gespräch beenden sollen, weil klar war, dass ihr ein paar Tassen im Schrank fehlen.«

»Das hast du aber nicht, weil du neugierig auf das warst, was noch kommen würde«, schlussfolgerte Walter.

»Nicht wirklich, ich wollte nur ganz sichergehen, dass sie in die Psychiatrie und nicht ins Gefängnis gehört, also habe ich noch ein paar Fragen gestellt.«

»Und was ist dabei rausgekommen?«

»Dass ich bald einem gefährlichen Serientäter auf der Spur wäre, der mich töten würde«, rutschte es Brandt nun doch heraus.

Weder Walter noch Aydin sagten etwas, sie wirkten erschrocken.

»Entspannt euch, ich sagte ja, die war nicht ganz beisammen.«

»Mit so was ist nicht zu spaßen«, entgegnete Walter. »Was, wenn sie dir etwas vorenthalten hat? Vor allem: Warum hat sie ausgerechnet mit dir das Gespräch geführt, es hätten doch auch andere Kollegen die Befragung vornehmen können.«

»Dann hätte sie den Kollegen das Gleiche erzählt. Es ist völlig egal, wer mit ihr gesprochen hätte. So handhaben das Verrückte eben. Außerdem hat die Zentrale halt mich an der Strippe gehabt, als die Frau bei uns aufschlug. Zufall.«

»Ich bin da bei Walter. Wir sollten echt vorsichtig sein. Habt ihr schon mal von Astralprojektion gehört?«, sagte Aydin.

Brandt sah ihm an, dass er wirklich in Sorge war, deshalb bereute er, dass er es überhaupt angesprochen hatte. Dass Braun auch Aydins Namen genannt hatte, verschwieg er lieber.

»Sie kann mit ihren Gedanken vielleicht Katastrophen ahnen oder schlimme Dinge vorhersehen, aber sie kann bestimmt nicht ihren Geist wandern lassen«, warf Brandt daher ein. »Wobei ich sicher bin, dass das sowieso alles Humbug ist.«

»Da wäre ich mir nicht so sicher. Ich habe letztens eine sehr interessante Doku über Seelenreisen im Hinduismus und Buddhismus auf Netflix gesehen. Nur weil wir manche Sachverhalte nicht kennen, heißt es nicht, dass es sie nicht gibt.«

»Netflix? Doku? Seriös?« Brandt legte die Stirn in Falten und schüttelte den Kopf. Aydin war für solche Dinge einfach zu anfällig. »Walter, sag bitte nicht, dass du auch an so einen übersinnlichen Mist glaubst.«

»Vor einigen Jahren hätte ich mich darüber lustig gemacht, aber seit ich Rémy kenne, tue ich das nicht mehr.«

»Was hat Rémy jetzt damit zu tun?« Brandt war über Walters Antwort ausgesprochen überrascht. Rémy war ein Straßenmusiker, den sie im Rahmen ihrer Ermittlungen in einem anderen Fall vor längerer Zeit kennengelernt hatten.

»Na ja, er hat als Einziger einen schweren Busunfall mit zig Toten überlebt. Rémy ist ein Wunder und das lasse ich mir von niemandem ausreden.« Walters Stimme klang entschlossen. »Jeden Tag frage ich mich, wo er steckt und ob es ihm gut geht«, fügte er hinzu und machte sich unbewusst groß.

Es war sein Beschützerinstinkt, der ihn zu dieser Geste hinriss, wenn es um seine Liebsten ging. Rémy und ihn verband eine besondere Freundschaft, das wusste Brandt.

»Wenn meine besten Freunde in Gefahr sind, weil ein Hellseher etwas vorausgesehen hat, dann nehme ich das sehr ernst und bin noch vorsichtiger«, erklärte Walter.

»Ich bin nicht in Gefahr und sie ist keine Hellseherin«, erwiderte Brandt, der zutiefst bereute, das Thema überhaupt angesprochen zu haben. »Entspannt euch.«

»Was kann es denn schaden, wenn wir gemeinsam mit der Frau sprechen?«, schlug Aydin vor.

»Emre hat recht. Ich begleite euch gerne, und wenn ihr wollt, fühle ich ihr auf den Zahn. Ich erkenne einen Schwindler sofort.«

»Jungs, jetzt holt mal tief Luft. Das alles war harmlos. Die

Frau hat psychische Probleme, okay? Lasst uns bitte das Thema wechseln.« Brandt atmete hörbar aus.

Walter verzog den Mund die Nase und fuhr sich mit der Hand über den kahlen Kopf. Er schien wirklich besorgt. Aydins Blick war kein bisschen entspannter.

Brandt trank den letzten Schluck Bier aus seiner Flasche und stellte sie nachdrücklich auf den Tresen. Es war schön, zu wissen, dass seine besten Freunde sich Sorgen um ihn machten, aber in diesem Fall war das völlig unbegründet.

Kurz erfüllte Stille den Raum.

»Wollt ihr noch ein Bier?«

»Warum nicht«, antwortete Brandt als Erster.

»Ich nehme auch ein Kölsch«, sagte Aydin und wandte sich wieder zu Brandt. »Gab es sonst noch was?«

»Nein, war ein mehr oder weniger entspannter Tag. Viel Administratives. Ach ja, vielleicht beruhigt euch das ja: Fischer ist gerade dabei, die Frau einem Backgroundcheck zu unterziehen.«

»Sehr gut. Wenn sie Dreck am Stecken hat, findet Lutz das raus«, äußerte Walter, während er die drei Flaschen öffnete und seinen beiden Gästen jeweils eine reichte. »Auf uns Männer.«

»Auf uns«, erwiderten Aydin und Brandt im Chor.

Brandts Gedanken wanderten wieder zu dem Gespräch, denn diese Nikola Braun hatte noch etwas anderes in Bezug auf Aydin gesagt. Ihn überkam eine Gänsehaut und ihm war, als würde die Frau ihm ins Ohr flüstern: *Dein Freund Aydin wird zusehen müssen, wie du stirbst, und du kannst nichts dagegen unternehmen. Weder du noch er. Es wird geschehen. Nichts kann das ändern.«

Plötzlich spürte er, wie jemand seinen Nacken berührte, doch als er sich umdrehte, war da niemand.

»Alles in Ordnung?«, fragte Aydin mit sorgenvoller Miene.

KAPITEL FÜNF

KÖLN, 10. MÄRZ

WARUM MUSSTE das Leben oft so kompliziert sein? Nein, nicht nur kompliziert, es war schwer. Heute war wieder so ein Tag, an dem sie entsetzlich antriebslos war.

Sie hatte kaum geschlafen. Wie auch, wenn solch böse Gedanken und Menschen sie in ihren Träumen heimsuchten.

Ihr Handy vibrierte, aber sie nahm den Anruf nicht an. Nicht einmal dafür hatte sie genug Kraft. Sie wusste nicht, wie spät es war, da die Jalousien noch heruntergezogen waren und ihr Schlafzimmer sehr gut abdunkelten. Vermutlich war es längst Zeit, aufzustehen.

Sie drehte sich um und schloss die Augen erneut. Ihr Atem ging unregelmäßig.

Ich ficke mein Leben, dachte sie und atmete etwas schneller.

Wieder vibrierte ihr Handy.

Sie drehte sich um und beschloss, zu schauen, wer die Frechheit hatte, sie mehrmals hintereinander zu belästigen.

»Wehe, du bist das, Dirk.« Als sie aufs Display schaute, sah sie eine ihr unbekannte Nummer. Halb verschlafen und mit aufkeimender Wut im Bauch nahm sie das Gespräch an.

»Ja.«

»Wo bist du?«, hörte sie die Stimme am anderen Ende und

ärgerte sich, dass sie das Gespräch angenommen hatte, weil sie wusste, wer es war. Jedenfalls war es nicht Dirk. Der hätte es auch gar nicht sein können, stellte sie grinsend im Stillen fest. Ihn hatte sie ja getötet.

»Mir gehts nicht gut. Habe seit zwei Stunden starke Magenkrämpfe und Blähungen. Außerdem Durchfall.«

»Und warum hast du dich nicht gemeldet?«

»Wie denn, wenn ich die ganze Zeit auf und über der Kloschüssel hänge?«

Sie hasste ihren Chef. Nur weil er studiert hatte, hielt er sich für was Besseres, und dieses arrogante Arschloch ließ das raushängen, wann immer er konnte.

»Eine WhatsApp hätte doch gereicht. Du bist in letzter Zeit sehr oft krank.«

»Glaubst du, ich suche mir das aus?« Ihre Stimme gewann an Schärfe. *Du verficktes Arschloch*, hätte sie am liebsten hinzugefügt.

»Es ist nur seltsam, dass du die Angestellte mit den meisten Krankheitstagen bist, dazu fast immer ohne Krankmeldung.«

»Laut Gesetz muss ich eine Krankmeldung erst ab dem vierten Tag einreichen. Möchtest du diese sinnlose Diskussion von Neuem beginnen?«, erwiderte sie.

Sie mochte kein Abitur und auch nicht studiert haben, aber sie war nicht dumm und sie kannte ihre Rechte als Angestellte. Sie gehörte nicht zu denen, die sich von ihrem Chef alles gefallen ließen.

»Überspann den Bogen nicht. Du solltest dankbar sein, dass du diesen Job hast.«

»Jetzt beruhig dich mal. Ich bin krank, was ist daran so schwer zu kapieren?«, gab sie in deutlich aggressivem Tonfall zurück.

So einen Drecks-Callcenter-Job kriege ich an jeder Ecke, dachte sie wütend.

»Ich muss auf Klo, kacken«, fügte sie hinzu und legte auf.

»Dieser Mistkerl, was glaubt er, wer er ist?«, brüllte sie und hätte vor Wut fast ihr Handy gegen die Wand geknallt, konnte sich aber gerade noch bremsen, weshalb es nur auf ihre Bettdecke fiel.

»Wenn der mir noch ein Mal auf die Eier geht, bringe ich ihn um. Dann wird er Dirks Schicksal teilen.«

Ihr Brustkorb hob und senkte sich vor Aufregung.

»Warum eigentlich nicht? Das wird bestimmt ein Spaß.« Sie lachte gehässig.

Ihr Handy vibrierte erneut.

»Lass mich doch einfach in Ruhe!«, rief sie, schaute aber trotzdem aufs Display.

Es war nicht ihr Chef, der anrief, allerdings hatte sie auf diese Anruferin noch weniger Lust und erst recht keine Kraft, mit ihr zu telefonieren.

Es war ihre Mutter.

KAPITEL SECHS

»Du siehst müde aus«, sagte Aydin. »Willst du einen Kaffee?«

»Warum nicht. Ein bisschen die Beine vertreten kann nicht schaden. War lange wach.«

Dass Brandt eine weitere unruhige Nacht hinter sich hatte, wollte er Aydin lieber nicht auf die Nase binden. Der viel zu starke Kaffee aus der Küche im Präsidium würde seine Zwecke erfüllen.

Als sie eintraten, stand Eugen Kramer, der Fallanalytiker in ihrem Team, bereits an der Kaffeemaschine.

»Guten Morgen«, grüßte er die beiden. Er schien bester Laune zu sein.

Aydin erwiderte den Gruß. Brandt zwang sich zu einem halbwegs freundlichen Nicken, während sein Partner zwei Becher aus dem Hängeschrank holte und sie wortlos mit Kaffee füllte. Kramer beobachtete ihn. Brandt schwieg ebenfalls, da er gerade nicht in Laune war, ein Gespräch mit Kramer zu führen. Das Verhältnis zu ihm war seit Jahren nicht das beste.

»Ach, bevor ich es vergesse«, ließ Kramer sich da vernehmen. »Ich habe mir das Gespräch zwischen dir und Nikola Braun angehört.«

»Warum?«, fragte Brandt bissiger als beabsichtigt. Er konnte einfach nicht aus seiner Haut.

»Weil das Teil meiner Arbeit als Fallanalytiker ist. Gerade solche Befragungen mit Personen, die wir gerne schnell als verrückt abtun, sind sehr interessant. Oft sind es nämlich psychische Störungen, die Menschen veranlassen, schlimme Dinge zu tun.« Kramer hielt inne und warf Brandt einen prüfenden Blick zu, dann zog er seine Mundwinkel nach oben und setzte dieses falsche Lächeln auf, das Brandt so sehr nervte. »Aber das solltest du als erfahrener Kriminalbeamter ja wissen.«

»Wie ist denn deine Einschätzung?«, kam Aydin Brandt zuvor, dem eine deutlich weniger freundliche Antwort auf der Zunge lag. Aydin reichte ihm seinen Becher Kaffee und Brandt trank rasch daraus, um nicht doch noch etwas zu sagen.

»Wir sollten sie im Auge behalten«, bemerkte Kramer. »Vermutlich geht keine Gefahr von ihr aus, da sie vor ihren eigenen Gedanken Angst hat. Trotzdem ...«

»Soviel ich weiß, unterzieht Fischer sie gerade einem Backgroundcheck.«

»Das ist vernünftig. Meine Herren, ich muss in die nächste Besprechung.« Kramer verließ die Küche.

»Was für ein Idiot«, schnaubte Brandt. »Erzählt mir was vom Pferd, nur um dann kleinlaut zuzugeben, dass keine Gefahr von ihr ausgeht. Dieser Wichtigtuer.«

»Entspann dich, du kennst Kramer. Der wird sich genauso wenig ändern wie du.«

»Vergleich mich bitte nicht mit einem derart sozial inkompetenten Menschen wie Kramer.«

»Da wir derzeit nicht viel zu tun haben, würde ich mir die Aufzeichnung gerne anhören.«

»Und was soll dir das bringen?«

»Na ja, wir sind ein Team, da wäre es doch sinnvoll, wenn ich ein Update hätte.«

»Das habe ich dir längst gegeben. Das Gespräch mit dieser Braun hat zu nichts geführt.«

»Ich schätze mal, den Bericht dazu hast du noch nicht geschrieben?«

»Nein, keine Zeit gehabt. Aber Bender ist informiert.«

»Keine Zeit?« Aydin schmunzelte. »Oder hast du dich wie immer darauf verlassen, dass ich das mache? Keine Sorge, ich mache das gerne. Ist ja gerade eh nicht viel zu tun. Dafür muss ich mir allerdings die Aufzeichnung anhören.«

»Ich sehe schon, du gibst nicht auf. Wenn es dich beruhigt, hör dir den Mitschnitt an«, lenkte Brandt ein.

Er war erleichtert, dass er nicht das ganze Gespräch aufgezeichnet hatte. Als ihm bewusst geworden war, dass Braun keine Kriminelle, geschweige denn eine Mörderin war, hatte er die Aufzeichnung gestoppt, sodass die Passagen, in denen sie Aydin erwähnt hatte, nicht dabei waren.

Als sie über den Flur zu ihrem Büro zurückgingen, wären sie fast mit Rech zusammengestoßen.

»Da hat es aber jemand eilig«, kommentierte Brandt die Szene.

»Hat euch Bender noch nicht angerufen?«

»Nein. Unsere Handys sind im Büro.« Brandt ahnte, worauf das hinauslaufen würde. »Was ist passiert?«

»Eine Vogelscheuche ... Nein, eine Leiche, die wie eine Vogelscheuche aussieht, wurde gefunden. Ich muss los, Kollegen. Wir sehen uns dort.«

»Wo?«

»Macht doch einen kurzen Stopp bei Bender im Büro.« Mit diesen Worten entfernte sich Rech schnellen Schrittes.

»Das wars mit dem entspannten Tag.« Aydins Enttäuschung war nicht zu übersehen. Er presste die Lippen zusammen.

»Lass uns lieber zu Bender gehen, bevor sie uns sucht.« Brandt gönnte sich einen hastigen Schluck aus seinem Becher, dann eilten sie zum Büro ihrer Chefin.

Brandt klopfte kurz an, danach traten beide ein.

»Wieso seid ihr nicht an eure Handys gegangen?«

»Wir waren in der Küche, Kaffee holen.«

Bender saß an ihrem Schreibtisch und schaute zu Brandt hoch. Es war offensichtlich, dass sie eine Bemerkung herunterschluckte. »Wie dem auch sei. Ihr müsst sofort nach Wahn. Ein Spaziergänger hat auf einem Feldweg eine Leiche gefunden, die als Vogelscheuche verkleidet wurde.«

»Wo genau ist das?«

Bender nannte ihnen die Anschrift. Aydin schrieb mit, dann verabschiedeten sich die beiden Beamten und verließen das Büro.

Eine gute halbe Stunde später erreichten sie das Feld. Es lag sehr nahe am Flughafen Köln/Bonn und damit für Brandts Verständnis schon fast im Stadtteil Lind, der zum Stadtbezirk Porz gehörte.

Es war eine sehr einsame Ecke. Das nächste Haus lag einige Hundert Meter entfernt. Dass hier jemand etwas gesehen hatte, was ihnen bei ihren Ermittlungen helfen könnte, war unwahrscheinlich. Sicher hatte der Täter genau aus diesem Grund die Leiche hier als Vogelscheuche aufgestellt, er musste nicht befürchten, entdeckt zu werden.

Am Fundort war bereits das rot-weiße Polizeiabsperrband zu sehen, dazu jede Menge Dienstfahrzeuge sowie ein Feuerwehrfahrzeug und ein Rettungswagen. Ein Weg ging vom Feld ab, der breit genug war, dass Autos darauf fahren konnten. Vermutlich wurde er vor allem von landwirtschaftlichen Fahrzeugen genutzt.

Brandt schaute in den Himmel hinauf. Keine einzige Wolke war zu sehen und mit 10 Grad Außentemperatur war es ein typischer Märztag. Die Nächte waren noch frisch und kalt, doch der Monat war insgesamt bisher zu trocken gewesen.

»Seid ihr auch schon da?«, zog Rech die beiden auf, als sie zu ihm traten.

»Wer tut so was?« Aydins Blick war auf die Vogelscheuche gerichtet.

»Ich hoffe nicht, dass es ein durchgeknallter Serientäter ist. Was das heißt, muss ich euch nicht verraten.« Rech wirkte nachdenklich, sein Blick wanderte ebenfalls zur Vogelscheuche. »Er muss einen Komplizen haben.«

»Das glaube ich auch«, antwortete Brandt und machte einen Schritt auf die Leiche zu.

Das Opfer war nicht groß, vielleicht um die ein Meter fünfundsechzig, außerdem sehr schmächtig. Aber dass eine einzelne Person die Leiche ohne Hilfe aufrecht an den Holzpfahl gebunden oder sie vielmehr daran aufgehängt hatte, konnte er sich nicht vorstellen.

»Er möchte sein Opfer erniedrigen«, kommentierte Aydin die skurrile Situation. »Warum sonst sollte er der Leiche ein Kleid anziehen und im Intimbereich ausschneiden, damit dieser entblößt ist.«

»Das halte ich auch für möglich. Vielleicht ist es ein Hinweis.«

»Ein entblößter Schritt soll ein Hinweis sein?« Aydin wirkte skeptisch.

»Klar. Möglicherweise war das Opfer schwul oder hatte irgendeine Neigung, die dem Täter missfiel. Auch wenn wir in aufgeklärten Zeiten leben, gibt es noch jede Menge Idioten, die Schwulenhasser sind, sogar in Köln.«

»Ein Mörder, der Jagd auf Schwule macht?« Brandt war sich nicht sicher, ob er Rechs Gedanken folgen konnte und wollte.

»Das herauszufinden, ist eure Aufgabe, ich bin für die

Sicherung der Spuren zuständig«, sagte Rech und hob entschuldigend die Hände, dabei grinste er. Selbst der Anblick der Leiche schien seinem Humor nichts anhaben zu können, was bei Brandt immer wieder Bewunderung auslöste, obwohl er gleichzeitig wusste, dass Rech keineswegs abgestumpft war.

»Haben wir es mit zwei Tätern zu tun?« Aydin schaute Brandt unschlüssig an.

»Möglich. Wobei ein großer, starker Mann das auch allein schaffen könnte. Das Opfer ist klein und schmächtig, vermutlich keine sechzig Kilo schwer. Er könnte die Leiche schon vorher an dem Pfahl befestigt haben, diesen dann angehoben und in das zuvor gegrabene Loch gesteckt haben.«

»Na ja, dafür muss man wirklich sehr stark sein. Außerdem musste der Täter damit rechnen, entdeckt zu werden.«

»Nicht unbedingt. Schau dich um, das nächste Haus liegt ein paar Hundert Meter entfernt. Wenn er das alles nachts über die Bühne gebracht hat, wird das ziemlich lautlos und unbemerkt geschehen sein. Ich finde, es spricht einiges dafür, dass er die Gegend kennen könnte.« Brandt wandte sich an Rech. »Wisst ihr schon, wie lange die Leiche hier aufgestellt ist?«

Rech hob die Augenbrauen, dann blinzelte er Brandt zu. »Die Frage war ein Scherz, oder? Vielleicht ist dir entgangen, dass meine Mitarbeiter und ich gerade erst angefangen haben, die Spuren zu sichern.«

Brandt hob nur abwehrend die Hände.

»Wir sollten uns die Leiche näher anschauen. Wenn wir Glück haben, finden wir Ausweispapiere«, sagte Aydin.

»Jungs, was immer ihr macht, verwischt keine Spuren. Safety first.« Rech holte zwei Paar Einmalhandschuhe aus seiner Tasche und reichte sie den beiden Kollegen. Dann traten sie gemeinsam an die Leiche.

»Er hat viel Blut verloren«, bemerkte Rech. »Auf den ersten Blick würde ich sagen, dass er noch nicht lange tot ist, es ist aber auch keine frische Leiche. Nagelt mich aber bitte nicht darauf fest.«

Brandt schob das Kleid etwas zur Seite. Jetzt sah er den Grund, warum die Leiche so blass und blutleer wirkte. Mehrere Messereinstiche waren zu sehen. »Das Kleid wurde ihm erst angelegt, als er nicht mehr so stark geblutet hat, sonst wäre der Stoff von Blut durchtränkt.«

»Vermutlich ist das erst hier geschehen«, beendete Aydin Brandts Gedanken. »Ausweispapiere werden wir demnach nicht finden. Das Kleid hat keine Taschen und es gibt keine andere Kleidung.«

»Um die Identität mache ich mir keine Sorgen, sondern vielmehr darum, mit was für einem Täter wir es zu tun haben.« Brandt hatte überhaupt kein gutes Gefühl, weil alles für Rechs Befürchtung sprach, dass sie einem Soziopathen, einem Serientäter nachjagen würden.

Dass es sich hier um eine Beziehungstat handelte, war genauso unrealistisch wie die Annahme, dass der Mord im Affekt geschehen war. Niemand aus einer solchen Tätergruppe hätte sich die Mühe gemacht, das Opfer in einer so erniedrigenden Situation zur Schau zu stellen. Der Mörder wollte schocken und der Mörder wollte ihnen eine Botschaft senden – nur, welche?

»Wenn wir Glück haben, findet ihr Hautpartikel und DNA«, sagte Brandt. »Wer hat die Leiche gefunden?«

»Das arme Schwein wird gerade von den Rettungssanitätern betreut.« Rechs Blick wanderte zum Rettungswagen.

»Komm.«

Aydin folgte Brandt.

»Haben Sie die Leiche entdeckt?«, fragte Brandt einen jungen Mann, den er auf Ende zwanzig schätzte.

Er nickte mit zusammengepressten Lippen.

»Können wir uns kurz mit dem Zeugen allein unterhalten?« Die beiden Sanitäter nickten und entfernten sich.

»Wie heißen Sie?«

»Arno Prill.«

»Wohnen Sie hier in der Nähe?«

»Das tue ich. Das hier ist meine Joggingstrecke.«

»Ist Ihnen irgendetwas Verdächtiges aufgefallen?« Brandt hatte schon geahnt, dass Prill einfach nur Pech gehabt hatte, ausgerechnet auf seiner Joggingstrecke auf eine Leiche gestoßen zu sein.

»Leider nicht. Nur diese fürchterliche Vogelscheuche.«

»Laufen Sie die Strecke regelmäßig?«

»Ja, mehrmals die Woche.«

»Wann war das zum letzten Mal?«

»Vor zwei Tagen.«

Damit bestätigte er Brandts Vermutung, dass die Leiche noch keine zwei Tage hier an dem Holzkreuz hing.

»Wir müssten bitte Ihren Ausweis sehen.«

»Wofür?«

»Weil wir Sie als Zeugen aufnehmen müssen.«

»Hier.« Prill fischte eine Geldbörse aus der Jogginghose und reichte Brandt seinen Personalausweis. Brandt überprüfte rasch, ob Prill die Wahrheit bezüglich seines Wohnortes gesagt hatte.

Er hatte es. Somit schied er vermutlich als Täter aus. Vorläufig zumindest, denn nicht nur einmal hatte Brandt im Laufe der Ermittlungen erlebt, dass ein Zeuge am Ende der Täter war. Aber Prill machte auf ihn nicht den Eindruck, als wäre er ein Soziopath.

Brandt gab ihm den Ausweis zurück und verabschiedete sich, dann gingen er und Aydin ein paar Schritte zur Seite.

»Der perfekte Ort, um eine Leiche zur Schau zu stellen.« Brandts Blick wanderte über die Umgebung.

Knapp einhundert Meter rechts von ihnen war eine

Fläche, auf der einige Bäume und Sträucher standen. Für ein Waldgebiet war die Fläche zu klein, Brandt schätzte sie auf etwa einen Hektar. Aber nicht der Bewuchs zog seine Aufmerksamkeit auf sich, sondern etwas anderes. Eine Person, die sie beobachtete.

KAPITEL SIEBEN

Es war inzwischen später Nachmittag und der Hunger hatte sie veranlasst, aufzustehen. Jetzt saß sie mit einer Schüssel Cornflakes auf dem Sofa. Der Fernseher lief im Hintergrund.

Ihre Gedanken kreisten um Dirk und die Frage, ob man seine Leiche schon entdeckt hatte. Die Idee, wie sie ihn loswerden könnte, war ihr spontan gekommen. Er hatte zwar noch eine ganze Weile bei ihr im Wohnzimmer gelegen, doch sie hatte schnell ein paar Handtücher geholt und dafür gesorgt, dass er nicht zu stark ausblutete. Vor allem aber, dass er ihr nicht das Wohnzimmer versaute. Als die Blutung nicht hatte aufhören wollen, hatte sie ihn ins Bad geschleppt und in die Badewanne gelegt. Glücklicherweise war Dirk nicht schwer.

Danach hatte sie versucht, das Blut auf dem Boden und vom Sessel zu entfernen, was ihr nur mäßig gelungen war. Irgendwann hatte sie keine Lust mehr gehabt und Fernsehen geschaut. Dann war ihr die geniale Idee gekommen, Dirk Frauenkleider anzuziehen und seinen Intimbereich zur Schau zu stellen.

Es war seine Schuld, dass er hatte sterben müssen. Warum

hatte er auch dauernd mit seinem Schwanz gedacht und sie bedrängt? Die ganze Welt sollte erfahren, dass er ein Lustmolch und Versager war.

»Ich habe die Welt von einem Versager befreit«, sagte sie zufrieden zu sich und stellte ihre Müslischale auf dem Tisch ab. Die Schüssel war schon fast leer, aber ihr Hunger war noch nicht gestillt. Ihr Blick wanderte zum Sessel.

»Wie bekomme ich nur diese verdammten Blutflecken raus? Nichts als Ärger hat man mit Dirk, selbst nach seinem Tod.« Sie schnaubte. »So ein Dreck«, fluchte sie dann.

Die andere hatte nicht so eine Ferkelei hinterlassen. Die hatte sich sauber töten lassen, ohne ihr Kopfschmerzen zu bereiten.

Sie griff nach der Zigarettenschachtel, die auf dem Tisch lag, und wollte eine Zigarette herausfischen, da sah sie, dass die Schachtel leer war. »Mist, muss ich doch noch raus.«

Dabei wollte sie heute ihre Wohnung nicht verlassen, weil sie gerade keine Menschen ertragen konnte und auch keine Lust hatte, sich frischzumachen. Dummerweise würde sie den Tag ohne Zigaretten nicht überstehen.

Sie wusste, dass sie weniger rauchen musste. Zweimal hatte sie schon damit aufgehört, aber immer wieder den Weg zu den Kippen zurückgefunden.

Missmutig langte sie nach der Schüssel mit den Cornflakes, aß den Rest auf und ging sogleich in die Küche, um das Geschirr abzuspülen. Nachdem sie es abgetrocknet hatte, räumte sie Schüssel und Löffel weg. Sauberkeit war ihr wichtig, deswegen nervte sie das Blut ungemein. Gestern hatte sie noch versucht, das Blut mit Putzmitteln wegzukriegen, aber es war ihr nicht gelungen. Im Internet hatte sie ebenfalls keine befriedigende Lösung gefunden, wobei sie sich auch nicht näher damit auseinandergesetzt hatte, nachdem sie den Tipp mit dem Backpulver gelesen, ihn getestet und als nutzlos abgehakt hatte.

Trotzdem musste sie eine Lösung finden. Nicht unbedingt, weil sie Angst hatte, ein Besucher könnte die Blutflecken sehen, sondern vor allem, weil es sie selbst ungemein störte.

Je länger sie über diese blöde Sache mit dem Blut nachdachte, desto mehr spürte sie, wie sehr sie ihre Zigaretten brauchte, um runterzukommen. Auf Alkohol hatte sie gerade keine Lust. Also zog sie sich an und verließ ihre Wohnung.

Draußen begrüßte die Sonne sie. Sie blieb stehen und schloss kurz die Augen, dann atmete sie die frische Luft ein und spürte sofort den Unterschied zu der abgestandenen Luft in ihrer Wohnung.

»Du solltest lüften«, machte sie sich Vorwürfe. Sie atmete tiefer ein, um noch mehr von der frischen Luft in ihre Lungen zu lassen. Dann öffnete sie die Augen und sah aus dem Augenwinkel, wie eine Frau an ihr vorbeiging und murrte: »Kein Anstand, muss man den ganzen Gehweg blockieren.«

Sie drehte sich um und sah der Frau nach. Ein Spruch lag ihr auf der Zunge, aber sie behielt ihn für sich, denn sie hatte gerade keine Lust auf eine sinnfreie Diskussion.

Sie folgte dem Gehweg, um das nächstgelegene Büdchen zu erreichen, wo sie immer ihre Kippen holte. Es war ein kleines, freistehendes Gebäude, in dem auch nur dieses Büdchen untergebracht war.

»Hallo, Peter«, machte sie sich bemerkbar, als sie das Büdchen erreichte.

»Dach«, antwortete der Büdchenbesitzer, den sie seit Jahren kannte. Solange sie hier einkaufte, hatte sie nie eine andere Person in diesem kleinen Kiosk arbeiten sehen.

»Ich hätte gerne zwei Schachteln von meinen Kippen.«

»Geht klar. Noch was anderes?« Im Hintergrund war Radiomusik zu hören.

»Was Süßes. Hast du Milka-Schokolade?«

»Logo.« Peter lächelte freundlich. Er war groß, schlank und hatte lange graue Haare. »Hast du heute frei?«

Sie schaute sich kurz um, und da sie niemanden sah, überlegte sie, ob sie Peter reinen Wein einschenken sollte. »Unter uns, ich bin krank.«

»Krank?« Peter schenkte ihr einen ungläubigen Blick. »Wie eine Kranke siehst du aber nicht aus.«

»Wenn du dich da mal nicht täuschst. Schließe nie vom Äußeren auf das Innere eines Menschen. Vielleicht habe ich ja eine Nervenkrankheit oder bin depressiv?«

»Du? Das kann ich mir bei dir gar nicht vorstellen. Du bist doch immer so taff und direkt. Jede Depression würde vor dir die Flucht ergreifen. Gibs zu, du hast keine Lust auf Arbeit.«

»Schuldig im Sinne der Anklage.« Sie hob die Hände. »Aber behalt es für dich.«

»Ich schweige wie ein Grab. Und unter uns: Ich kann dich verstehen. Ich habe wie du meine Arbeit gehasst, du weißt ja, ich wurde immer gemobbt und mein Chef hat sich auch noch daran beteiligt. ›Der lahme Peter‹ haben sie mich immer genannt, das werde ich niemals vergessen. Ich wäre daran zugrunde gegangen, aber dieses Büdchen hier, meine zehn Quadratmeter, haben mir das Leben gerettet.«

Sie nickte nur, da sie Peters Lebensgeschichte inzwischen auswendig kannte, hatte er sie doch schon unzählige Male erzählt.

»Vielleicht sollte ich auch ein Büdchen eröffnen.«

»Du?« Peter hob eine Augenbraue. »Dafür bist du nicht nett genug.«

»Was soll das heißen?«

»Als Büdchenbesitzer muss man freundlich sein und auch mal eine Kröte schlucken können. Du bist zu direkt, du würdest deine Kunden vergraulen.«

»So schlimm bin ich doch gar nicht.«

»Du weißt, wie ich das meine. Aber genau das schätze ich an dir. Du bist authentisch, so was ist heute selten.«

Sie wusste, dass Peter recht hatte, und es war auch nur ein Spaß, die Idee mit dem Büdchen, weil sie ohnehin keine Ersparnisse hatte.

Na ja, so ganz stimmt das nicht, ermahnte sie sich. Immerhin war sie noch im Besitz von Dirks Geldbörse. Somit besaß sie etwas mehr als achthundertfünfzig Euro, die dieser Nichtsnutz und Versager im Wettbüro gewonnen hatte.

»Hallo, Peter«, wurde ihr Gespräch durch Jochen Greb unterbrochen. Ein dicker Mann, der kaum Haare auf dem Kopf hatte und den sie nie wirklich hatte einschätzen können, weil sie ihn irgendwie eklig fand. Jochen hatte ihr einmal erzählt, dass er in einer Großschlachterei arbeite, seitdem fand sie ihn noch ekliger. Welche Frau wollte schon einen Mann, der Tag ein, Tag aus Tiere schlachtete?

Doch plötzlich hatte sie eine Idee. Jochen könnte die Antwort auf ihre Frage kennen. Wenn nicht er, wer sonst? Da er im Schlachthof arbeitete, würde er sicher wissen, wie man Blut vom Boden und vom Sessel wegbekam.

Sie lächelte, Jochen war ein Geschenk des Himmels – wenn es denn einen Himmel gab.

»Hallo, Jochen«, sagte sie daher freundlich.

KAPITEL ACHT

ALS BRANDT und Aydin den Besprechungsraum betraten, saßen bereits die anderen Kollegen, einschließlich Bender, um den Konferenztisch.

»Da wir jetzt vollzählig sind, wollen wir keine Zeit verlieren«, begann Bender das Treffen. »Danke, dass ihr alle erschienen seid, gerade wegen der kurzfristigen Anberaumung des Termins. Leider ließ die aktuelle Situation keine Verschiebung zu. Wie ihr wisst, wurde heute auf einem Feld in Porz-Wahn eine Männerleiche gefunden. Diese Leiche wurde als Vogelscheuche zur Schau gestellt. Rech, möchtest du übernehmen?«

»Gerne«, antwortete Rech, der gerade nach einem selbstgebackenen Keks von dem Teller vor sich auf dem Tisch gegriffen hatte. Fischer, der neben Rech saß, nahm sich ebenfalls einen und auch Aydin warf einen begehrlichen Blick in diese Richtung. Rech schob den Teller mit einem leichten Schmunzeln zu ihm. Bender verfolgte das kurze Schauspiel mit einem mahnenden Blick.

»Über die Identität der Leiche können wir noch nicht viel sagen, da wir keine Papiere bei ihr gefunden haben. Fischer kümmert sich darum. Ich schätze, dass die männliche Person zwischen fünfundfünfzig und fünfundsechzig Jahre alt ist. Die Leiche ist von schmächtiger Statur und um die ein Meter fünfundsechzig groß. Die genauen Daten kriegt ihr, sobald sie mir von der Rechtsmedizin vorliegen. Morgen um 9 Uhr werde ich dort vorstellig.«

»Kannst du schon etwas über den Todeszeitpunkt sagen?«, fragte Maike Schmoll, die Bender zuarbeitete und die Jüngste im Team war.

»Grob. Ich schätze, dass das Opfer am 8. März zwischen 15 und 20 Uhr ermordet wurde. Die beginnende Auflösung der Leichenstarre lässt diese Annahme zu. Auch hier möchte ich die Untersuchungen in der Rechtsmedizin abwarten.«

»Und wann wurde die Leiche auf dem Feld aufgestellt?«

»Wahrscheinlich am Abend des 8. März. Tagsüber musste der Täter immer damit rechnen, beobachtet zu werden.«

»Viel scheint da ja nicht los zu sein, wenn die Leiche erst am 10. März entdeckt wurde«, gab Schmoll zu bedenken. Sie war nicht am Fundort gewesen.

»Das Feld liegt recht abgelegen. Die genauen Koordinaten und die Straße findet ihr in meinem Zwischenbericht, den ich euch nach der Besprechung schicken werde. Ich bin vom Fundort direkt hergekommen und hatte noch keine Zeit, den Bericht zu schreiben.« Rech ließ einen weiteren Keks in seinem Mund verschwinden.

»Was ist mit der Todesursache?«, fragte Kramer. Zu Brandts Überraschung war auch er nicht am Einsatzort gewesen. Normalerweise besichtigte er als Fallanalytiker so gut wie immer den Tatort oder den Fundort einer Leiche, vor allem, wenn es ein ungewöhnlicher Mord wie dieser war.

»Das Opfer wurde durch mehrere Messerstiche, vermutlich sieben, tödlich verletzt. Auch hier gilt es noch, die Ergebnisse aus der Rechtsmedizin abzuwarten. Der erste Einstich erfolgte oberhalb des rechten Schulterblattes. Der nächste Einstich in die rechte Seite, die weiteren fünf Einstiche alle auf Herzhöhe.«

»Eine Tat im Affekt?«, hakte Schmoll nach.

»Schwer vorstellbar. Wenn es eine Affekthandlung war, warum wurde die Leiche dann so erniedrigend zur Schau gestellt? Auf den Fotos vier und fünf, die auf den Ausdrucken an eurem Platz zu sehen sind, erkennt ihr das. Dem männlichen Opfer wurde ein Kleid angezogen, das im Intimbereich und auf Höhe des Gesäßes ausgeschnitten ist. Jemand, der im Affekt tötet, wird sich kaum die Mühe machen, eine Leiche derart markant als Vogelscheuche zu präsentieren.«

Brandt stimmte Rech in Gedanken zu. Darüber hinaus gab es noch vieles anderes, was er nicht verstand.

»Was, wenn es trotzdem im Affekt geschah? Opfer und Täter kannten sich, es kommt zu einem Streit, woraufhin der Täter die Nerven verliert, ein Küchenmesser nimmt und zusticht. Er gerät in einen Blutrausch und sticht mehrmals zu«, beharrte Schmoll.

»Möglich ist vieles. Ich kann nur das bewerten, was ich an Spuren habe, daraus müssen die leitenden Ermittler und die Fallanalyse ihre Schlüsse ziehen.«

»Gut, wir halten den Punkt offen«, mischte sich Bender in die Unterhaltung ein. »Vieles spricht für einen vorsätzlichen Mord mit dem Ziel, das Opfer nach seinem Tod bloßzustellen. Möglicherweise kannten sich Opfer und Täter. Was mich zu der Frage veranlasst, welches Motiv der Täter hatte und ob die Vogelscheuche eine Botschaft ist?«

»Davon ist auszugehen«, antwortete Kramer. »Ein wahnsinnig interessanter Fall.«

»Rech, hast du noch etwas dazu?« Bender ignorierte Kramers Einwurf und schaute zu Rech.

»Nicht viel. Wir haben einige Spuren gesichert. Auch Hautpartikel unter den Fingernägeln des Opfers. Allerdings haben wir keine Spuren gefunden, die auf einen Kampf hindeuten, daher ist es sehr wahrscheinlich, dass sich Opfer und Täter kannten. Sicher ist jedoch, dass das Opfer von dem Angriff überrascht wurde, deshalb ist im Umkehrschluss doch nicht auszuschließen, dass sie sich nicht kannten. Wir müssen die Analysen aus dem Labor abwarten und meinen Besuch in der Rechtsmedizin. Ich hoffe, dass ich morgen Mittag weitere Angaben machen kann.«

Brandt konnte sich kaum vorstellen, dass das Opfer den Täter nicht gekannt hatte. Zu vieles sprach dafür und er ging sogar davon aus, dass Täter und Opfer verabredet gewesen waren. Dann geschah dieser feige Mord – zur tödlichen Überraschung des Opfers.

»Was ist mit den beiden Holzpfählen und den Seilen?«, fragte Bender.

»Bei den Holzpfählen handelt es sich um Teile eines Lattenzauns. Der eine hat einen Durchmesser von knapp zwölf Zentimetern und eine Höhe von zwei Metern, der andere hat einen Durchmesser von knapp acht Zentimetern und eine Länge von einem Meter. Es handelt sich dabei um französische Edelkastanie. Fischer versucht herauszufinden, wo das Material gekauft wurde. Die Seile, die zum Festbinden der Leiche benutzt wurden, sind gewöhnliche Hanfseile, die es in jedem Baumarkt zu kaufen gibt. Wir haben Holzsplitter am Fundort sichergestellt, daher gehe ich davon aus, dass der kleinere Holzpfahl erst auf dem Feld an den dickeren Pfahl genagelt wurde.«

»Das müsste dafürsprechen, dass der Täter einen Kombi oder ein größeres Auto gefahren hat, oder?«, meldete sich Aydin zu Wort.

»Es spricht vieles dafür, denn auch die Leiche musste ja transportiert werden. Entweder auf der Rückbank oder im Kofferraum. Die Holzpfähle wären für den Kofferraum beispielsweise eines Golfs zu groß, aber wenn man die Rückbank umklappt, hätte man das vermutlich hinbekommen. Wir haben Reifenspuren sichergestellt. Vielleicht gelingt es uns, anhand dieser Spuren das Fahrzeug zu ermitteln. Auch hier möchte ich euch um Geduld bitten.«

»Fischer, gib uns bitte Bescheid, wenn du etwas Verwertbares findest. Vor allem, sobald die Identität der Leiche geklärt ist.« Bender warf Fischer einen Blick zu, der wenig Hoffnung machte, und Brandt wusste, warum. Diese Holzpfähle konnte man vermutlich in jedem Baumarkt und auch online kaufen. Dennoch mussten sie jede Möglichkeit prüfen, so aussichtslos es auch schien. Das gehörte zur mühseligen Ermittlungsarbeit der Polizei nun mal dazu.

»Mach ich«, antwortete Fischer.

»Hast du noch was?«, fragte Bender an Rech gewandt.

»Nein, das wars vorerst von mir. Alles Weitere Morgen.«

»Danke. Fischer, ich glaube, dich können wir heute auslassen oder hast du etwas hinzuzufügen?«

»Nein, derzeit nicht.«

»Kramer, wie ist deine erste Einschätzung, trotz der überaus dünnen Informationslage?«

»Wie eben schon erwähnt, ein sehr interessanter Fall«, erwiderte Kramer.

Zu Brandts Überraschung ließ der Fallanalytiker sich weder gegen die Rückenlehne seines Stuhles fallen noch machte er eine bewusste Pause, um einen Spannungsbogen zu erzeugen. Er antwortete nur. Aber Brandt rechnete fest damit, dass die Kramer-Show gleich beginnen würde, der Kollege brauchte diese Aufmerksamkeit unbedingt.

»Trotz der bescheidenen Informationslage und der Tatsache, dass ich den Fundort der Leiche leider nicht persönlich begutachten konnte, weshalb ich nur auf das, was ich gerade gehört habe, und einige weitere Informationen und Bilder zurückgreifen kann, glaube ich nicht, dass wir es hier mit einem Totschlag als Tötungsdelikt zu tun haben, sondern mit eiskaltem Mord gemäß § 211 StGB. Die Einstiche lassen die Annahme zu, dass der Täter genau wusste, was er tat. Die Zurschaustellung des Opfers bestätigt den skrupellosen Vorsatz. Der Täter wollte das Opfer nicht nur töten, sondern auch bloßstellen. Was mich annehmen lässt, dass Opfer und Täter sich kannten, wobei sie nicht unbedingt freundschaftlich verbunden gewesen sein müssen. Vielmehr muss es große Antipathien zwischen dem Täter und dem Opfer gegeben haben, da er das Opfer nicht nur ermorden, sondern noch über den Tod hinaus bestrafen wollte.« Kramer hielt inne und ließ seinen Blick durch die Runde schweifen.

Brandt war über die Sachlichkeit Kramers überrascht. Er konnte seinen Gedanken sehr gut folgen.

»Wenn sich Täter und Opfer kannten und er sich mit dem Mord an dem Opfer rächen wollte, liegt es doch nahe, dass wir es nicht mit einem Serientäter zu tun haben, oder?«, warf Schmoll ein. Sie atmete etwas unruhig, als würde sie etwas beschäftigen.

»Ich fürchte nicht. Sowohl die Einstiche als auch die Zurschaustellung und Erniedrigung des Toten lassen eher vermuten, dass hier jemand, der Freude am Töten hat, zu Werke war. Ein eiskalter Soziopath. Wenn dem so ist, spricht vieles dafür, dass seine Lust am Töten gerade erst begonnen hat und wir mit weiteren Morden rechnen müssen.«

»Danke, Kramer. Es ist unsere Aufgabe, genau das zu verhindern«, erklärte Bender. Ihr Blick ging zur Wanduhr. »Ich habe in fünf Minuten ein Gespräch mit dem Polizeipräsidenten, daher muss ich das Tempo etwas anziehen. Was ist mit euch?« Sie schaute erst Aydin, dann Brandt an.

»Wirklich viel haben wir auch nicht. Der Zeuge Arno Prill wurde bereits von Fischer durchgecheckt. Es ist sehr unwahrscheinlich, dass er mit der Tat in Verbindung steht. Er hatte einfach nur das Pech, dass der Täter das Opfer auf der Laufstrecke des Zeugen zur Schau gestellt hat.« Brandt holte kurz Luft.

»Rech geht davon aus, dass die Leiche bereits am Abend des 8. März dort aufgestellt wurde. Wenn ich richtig informiert bin, hat der Jogger sie aber erst heute entdeckt. Gehe ich also recht in der Annahme, dass er gestern nicht joggen war?«, erkundigte sich Kramer.

»Dem ist nichts hinzuzufügen. Der Zeuge joggt mehrmals

die Woche auf der Strecke, er wohnt einige hundert Meter entfernt vom Fundort der Leiche«, antwortete Aydin. »Der Zeuge hat auch nichts gesehen, was uns bei den Ermittlungen von Nutzen sein könnte. Wir gehen davon aus, dass der Täter die Ecke kennt.«

»Vielleicht wohnt er in Porz-Wahn oder Lind?«, meldete sich Schmoll zu Wort.

»Wäre nicht ausgeschlossen. Aber dass ein Täter die Leiche direkt in nächster Nähe seiner Anschrift zur Schau stellt, wage ich zu bezweifeln«, entgegnete Brandt. »Allerdings möchte ich in diesem Stadium nichts ausschließen. Was wir sicher wissen, ist nur, dass das Feld nicht der Ort ist, an dem der Mord geschah.«

»Was ist mit der anderen Person?«, fragte Bender.

»Darauf wollte ich gerade zu sprechen kommen. Es gibt noch einen zweiten Zeugen. Er hat uns aus sicherer Entfernung zwischen Sträuchern versteckt beobachtet. Allerdings haben wir große Zweifel, ob seine Aussage rechtlich überhaupt Bestand hat.«

KAPITEL NEUN

Es war richtig gewesen, dass sie rausgegangen war. Nicht nur, weil sie ihre Kippen und eine Tafel Schokolade hatte kaufen können, die beide ihre Nerven ungemein beruhigten, sondern auch, weil Jochen ihr über den Weg gelaufen war. Manchmal fügte sich eben doch alles zum Guten.

Sie tippte eine Zigarette aus der Schachtel und zündete sie an, dann nahm sie einen kräftigen Zug. Ihre Gedanken wanderten zu Dirk.

»Ob die Polizei ihn schon gefunden hat?« Sie stieß den Rauch mit flatternden Lippen aus, dann nahm sie einen weiteren Zug. Das Nikotin begann zu wirken, und sie spürte, wie sie sich langsam entspannte.

Sie griff nach ihrem Handy und öffnete die Website des Express. Immerhin waren schon fast zwei Tage vergangen, seit sie Dirk aufgestellt hatte. In den zwei Tagen müsste doch irgendein verdammter Spaziergänger, Jogger oder Autofahrer ihn gefunden haben. Oder die Polizei?

Sie scrollte die Seite runter.

Nichts!

»Das kann doch nicht sein. Selbst als Leiche ist dieser Dirk zu nichts zu gebrauchen.« Sie atmete ihre Wut aus, zog ein weiteres Mal an der Kippe und warf sie dann in den Aschenbecher, ohne die Glut am Zigarettenstummel zu löschen. Stattdessen holte sie eine zweite Zigarette aus der Schachtel und zündete sie an.

»Dieses Blut nervt.« Ihr Blick wanderte zum Sessel. Jochen hatte ihr erzählt, dass man Blutflecken sehr gut mit Bleichmittel wegbekäme, nur hatte sie keines zur Hand, was hieß, dass sie noch mal raus musste, falls sie es nicht online besorgte. Da sie aber ungern im Internet Sachen bestellte, kam sie nicht darum herum, erneut rauszugehen.

»Ich hab ja noch Zeit.« Sie langte nach der Tafel Schokolade, öffnete sie und gönnte sich einen Riegel. Wegen der Zigarette schmeckte die Vollmilchschokolade anfangs komisch, aber schnell gewöhnte sie sich an den Geschmack, sodass sie sich genüsslich Stück für Stück in den Mund steckte.

Ihr Handy vibrierte. Andre Staub hatte ihr eine Nachricht geschrieben. Sie las den Text:

Hey, wie gehts?

»Wie soll es mir gehen?« Sie schüttelte den Kopf. Mit Andre kam sie gut klar, er war auch ganz nett, und sie hatte das Gefühl, dass er auf sie stand, aber er war nicht wirklich ihr Typ. Trotzdem, vielleicht tat ihr ein wenig Abwechslung gut.

Ging schon mal besser. Und Dir?

Sie war hin und her gerissen. Einerseits beruhigten sie die Zigaretten und auch das Gespräch mit Jochen hatte ihr gutgetan, weshalb sie eben noch geglaubt hatte, dass sich alles fügen würde. Doch jetzt kamen wieder diese Zweifel, die sie nicht loslassen wollten und ihr ganz komische Gedanken schenkten, die sie nicht an sich heranlassen mochte.

Bei mir alles gut. Warum so betrübt?,
schrieb Andre zurück.

Eigentlich nichts.

Eigentlich?

Andre antwortete schnell, deshalb ließ sie sich bewusst mehr Zeit. Sie wollte ihm nicht das Gefühl geben, dass sie allzu viel Interesse an der Kommunikation mit ihm hatte. Jedenfalls hatte sie die Erfahrung gemacht, dass sich Männer oft etwas darauf einbildeten, wenn die Frauen auf jede Nachricht sofort antworteten. Ihr Magen knurrte leicht. Natürlich, bisher hatte sie nur eine Schüssel Cornflakes und eine Tafel Schokolade gegessen.

Ich langweile mich nur,

schrieb sie, um ihn von der Ungewissheit zu erlösen. Andres Antwort ließ wieder nicht lange auf sich warten:

Dann lass uns doch in Mülheim treffen. Hast du schon was gegessen?

Nein,

tippte sie in ihr Handy und schickte die Antwort ab. Sie wollte ihn nicht wieder warten lassen. Eigentlich gab es nicht mal einen Grund für solche Spielchen, da sie sowieso nichts von ihm wollte.

Du bist sehr wechselhaft in deinen Entscheidungen und Gedankengängen, meldete sich eine innere Stimme, die sie aber sofort verdrängte. Es war ihr egal. Sie tat, was sie für richtig hielt, auch wenn es dadurch logische Lücken in ihren Handlungen gab, da sie oft unbedacht geschahen. Für sie waren sie jedoch nachvollziehbar und logisch.

Ihr Mathelehrer hatte ihr immer vorgeworfen, dass sie es mit der Logik nicht so habe. Dafür hatte sie ihn gehasst und sich nicht nur einmal gewünscht, ihm ein Messer in den Rücken zu stechen. Irgendwann hatte sie ein paar Nägel vor den Vorderreifen seines Autos gelegt in der Hoffnung, dass die Reifen während der Fahrt platzen würden und der Lehrer die Kontrolle übers Auto verlieren und sterben würde. Leider war nichts passiert. Danach hatte sie es kein zweites Mal versucht. Auch etwas, was ihr Mathelehrer an ihr kritisiert hatte: Sie sei nicht ausdauernd genug, würde zu schnell das

Interesse verlieren. Aber was wusste dieser Idiot schon von ihr und ihrem Innersten? Nichts!

Sie atmete hörbar ein und aus.

Vielleicht ist etwas Gesellschaft jetzt das Richtige für dich, dachte sie.

Auf dem Handydisplay stand längst die nächste Nachricht von Andre:

Ich habe auch noch nichts gegessen. Dann lass doch gemeinsam was essen. Ablenkung tut dir bestimmt gut.

Sein Argument war nicht von der Hand zu weisen, zumal er sehr spendabel war und sie immer einlud. Ganz anders als Dirk, der sie gefühlt noch nie eingeladen hatte. Obwohl – das stimmte so nicht. Auf jeden Fall hatte Andre, im Gegensatz zu Dirk, wenigstens einen Job, wo er gutes Geld verdiente.

Aber wollte sie sich jetzt wirklich mit ihm treffen?

»Warum nicht? Du musst doch eh in den Drogeriemarkt und Bleichmittel kaufen.« Trotzdem zögerte sie mit ihrer Antwort. Sie drückte den Zigarettenstummel im Aschenbecher aus. Die Tafel Schokolade hatte sie schon aufgegessen. Der viele Zucker hatte ihren Appetit angeregt.

»Verdammte Antriebslosigkeit.« Sie presste die Lippen zusammen, nahm ihr Handy und tippte dann die Antwort ein:

Warum nicht.

Super. Freu mich. Wann denn?

In einer Stunde?

Passt. Wollen wir uns im Café Leo am Wiener Platz treffen?

Okay.

Freu mich.

Sie antwortete nicht und legte ihr Handy zur Seite. Eine Stunde war knapp, schließlich musste sie sich noch fertig machen und hätte gerne bis dahin die ein oder andere Zigarette geraucht. Nun hatte sie ihm jedoch schon zugesagt, daher wollte sie auch nicht zu spät erscheinen. Also ging sie ins Bad, die Zigarette im Mund, und ließ Wasser ins Waschbecken einlaufen, lauwarm. Währenddessen roch sie unter ihren Achseln, und da sie keinen Schweißgeruch feststellen konnte, wusch sie sich nur das Gesicht. Als sie sich abtrocknete, schaute sie sich ihr Spiegelbild an. Etwas blass kam sie sich vor, ihre Augen wirkten müde, aber alles in allem war sie schon eine hübsche Frau, die fast kein Mann von der Bettkante schubsen würde. Außer, er war schwul.

Sie lachte bei dem Gedanken und ging ins Schlafzimmer, um sich anzuziehen.

Pünktlich schlug sie im Café auf. Andre saß bereits da und sie steuerte auf ihn zu.

»Schön, dass du da bist«, grüßte er sie und stand von seinem Platz auf. Er hatte die Angewohnheit, ihr immer ein Küsschen auf die linke Wange zu geben, wobei sein rechter Arm ihre Hüfte umklammerte.

Andre war von normaler Statur. Er trug ein schwarzes Hemd, an dem der letzte Knopf offen war, dazu eine blaue Jeans und Turnschuhe. Alles in allem unspektakulär. Ein Mann, dem man auf der Straße nicht allzu viel Beachtung schenken würde, da es so viele gab wie ihn.

Eigentlich der perfekte Mörder, schoss ihr ein Gedanke durch den Kopf. *Weil er nie auffallen würde.*

»Danke für die Einladung«, antwortete sie − nicht ohne Hintergedanken. Sie ging davon aus, dass er sie einladen würde, trotzdem wollte sie ganz sichergehen. Nicht, dass er am Ende doch eine getrennte Rechnung verlangte. Sie hatte zwar reichlich Geld dabei, den Wettgewinn von Dirk, aber warum bezahlen, wenn sie einen reichen Gönner hatte?

»Das ist doch selbstverständlich, dafür musst du dich nicht bedanken. Ich hatte dir ja schon mal gesagt, ich verstehe die Männer nicht, die mit einer Dame essen gehen und dann getrennte Rechnungen wollen oder gar verlangen, dass die Dame zahlt.«

»Ob ich eine Dame bin, da bin ich mir nicht sicher.« Sie lächelte vielsagend.

»Für mich bist du es.«

»Übertreib nicht.«

Andre wollte etwas erwidern, aber da kam der Kellner und fragte, ob die beiden schon etwas zu trinken bestellen wollten, was sie taten.

Sie nahm die Speisekarte vom Tisch und blätterte sich durchs Menü. Während sie las, brachte der Kellner die Getränke und entfernte sich wieder.

»Ich bestelle das Steak mit Pommes. Das ist sehr lecker und die Preise sind noch echt vernünftig.«

»Meinst du? Jemand hat mir mal gesagt, dass man Steaks nur in Steakhäusern essen sollte.«

»Der hat keine Ahnung. Probier es, und wenn es dir nicht schmeckt, hast du was gut bei mir.«

»Warum nicht.« Sie klappte die Speisekarte zu, und als hätte der Kellner nur darauf gewartet, eilte er zu ihnen, um ihre Bestellung aufzunehmen.

»Du wirst es nicht bereuen«, sagte Andre, nachdem der Kellner wieder gegangen war.

»Ich bin nicht so anspruchsvoll, das solltest du doch wissen. Ob ich hier ein Steak esse oder in einem viel zu feinen Restaurant mit Gästen, die einen Stock im Arsch haben, ist mir Jacke wie Hose. Aber ich würde mich auch nicht als Steakkenner bezeichnen wie du.«

»Du hast die richtige Wahl getroffen, vertrau mir.«

Sie zuckte mit den Schultern, weil es ihr im Grunde völlig egal war und sie Hunger hatte. Sie war noch nie besonders pingelig beim Essen gewesen. Sie aß, was auf den Teller kam.

Kurz herrschte Schweigen. Sie wollte nichts sagen, doch Andre schien genau darauf zu warten.

Er schaute aus dem Fenster, dann zu ihr. »Hast du eigentlich schon davon gehört?«

»Was?«

»Na, von der Leiche, die man heute gefunden hat.«

»Welche Leiche?« Sie wurde hellhörig, da sie im Express nichts darüber gelesen hatte. War es möglich, dass der

Express zu langsam war, oder hatte sie zu früh geschaut? Ging es denn endlich um ihre Leiche?

»Man hat die Identität noch nicht festgestellt.«

»Ja, gut, aber von was für einer Leiche redest du? Es sterben täglich wer weiß wie viele Menschen in Deutschland.« Ihre Worte wurden von Enttäuschung und leichter Wut begleitet. Konnte es sein, dass Andre etwas ganz anderes meinte, als sie gehofft hatte?

»Die Leiche, die als Vogelscheuche zur Schau gestellt wurde.«

Sie atmete innerlich auf, und plötzlich überkam sie ein positives Gefühl, kein Glücksgefühl im eigentlichen Sinne, nur ein angenehmes, warmes Gefühl, das durch ihren Körper strömte.

»Als Vogelscheuche? Bist du sicher?«

»Ja, stand als Newsheadline im Kölner Stadtanzeiger mit dem Hinweis, dass später mehr Informationen folgen würden.«

»Wann hast du das gelesen?«

»Kurz bevor du kamst. Die Nachricht ist ganz frisch. Angeblich wurde dem armen Teufel ein Frauenkleid angezogen, das im Intimbereich ausgeschnitten war. Wer macht nur so was Krankes? Und ihn dann auch noch als Vogelscheuche zur Schau stellen?«

»Wieso muss der Täter denn krank sein?«

»Na ja, normal ist das nicht.«

»Da sieht man, wie naiv du bist«, sagte sie vorwurfsvoll.

Er schaute sie nur schweigend an.

»Du weißt doch nichts über die Hintergründe. Was, wenn die Vogelscheuche es verdient hat?«

»Glaubst du, es war jemand aus dem Umfeld des Täters? Wollte er sich an ihm zu rächen?«

»Vielleicht. Vielleicht war er auch ein Perverser oder ein Kinderschänder. Das ist das Problem unserer heutigen Zeit. Alle lesen etwas im Internet und sofort bildet man sich eine

Meinung, die mit der Realität nichts zu tun hat. Ganz schlimm ist das auf Facebook. Deswegen nutze ich diesen Mist gar nicht erst.«

»Ich verstehe dich. Ich habe auch kein Facebook, aber eine Freundin von mir. Es ist wirklich erschreckend, was für Fakenews da als authentisch verkauft werden, und die Leute glauben das auch noch.«

»Klar, der Mensch ist dumm, er wartet doch nur darauf, manipuliert zu werden. Gab es da nicht mal den Spruch, dass eine Lüge stärker ist als die Wahrheit oder so?«

»Es gib ein schönes Zitat von Alfred Polgar, der mal sagte: ›Die Menschen glauben viel leichter eine Lüge, die sie schon hundertmal gehört haben, als eine Wahrheit, die ihnen völlig neu ist.‹«

»Den Spruch meinte ich nicht, ist auch egal. Was ich nur sagen will: Wir kennen die Beweggründe des Täters nicht. Möglicherweise hat er den Menschen mit seiner Tat einen großen Gefallen getan.«

»Die nächsten Tage werden es zeigen.«

»Gibt es schon einen Verdacht, wer der Täter sein könnte?«

»Der Artikel war sehr kurz, aber ich glaube nicht.«

»Sicherlich finden sie den nie. Bestimmt ein Vollprofi.«

Andre schaute sie an, als würde er sich über diesen Satz wundern, sagte jedoch nichts.

Der Kellner kam mit dem Hauptmenü und servierte es, dann fragte er, ob die beiden noch etwas wünschten. Als beide verneinten, entfernte er sich.

»Lass es dir schmecken.«

»Danke, du dir auch.« Sie schnitt in das Fleisch. Roter Fleischsaft floss heraus und verteilte sich auf dem Teller bis hin zu den Pommes. Sie hatte ihr Steak extra blutig bestellt. Andre hingegen durch.

»Ist mir ein Rätsel, wie du dein Steak so halb roh essen kannst, daran ist ja nichts gebraten.«

»Da muss ich dir widersprechen. Das Steak darf keine Sekunde länger gebraten sein«, entgegnete sie, dabei war das nur die halbe Wahrheit. Sie hätte es auch medium rare gegessen, aber sie bevorzugte nun mal die Garstufe Bleu. Genussvoll ließ sie das Stück, das sie abgeschnitten hatte, in ihrem Mund verschwinden. Dann wanderte ihr Blick zu dem roten Fleischsaft, der sich auf dem Teller ausgebreitet hatte, und ihr war, als würde plötzlich ein Schalter in ihrem Kopf umgelegt. Der Anblick erregte sie nicht nur, er erweckte eine unbändige Lust auf noch mehr Blut. Ihr Blick ging zu Andre und mit einem Mal war da diese Fantasie.

»Was machst du eigentlich nachher?«, fragte sie, aber mit ihren Gedanken war sie schon viel weiter.

KAPITEL ZEHN

A YDINS M AGEN KNURRTE.

»Hast du Hunger?«, fragte Brandt.

»Etwas, immerhin ist die Mittagspause heute ausgefallen.«

»Wollen wir einen Abstecher zu Walter machen?«

»Immer gerne. Aber ich kann auch bis nach der Befragung des Zeugen aus dem Waldstück warten, die Stunde halte ich noch aus.«

»Lieber nicht. Nicht, dass du mir vom Fleisch fällst oder zur Diva wirst.«

»Das stimmt doch gar nicht. Wann zicke ich rum, wenn ich Hunger habe?«

»Willst du darauf eine ehrliche Antwort?« Brandt grinste. »Die zwanzig Minuten für eine Wurst haben wir noch und Walters Imbiss liegt eh auf der Strecke ... na ja, mehr oder weniger.«

»Ach, wenn das keine positive Überraschung ist! Ich hoffe, ihr habt reichlich Hunger mitgebracht.« Walter strahlte und wischte seine Hände mit der Schürze ab, um seine Freunde per Handschlag zu begrüßen.

Die Herzlichkeit, mit der Walter sie jedes Mal empfing, war ansteckend und erfreute Brandt immer von Neuen. Walter war das beste Beispiel dafür, dass man einen Menschen nicht nach seinem Aussehen beurteilen durfte. Er war groß, sehr kräftig und trug eine Glatze. Unzählige Tattoos schmückten seinen Körper, aber sein Wesen war wahnsinnig freundlich und respektvoll und seinen Freunden gegenüber war er absolut loyal, ja geradezu väterlich eingestellt.

»Wir haben leider nur Zeit für eine schnelle Bratwurst. Die beiden auf dem Rost scheinen fertig zu sein«, antwortete Brandt und zeigte auf den Grill.

»Das sind sie. Also auch kein Bier?«

»Nein, für Aydin eine Coke und für mich ein Wasser. Wir sind noch im Dienst.«

»Ich hätte schon Lust auf ein Kölsch«, gestand Aydin kleinlaut, was Brandt zum Lachen brachte.

»Gib ihm sein Kölsch, bevor er mich die ganze Zeit volljammert.«

»Kölsch ist kein Alkohol, das weiß jeder in Köln, das ist ein Grundnahrungsmittel, somit verstößt Emre auch nicht gegen eure Dienstvorschriften.« Walter öffnete eine Flasche und reichte sie Aydin, Brandt gab er eine Flasche stilles Wasser. Danach nahm er die zwei Würstchen vom Grill und bereitete sie für die beiden je auf einem Teller vor. »Was gibt es Neues von der Front?«

»Leider keine guten Neuigkeiten. So ein durchgeknallter Soziopath hat einen Mann ermordet und als Vogelscheuche zur Schau gestellt«, antwortete Aydin und gönnte sich einen Schluck aus der Flasche.

»Kein Scherz?«

»Leider nicht«, sagte Brandt.

»Habt ihr ein Foto?«

»Möchtest du das wirklich sehen?« Die beiden Kriminalpolizisten pflegten einen offenen Umgang mit Walter, was ihre Ermittlungen betraf, denn sie waren enge Freunde. Der Imbissbudenbesitzer hatte eine Karriere als Kleinkrimineller hinter sich, seit er den Grill besaß, hatte er dem Verbrechen allerdings abgeschworen. Trotzdem hatte er noch Kontakte zur Unterwelt und war Brandt und Aydin auf diese Weise inoffiziell schon hier und da behilflich gewesen.

»Ja, warum nicht? Sicherlich werden die Zeitungen morgen voll von solchen Fotos sein.«

»Hoffentlich nicht. Als wir am Fundort waren, war keine Presse zugegen.«

»Jede Wette, dass das Foto morgen in den Zeitungen abgedruckt ist. Irgendein Kollege von euch wird es der Presse zuschanzen. Ihr wisst doch, wie das läuft.«

Brandt nickte zustimmend. Es war kein Geheimnis, dass Polizeibeamte den Medien regelmäßig Ermittlungsstände lieferten – nicht nur in Köln, sondern bundesweit, und nicht immer spielte Geld dabei eine Rolle.

»Möglich.« Aydin nahm sein Handy, öffnete eine E-Mail von Rech und zeigte Walter ein Foto. »Ist nicht schön.«

»Ich habe schon viel kranke Scheiße gesehen, aber das hier ist wirklich oberkranker Mist. Wer macht so was?«

»Das wollen wir herausfinden.« Aydin biss ein Stück von seiner Rindswurst ab.

»Glaubt ihr, es ist ein Serientäter?«

»Möglich. Jemand, der nur einmal tötet, würde sich nicht so große Mühe geben«, antwortete Aydin. Brandt hörte zu und spießte ein Stück Currywurst auf.

»Nicht unbedingt. Was, wenn er das Opfer damit einfach bloßstellen wollte? Der Täter könnte selbst ein Opfer gewesen sein.«

»Wie meinst du das?«, fragte Brandt.

»Na ja, mal angenommen, der Täter ist von dem Opfer missbraucht worden, dann könnte die Entblößung des Intimbereichs ein Hinweis darauf sein.«

»Das hört sich plausibel an. Wenn Walter recht hätte und

der Täter als Kind von dem Mordopfer geschändet wurde, weshalb er sich jetzt dafür gerächt hat, würde uns das wenigstens die Hoffnung bescheren, dass wir es nicht mit einem Serientäter zu tun haben«, sagte Aydin und schob sich das letzte Stück Rindswurst in den Mund.

»Ich weiß nicht. Macht sich ein Missbrauchsopfer denn die Mühe, die Leiche an einem Holzkreuz zu befestigen? Er hätte ihn genauso gut in entwürdigender Position auf dem Feld liegen lassen können.«

»Wenigstens wisst ihr, dass euer Täter groß und kräftig sein muss«, sagte Walter, der sich inzwischen ein Bier geöffnet hatte.

»Nicht unbedingt. Er könnte einen Komplizen haben«, warf Aydin ein.

»Das wird ja immer skurriler. Wer macht denn bei so einer irren Scheiße mit?«

»Jemand, der in Abhängigkeit zu dem Täter steht oder vielleicht sogar in den Mord involviert ist.«

»Jungs, ihr seid echt nicht zu beneiden. So viele Fragen, von denen die meisten in eine Sackgasse führen. Ich könnte euren Job nicht machen.«

»Warum auch? Du hast deine Bestimmung doch schon gefunden.« Aydin schenkte Walter ein freundliches Lächeln.

»Das habe ich.« Walter wirkte zufrieden.

»Letztens hat sich das aber noch anders angehört, da wolltest du uns mehr zuarbeiten und ein richtiger Polizist sein«, verdarb Brandt mit viel Ironie die etwas sentimentale Stimmung.

»Quatsch. Ich sagte, dass ich gerne mal wieder ein bisschen mehr Action hätte, aber nicht, dass ich ein Vollzeitbulle ...«, Walter unterbrach sich und korrigierte sich hastig, »... Vollzeitkriminalbeamter meinte ich natürlich, sein möchte.«

»Lasse zieht dich doch nur auf. Du weißt ja, das ist eine seiner wenigen Stärken«, kam Aydin dem Freund wie so oft zu Hilfe.

»Ich habe lediglich die Fakten angesprochen«, verteidigte sich Brandt. »Aber wir sollten langsam los. Unser Zeuge wartet auf uns.«

»Er übernimmt die Rechnung«, sagte Aydin breit grinsend.

Brandt musste nun ebenfalls lachen und bezahlte. Das Trinkgeld, das er Walter geben wollte, wurde wie immer mit einem bösen Blick abgelehnt.

»Den Tag will ich erleben, an dem ich von meinen besten Freunden auch noch Trinkgeld annehme. Mir ist es ja schon unangenehm, dass ihr überhaupt zahlt. Viel zu sehr freue ich mich über eure Gesellschaft.«

»Das ist dein Imbiss, Walter, du hast Kosten. Nicht zu zahlen, wäre unverschämt von uns, gerade weil du unser Freund bist«, wandte Aydin ein. »Und wenn Lasse zahlt, solltest du dir reichlich Trinkgeld geben lassen.«

Brandt klopfte Aydin auf die Schulter, dann verabschiedeten sich die beiden und gingen zum Wagen, um zu ihrer Zeugenbefragung nach Wahn zu fahren.

»Es war schön, dass wir bei Walter waren. Die Ablenkung hat mir gutgetan«, sagte Brandt und startete den Motor.

»Mir auch, und du siehst ja, wie sich Walter jedes Mal freut, uns zu sehen.«

»Das stimmt, er ist ein sehr feiner Kerl. Ich hoffe, dass er nicht irgendwann an jemanden gerät, der seine Gutmütigkeit und Naivität eiskalt ausnutzt.«

»Das werden wir zu verhindern wissen.«

Brandt schwieg, denn er war sich nicht sicher, ob sie tatsächlich so einen bedeutenden Einfluss auf ihn hatten. Schon öfter hatte er erlebt, dass Menschen unter Beeinflussung von anderen manchmal Dinge taten, die sie normalerweise niemals getan hätten. Vor allem, wenn die Liebe im Spiel war.

»Glaubst du, der Täter hat einen Komplizen?«, brachte Aydin das Gespräch zurück auf die Ermittlungen, was Brandt nur recht war.

»Schwere Kiste. Sollten wir es wirklich mit einem sadistischen Serientäter zu tun haben, eher unwahrscheinlich. Aber sicher ist nichts an diesem Fall, wie ich es Walter gegenüber schon gesagt habe. Wenn es ein Einzeltäter war, muss er sehr kräftig sein. Die Leiche kriegst du alleine kaum aufgestellt.«

»Nicht unbedingt. Der Täter hätte das Holzkreuz zuerst im Boden verankern und dann die Leiche an dem Pfahl befestigen können. Das Opfer war schmächtig und die Arme, der Oberkörper und die Beine wurden mit Seilen angebunden. Wenn der Täter erst die Arme befestigt und dann den Oberkörper, oder erst den Oberkörper, dann die Arme«, korrigierte sich Aydin, »und abschließend die Beine, wäre das möglich.«

»Alles Spekulation. Es gibt sehr viele offene Fragen, und wenn wir Glück haben, bekommen wir gleich ein paar Antworten.«

»Ich bin da weniger optimistisch.«

»Das musst du in unserem Beruf aber sein, das solltest du wissen.« Brandt atmete aus. In Gedanken gab er seinem Freund recht, auch er war wenig optimistisch, dennoch mussten sie das Gespräch mit dem Zeugen suchen.

Brandt betätigte die Klingel an der Haustür. Der Zeuge wohnte in einem Einfamilienhaus in Wahn, unweit vom Fundort der Leiche.

Die Haustür wurde von einer Frau geöffnet. »Hallo. Kommen Sie doch bitte rein.«

Aydin hatte Monika Hirth auf dem Weg zu Walter angerufen und ihr Kommen angekündigt. Sie war die Mutter des Zeugen.

Die beiden Beamten folgten ihr ins Wohnzimmer. »Sie möchten sicherlich mit Johannes sprechen, oder?«

»Ja, das wäre gut. Wir hätten aber vorher auch ein paar Fragen an Sie.«

Hirth wirkte etwas überrascht. Bereits bei der Begrüßung hatte sie sich nervös gezeigt, ihre Hand hatte gezittert.

»Und welche Fragen wären das?«

»Spielt Ihr Sohn öfter in der Gegend um das Feld herum?«

»Ja, das tut er. Er mag das kleine Waldstück, wenn man es überhaupt so nennen kann. Dass hier so ein schlimmes Verbrechen passieren könnte, hätte ich nie für möglich gehalten.«

»Spricht er mit Ihnen über das, was er erlebt hat?«

»Das tut er ...« Sie hielt kurz inne. »Ich glaube es jedenfalls.« Hirth biss sich auf die Unterlippe. Ihre Augenlider flatterten, dabei gab es gar keinen Grund, aufgeregt zu sein, schließlich verdächtigten sie den Sohn nicht. Es wäre auch schwer vorstellbar, dass er der Täter war.

»Hat er Ihnen etwas über den 8. März erzählt?«

Sie überlegte und ließ sich mit einer Antwort Zeit. »Nein, ich denke nicht.«

»Aber er war wieder in diesem kleinen Waldstück, richtig?«

»Ja, das war er, das hat er mir erzählt.«

»Und was hat er da gemacht?«

»Na ja, was er immer macht. Spielen.«

»Das heißt, Sie haben ihn nicht gefragt, was er dort genau gemacht hat?«

»Nein, habe ich nicht. Ich sah keine Veranlassung dazu. Er spielt jeden Tag da draußen. Wenn etwas Spannendes passiert wäre, hätte er es mir erzählt.«

Dieser Satz dämpfte Brandts Hoffnung, dass Johannes doch etwas beobachtet haben könnte. Trotzdem war es möglich, dass er etwas gesehen hatte, es seiner Mutter jedoch nicht erzählen konnte, weil er zu große Angst hatte.

Als sie am Vormittag den Fundort besichtigt hatten, hatte Brandt Johannes am Rand des Feldes zwischen den Büschen entdeckt und war mit Aydin zu ihm gegangen. Es war ihnen relativ leichtgefallen, Kontakt zu dem jungen

Mann aufzubauen. Vor allem zu Aydin hatte er rasch Vertrauen gefasst, aber er hatte ihnen leider keine eindeutige Auskunft darüber geben können, was und ob er etwas gesehen hatte. Immer wieder hatte er sich in Widersprüche verstrickt. Brandt hatte die Befragung daraufhin abgebrochen, weil er sah, dass man mit Druck oder zu vielen Fragen schon bald seine Belastungsgrenze erreichte. Johannes hatte ihnen seine Anschrift genannt und sie hatten ihn nach Hause gebracht.

»Können wir Johannes jetzt sprechen?«

»Ich hole ihn, aber ich kann nichts versprechen.«

»Danke«, sagte Aydin.

Die Mutter entfernte sich.

»Man sieht ihr an, dass das Ganze ziemlich an ihr nagt«, bemerkte Aydin leise.

»Nur verständlich, wenn der geistig behinderte Sohn mit so einer schrecklichen Tat konfrontiert und jetzt auch noch von zwei Beamten als Zeuge verhört wird«, bestätigte Brandt.

Laut der Mutter lag bei Johannes eine leichte Intelligenzminderung vor. Sein IQ liege bei 56, hatte sie ihnen erzählt. Er denke wie ein Kind und habe darüber hinaus Konzentrationsschwierigkeiten, er vergesse Dinge schnell. Auch könne er schlecht mit Druck umgehen.

Brandt war sich bewusst, dass die Aussage des Jungen daher von jedem Anwalt komplett auseinandergenommen werden würde und sie für den Staatsanwalt somit eigentlich unbrauchbar war.

Eigentlich!

Aber Brandt verfolgte ein anderes Ziel. Er hoffte, dass Johannes den Täter gesehen hatte, da er jeden Tag in der Nähe des Fundorts spielte und es ihnen so vielleicht gelingen würde, ein Phantombild anzufertigen, wodurch ihre Ermittlungen sofort an Fahrt gewinnen würden.

»Möchtest du das Gespräch leiten?«, fragte Brandt.

»Klar, kann ich machen. Das wollte ich eh vorschlagen.

Ich glaube, ich habe einen ganz guten Draht zu Johannes. Außerdem bin ich der Geduldigere von uns beiden.«

»Danke.« Es gab für Brandt keinen Grund, zu widersprechen. Er hatte kein Problem damit, einen Schritt zurückzutreten, wenn er der Meinung war, dass sein Kollege für die Aufgabe besser geeignet war.

Die Mutter kam zurück, allerdings ohne ihren Sohn.

»Wo ist Johannes?«, fragte Brandt.

»Er traut sich nicht. Tut mir leid.«

»Das muss Ihnen nicht leidtun. Ich verstehe das sehr gut. Mein jüngerer Bruder Tolga hat Trisomie 21 und ist vor Fremden auch zunächst schüchtern. Wäre es Ihnen recht, wenn wir mit Ihnen gemeinsam in sein Zimmer gehen?«

Die Mutter wirkte unsicher, doch dann gab sie sich einen Ruck. »Gut, aber nur unter der Bedingung, dass Sie ihn nicht bedrängen, anderenfalls breche ich das Gespräch sofort ab.«

»Selbstverständlich.«

Monika Hirth ging voraus, die beiden Beamten folgten ihr. Sie klopfte an eine Tür und trat dann leise ein. Johannes saß auf seiner Couch und schaute sich einen Zeichentrickfilm an.

»Hallo, Johannes, hier sind die netten Herren, die dich gestern nach Hause gebracht haben.«

Johannes hob den Blick und sah verlegen zu den beiden Polizisten. »Hallo«, sagte er kaum hörbar.

»Hallo. Ist das Zoomania?«, fragte Aydin und machte vorsichtig einen Schritt auf Johannes zu, während Brandt bei der Mutter blieb.

»Ja.«

»Der ist voll schön. Ich glaube, ich habe ihn schon zwanzigmal gesehen.«

»Echt?«

»Ja, ich mag den Film, vor allem Judy. Sie ist total mutig.«

»Ich liebe sie«, rutschte es Johannes begeistert heraus. »Ja, sie ist die Coolste und viel stärker, als alle denken. Sie ist mein Held.«

»Hast du viele Helden?«

»Ja, ich glaube schon. So einige.«

»Und welche?«

»Also, Judy, klar, und Superman, den mag ich ganz doll, den kann nichts kaputt machen. Kung Fu Panda finde ich auch voll cool.«

»Möchtest du auch ein Held sein?«

»Ich?« Johannes schaute zu Aydin auf. Seine Augen wirkten traurig, als würde sich hinter ihnen ein dunkles Geheimnis verbergen. Das Geheimnis, wer der Mörder war?

»Ja, du. Du kannst genauso ein Held sein.«

»Echt? Aber ich habe doch keine Superkräfte, ich bin nur ein einfacher Mensch.« Sein Blick wanderte zu Boden. »Ich verstehe nicht viel davon, wie man ein Held sein kann.«

So, wie der junge Mann gerade mit Aydin sprach, hatte Brandt nicht das Gefühl, dass Johannes nur einen IQ von 56 hatte. Er sprach zwar wie ein Kind, dennoch hatte Brandt den Eindruck, dass er alles verstand, was Aydin sagte. Ein wenig schämte sich Brandt für diesen Gedanken, weil er sich eingestehen musste, dass er sehr wenig über diese Form der Behinderung wusste und auch viel zu wenig Kontakt zu geistig behinderten Menschen hatte, abgesehen von Tolga. Aber Tolga zählte er nicht dazu, er gehörte zur Familie und war ihm sehr ans Herz gewachsen.

Um Vorurteile abzubauen, hilft nur der Kontakt, dachte er selbstkritisch.

»Das ist ganz einfach«, fuhr Aydin indes fort. »Möchtest du wissen, wie das geht?«

»Ja, das wäre echt schön. Glaubst du wirklich, dass ich ein Held bin?«

»Klar. Du musst dich nur erinnern.«

»Und an was?« Johannes schenkte Aydin einen ungläubigen und gleichzeitig vorsichtig interessierten Blick.

»An den kleinen Wald, wo wir uns getroffen haben.«

»Das ist doof.«

»Doof?«

»Ja, das ist doof.« Johannes verschränkte die Arme vor der Brust. Seine Mutter schaute zu Brandt, dann zu Aydin. Sie schien nervös zu werden.

»Na gut, wenn es doof ist, machen wir das nicht. Ich mag auch keine doofen Sachen. Ist das in Ordnung?«

Johannes antwortete nicht sofort. Er verdrehte seine Augen und wackelte mit dem Kopf. Brandt war sich nicht sicher, ob das die ersten Anzeichen dafür waren, dass Johannes sich überfordert fühlte, oder ob es nichts zu bedeuten hatte. Die Mutter wollte er aber nicht fragen, zu groß war seine Sorge, dass sie das Gespräch beenden könnte. Zudem wollte er Aydin nicht dazwischenfunken.

»Magst du auch einen Bonbon?« Aydin fischte eine kleine Tüte Bonbons aus seiner Jackentasche, holte zwei heraus und erreichte damit wieder die Aufmerksamkeit von Johannes. Aydin steckte sich einen Bonbon in den Mund, den zweiten reichte er Johannes, der ihn annahm und ebenfalls in seinen Mund steckte.

»Schmeckt er dir?«

»Ja, lecker.« Johannes lachte.

»Sehr schön. Das ist ein ganz besonderer Bonbon, weißt du?«

»Warum?«

»Der beschützt dich.«

»Echt?«

»Ja, jetzt kann dir niemand mehr Angst machen.«

»Das wäre toll.«

»Ich verspreche es dir. Du musst keine Angst mehr haben, vor niemandem.«

»Auch nicht vor dem Mann, der mich abends besucht, wenn ich schlafe?«

KAPITEL ELF

KÖLN, 11. MÄRZ

»Du bist schon wach?« Andre betrat das Wohnzimmer.

»Sonst würde ich wohl nicht hier sitzen«, gab sie kurz angebunden zurück. Sie hatte sich ein Sandwich gemacht, nebenbei lief der Fernseher. Ihre Antwort war absichtlich bissig, denn sie wusste gerade nicht, ob das alles ein Fehler gewesen war. Immerhin hatte sie etwas ganz anderes beabsichtigt.

»Ist es okay, wenn wir zusammen frühstücken?«

»Ich esse nur das Sandwich. Ist deine Wohnung, kannst dich dazusetzen.« Dass Andre die Frage überhaupt stellte, war gerade zu peinlich. Für ihn.

»Möchtest du einen Kaffee?«

»Ja, warum nicht.«

»Gut. Ich geh kurz ins Bad und mach uns einen Kaffee.«

»Aber nicht zu schwach. Ich brauch was Starkes. Der Tag wird heute lang.«

»Musst du zur Arbeit?«

»Nein, bin krankgeschrieben.«

Andre schaute sie überrascht an. »Verstehe. Also, ich bin im Bad. Falls du was willst, bedien dich einfach.«

»Das werde ich.« Sie kannte Andres Wohnung, sie war

schon einige Male bei ihm gewesen. Vor knapp drei Jahren hatten sie sich kennengelernt, und es gab Zeiten, da kam sie gut mit ihm klar und genoss seine Gesellschaft. Dann aber gab es Tage, wo sie es besser fand, wenn er ihr fernblieb, weil er so langweilig, spießig und devot war. Sie hatte das nie verstanden.

Andre war erfolgreich in seinem Beruf und er hatte eine tolle Wohnung. Warum er dennoch nicht die Eier hatte, bei Diskussionen mit ihr seinen Mann zu stehen, war ihr unerklärlich. Dass er beim Sex devot war, kam ihr allerdings gelegen, denn sie war sehr dominant und einen dominanten Mann hätte sie beim Vögeln niemals akzeptiert.

»Vielleicht war es ein Fehler«, murmelte sie. Der Sex war okay. Für sie jetzt nichts Besonderes, für Andre hingegen scheinbar fantastisch, denn das hatte er ihr gestern andauernd gesagt, woraufhin sie ihn mit der Hand auf den Hinterkopf geschlagen hatte, was er sichtlich genossen hatte, der feige Hund.

Eigentlich hatte sie vorgehabt, Andre zu töten. Es hatte sie ganz plötzlich überkommen, als sie die Lache mit dem blutigen Fleischsaft auf ihrem Teller gesehen hatte. In dem Moment war dieser Wunsch übermächtig geworden. Sie hätte ihm ein Messer in die Brust jagen und in seinem Blut baden wollen. Wenn sie das an dem Abend in die Tat umgesetzt und ihn in seiner Wohnung getötet hätte, hätte sie sich auch keine Gedanken darüber machen müssen, wie sie die Schweinerei wieder sauber gekriegt hätte. Sie wäre einfach zur Tür hinausmarschiert. Hätten sich halt die Erben den Kopf darüber zerbrechen müssen, wie sie das Blut vom Boden und von den Möbeln wegbekamen. Doch statt ihn zu töten, war sie in seinem Bett gelandet.

Sie wusste auch, wer schuld an dieser Dummheit war: die Cocktails, die Andre großzügig spendiert hatte. Vermutlich genau mit der Absicht, dass sie schwach wurde und leicht zu haben.

»Der Depp hat dich gefügig gemacht«, knurrte sie. Diese Tatsache schmeckte ihr gar nicht. Dass in Wahrheit sie am vergangenen Abend diejenige gewesen war, die die Initiative ergriffen hatte, wollte sie sich gerade nicht eingestehen.

Er hätte dich niemals berührt, wenn du nicht den ersten Schritt gemacht hättest, dafür ist er viel zu feige oder gut erzogen, hämmerten sich die mahnenden Worte in ihr Bewusstsein, doch sie verdrängte sie.

»Der Alkohol hat mich halt geil gemacht. Vermutlich hätte ich in dem Zustand auch Dirk rangelassen.«

»Wer ist Dirk?« Andre stand plötzlich mit zwei Bechern Kaffee in der Hand im Wohnzimmer.

»Dirk? Keine Ahnung, wen du meinst. Wer soll das sein?«

»Ich dachte, du hättest eben den Namen Dirk gesagt.«

»Habe ich nicht. Du bildest dir da was ein, was sehr gefährlich ist, glaube ich.«

»Gefährlich?« Andre schien nicht zu begreifen.

»Na, wegen gestern. Das war ein Ausrutscher. Kein Grund, jetzt irgendwelche Männer zu erfinden und eifersüchtig zu sein.«

»Das bin ich nicht. Ich dachte, ich hätte ...« Andre unterbrach sich und reichte ihr einen Becher, den sie auf den Couchtisch stellte. »Mein Fehler, verzeih. Ich habe mich da wohl eindeutig verhört.«

»Das hast du. Und ich will jetzt keine Szene. Setz dich, du machst mich ganz nervös, wenn du so neben mir stehst.«

Das war ein Grund, warum sie Andre nicht ernst nehmen konnte: Er war zu schwach und scheute die Konfrontation. Männer wie ihn konnte man nur als Waschlappen bezeichnen oder, besser noch, als Eunuchen. Sie griff nach dem Kaffeebecher und gönnte sich einen Schluck.

»Ich hoffe, er ist stark genug.«

»Ist okay.« Dass er ihr sehr gut schmeckte, wollte sie nicht zugeben, sonst hätte er sich noch was darauf eingebildet.

Männer wie Andre musste man klein halten, damit sie nicht die Bodenhaftung verloren. »Hast du keinen Hunger?«

»Gerade nicht.«

»Gut.«

»Möchtest du noch was?«

»Hast du Rührei?«

»Ich kann dir gerne welches machen, dann würde ich auch mitessen.«

»Warum nicht? Vergiss aber die Schürze nicht, Mutti.«

Andre lächelte und stand auf. Seinen Becher ließ er auf dem Couchtisch stehen.

Sie schaute ihm nach und war hin und her gerissen, ob sie sein Elend nicht doch beenden sollte. So benahm sich ja wohl kein echter Mann. Er hätte ihr wenigstens vorschlagen können, dass sie gemeinsam Rühreier machten, wenn er sich schon nicht traute, sie zu bitten, sie selbst zu machen. Andererseits konnte sie ja nicht jeden Mann töten, den sie kannte oder der ihr über den Weg lief.

Und wenn er nur schüchtern und nervös ist oder er dir einfach einen Gefallen tun möchte?, überlegte sie, verwarf diesen Gedanken aber sofort. Immerhin kannten sie sich jetzt schon eine Weile, da gab es keinen Grund, schüchtern zu sein.

Er ist eben ein Eunuch, der keine Eier hat!

Da sie gestern nach dem Essen und dem Barbesuch mit zu Andre nach Hause gefahren war, hatte sie vergessen, Bleichmittel zu kaufen. Sie musste das unbedingt heute tun, das Blut musste aus der Wohnung verschwinden.

Ihre Gedanken wanderten wieder zu Dirk und wie sie diesem Versager das Messer erst in die Schulter und dann in die Brust gerammt hatte. Er hatte so gut wie keine Gegenwehr geleistet, als ahnte er, dass er auf die Schlachtbank gehörte. Es war ein unbeschreiblich schönes Gefühl gewesen. Allein der Gedanke an die Tat erregte sie mehr, als Sex es je könnte.

Eines wusste sie: Sie würde schon bald wieder zuschlagen,

ihr Hunger nach Blut und Tod würde ihr keine andere Wahl lassen. Aber so sehr sie sich auch auf das nächste Opfer freute, blieb doch eine diffuse Angst. Nein, eher Sorge, weil sie nicht einschätzen konnte, wo das alles hinführen würde.

Auf keinen Fall wollte sie ins Gefängnis, also würde sie vorsichtiger sein müssen. Etwas, woran sie bei den ersten beiden Morden nicht gedacht hatte. Wobei das streng genommen auch gar keine Morde waren, sondern vielmehr Tötungen, die die beiden Opfer verdient hatten. Dirk hatte dem Staat auf der Tasche gelegen und den Steuerzahler unnötiges Geld gekostet. Er war alt und alkoholkrank, was bedeutete, dass er schon sehr bald noch höhere Kosten durch Krankenhausaufenthalte oder Pflege verursacht hätte.

So gesehen durfte man ihr dankbar sein, dass sie dieses Problem rechtzeitig im Sinne der Gesellschaft und vor allem zu ihrem Wohle gelöst hatte.

»Einer muss ja den Drecksjob machen«, sagte sie zu sich.

Opfer Nummer eins hatte einfach nur Pech gehabt, mehr gab es dazu nicht zu sagen.

Ihr Handy vibrierte, sie schaute aufs Display. Es war ihr Chef und damit die letzte Person, die sie jetzt sprechen wollte. Für ihn lag sie erschöpft und krank im Bett, unfähig, ans Handy zu gehen.

»Gleich kommt die WhatsApp.«

Sie behielt recht, nur wenige Sekunden später erhielt sie eine Nachricht:

Ruf dringend zurück! Wir müssen wissen, wann du endlich wiederkommst!!!

»Du verfickter Hurensohn, ich komme nie mehr zurück, und wenn doch, schneide ich dir deine Eier ab. Du Schwuchtel!«, entfuhr es ihr, sie konnte sich nicht mehr zusammenreißen.

In diesem Augenblick betrat Andre mit einem Tablett das Wohnzimmer, er wirkte erschrocken, doch dann änderte sich sein Gesichtsausdruck und er lächelte. »Einmal Rührei«, sagte er schon beinahe zu freundlich.

»Riecht gut«, erwiderte sie in dem Versuch, ihre Wut zu unterdrücken. »War nur mein dämlicher Chef. Der geht mir dermaßen auf die Eier, das glaubst du nicht.«

Andre stellte das Tablett, auf dem zwei Teller mit Rühreiern, etwas Gemüse und Brot waren, auf dem Tisch ab.

»Warum tust du dir das an und kündigst nicht?«

»Weißt du, wie schwer es ist, einen Job zu finden?«

»Als Call-Center-Agent sollte das doch kein Problem sein. Du könntest zum Beispiel irgendwo am Empfang arbeiten.«

»Klar, aber finde erst mal einen Job.«

»Vielleicht kann ich dir helfen.« Er hob die Augenbrauen und befeuchtete seine Lippen, dabei warf er ihr einen komischen Blick zu.

»Du?« Ihr schwante nichts Gutes. Sollte er tatsächlich die Frechheit haben und ihr Geld für Sex anbieten? Wenn ja, würde sie ihn töten. Sie war keine Nutte.

»Ja, ich.«

»Und wie?«

»In der Firma, in der ich arbeite, suchen wir gerade jemanden für den Empfang. Ich könnte mir dich dort sehr gut vorstellen.«

»Und du meinst, die nehmen mich auch?«

»Klar, wenn ich ein gutes Wort für dich einlege. Noch wurde das Stellenangebot nicht veröffentlicht. Möchtest du?«

»Warum nicht? Das wäre sehr nett.«

»Für dich mache ich das gerne.«

Fast wäre ihr ein »Danke« rausgerutscht, aber sie wusste, dass man zu Andre nicht zu nett sein durfte. Moment, war das womöglich der Grund, warum sie ihn am Leben gelassen hatte? Weil er die Antwort auf ihren asozialen Chef war?!

Sie hielt das nicht für ausgeschlossen. Also nahm sie ihr Handy und tippte ihrem Chef eine Antwort:

Fick dich, du Schwuchtel! Ich kündige! Und zeige dich an wegen Mobbing!

75

Das mit der Anzeige war nur eine leere Drohung, aber er sollte sich ruhig ein wenig fürchten. Und wenn er ihr ganz dämlich käme, würde sie ihn nachts heimsuchen, im Schlaf. Das Einzige, was er dann noch spüren würde, wäre die kalte Klinge ihres Fleischermessers.

KAPITEL ZWÖLF

Noch flossen die Hinweise und neuen Informationen recht zögerlich. Sie hatten zwar jede Menge Spuren ausgewertet, aber die Datenbank hatte nichts dazu ausgespuckt.

An diesem Morgen saßen Brandt und Aydin in Lutz Fischers Büro. Sie hatten ihm einen Kaffee mitgebracht.

»Und, gibt es was Neues?«

»Noch nicht. Das Bildsuchprogramm läuft. Bender möchte aktuell keine öffentliche Fahndung nach der Person, der Täter soll nicht erfahren, dass wir die Identität des Opfers bislang nicht kennen.«

»Verständlich, aber wenn du nicht herausfindest, wer das Opfer ist, werden wir nicht darum herumkommen.«

»Stimmt. Bender hat mir bis morgen Zeit gegeben.«

»Was ist mit den beiden Zaunpfählen und dem Seil?«

»Ich fürchte, das wird nichts. Diese Sorte Zäune kriegst du in jedem Baumarkt, auch das Seil. Davon werden jedes Jahr Hunderttausende verkauft. Ich bin gerade dabei, zu prüfen, ob in letzter Zeit eine Person aus der Umgebung je ein Seil und zwei Zaunpfähle gekauft hat, das wäre möglicherweise auffällig. Wir müssen aber bedenken, dass der Täter beides ebenso gut entwendet oder online bestellt haben könnte.«

»Sehr gut. Das mag stimmen, dennoch sollten wir der Spur folgen«, sagte Brandt.

»Das sowieso. Habt ihr schon etwas Neues? Ihr habt doch einen Zeugen?«

»Ja und Nein. Der Zeuge war am 8. März in der Nähe des Fundortes. Er hat eine leichte Intelligenzminderung, bei einem IQ von 56. Er kann sich sehr schwer konzentrieren und wir wissen nicht, inwieweit wir seine Aussagen verwerten können. Wie du weißt, waren wir gestern Abend bei seiner Mutter, wo der junge Mann lebt. Aydin hat versucht, zu ihm durchzudringen, es wäre ihm auch fast gelungen, aber an der entscheidenden Stelle hat er dichtgemacht.«

»An welcher Stelle?«

»Der Zeuge sagt, dass ihn ein Mann in seinen Albträumen heimsuchen würde. Wir fragen uns, ob das vielleicht unser Täter ist. Als Emre versucht hat, hinter das Geheimnis zu kommen, ist Johannes Hirth ohne Aydins Verschulden und in unseren Augen vollkommen grundlos in Panik geraten. Die Mutter hat das Gespräch sofort beendet. Sie behauptet, Johannes leide seit längerer Zeit unter Albträumen, aber die Ärzte würden den Grund nicht kennen. Der Mann, von dem er träumt, sei bestimmt nicht der Täter und sie wolle nicht mehr, dass wir ihn erneut befragen.«

»Du glaubst der Mutter nicht?« Fischer schaute zu Brandt.

»Ich bin unschlüssig. Emre ist geneigt, ihr zu glauben. Es ist sehr schwer, zu Johannes durchzudringen, und wenn die Mutter uns keine weiteren Gespräche erlaubt, sehe ich wenig Chancen.«

»Versucht es doch mit einem Experten, einem Psychologen, der sich im Umgang mit behinderten Menschen auskennt.«

Brandt schlug sich gegen die Stirn. »Ach verdammt, danke

für den Hinweis, darauf sind wir beide nicht gekommen. Du weißt ja, vor lauter Bäumen den Wald nicht sehen.«

»Wenn denn die Mutter einverstanden ist«, gab Aydin zu bedenken. »Sie hat einen sehr starken Beschützerinstinkt.«

»Was ist mit dem Vater?«

»Er ist vor drei Jahren gestorben, Herzinfarkt mit zweiundvierzig«, antwortete Aydin.

»Wahnsinn. Bestimmt nicht leicht für sie.«

»Davon gehe ich aus. Ich weiß ja selbst, wie schwer es manchmal mit Tolga sein kann, aber was er einem gibt, gleicht das tausendmal aus und ist mit nichts aufzuwiegen. Ich glaube, die Mutter denkt wie ich, was ihren Sohn anbelangt.«

»Gibt es denn niemanden, der eine Vermisstenanzeige aufgegeben hat, die auf das Opfer passen könnte?«, lenkte Brandt das Gespräch wieder auf den Grund ihres Besuches.

»Ich habe die Vermisstenmeldungen im Umkreis von zweihundert Kilometern analysiert, keine Person, die dem Opfer ähnelt, wird vermisst. Ihr wisst ja selbst, gerade wenn die Opfer älter sind, geschieht es nicht selten, dass sie wenig soziale Kontakte haben. Manche liegen wochenlang tot in ihrer Wohnung, ehe sie vermisst werden.«

»Wenn überhaupt. Erst letztens gab es doch in Leverkusen so einen Fall, dass nur wegen des Gestanks in der Wohnung eines alten Mannes seine Leiche entdeckt wurde. Er lag zwei Monate tot in seinem Bett.«

Brandt hatte auch von diesem erschütternden Fall gelesen und noch immer krampfte sich sein Magen zusammen, wenn er daran dachte. Je älter man wurde, desto weniger Freunde hatte man, und wenn man keine Kinder oder Familie hatte, konnte es schnell so kommen – man starb und niemand erfuhr davon. Wenn es schlecht liefe, könnte auch ihm so etwas passieren. Er war zwar mit Ylva zusammen und glaubte, dass er sie liebte, aber heiraten wollte er sie nicht und Kinder wollte er gerade ebenso wenig. Ohne die wenigen Freunde, die er besaß, würde er im Alter sehr alleine und vermutlich einsam sein.

Schnell wischte er diesen düsteren Gedanken beiseite, denn er spürte eine unangenehme Schwermut in sich aufsteigen.

»Lutz, melde dich bitte, sobald du was hast.«

»Mach ich.«

Brandt und Aydin verabschiedeten sich und verließen Fischers Büro.

»Was machen wir jetzt?«

»E-Mails abarbeiten und hoffen, dass Fischer oder Rech sich mit neuen Hinweisen melden. Die Leute in der Nachbarschaft zu befragen, macht wenig Sinn. Das nächste Haus ist zu weit entfernt vom Fundort.«

»Wie wäre es mit einem Aufruf, ob jemand etwas Verdächtiges gesehen hat?«

»Ich vermute, Bender möchte die Öffentlichkeit noch nicht allzu sehr einbinden.«

»Wäre aber sinnvoll. Heute stand im Express ein Artikel.«

»Mit Fotos?« Brandt musste an Walters Worte denken.

»Nein, noch nicht. Aber das ist sicherlich nur eine Frage von Stunden. Der Druck auf das Kölner Präsidium und Bender dürfte zunehmen.«

»Möglich. Das soll trotzdem vorerst nicht unsere Baustelle sein. Wir sollten uns um das Administrative kümmern, mehr geht gerade nicht.«

»Hast recht.«

Kaum hatten sie ihr Büro betreten, klingelte das Handy von Brandt.

»Hallo, Walter, was gibt es?« Brandt war überrascht. So früh rief Walter selten an. Hoffentlich war ihm nichts geschehen.

»Hallo, Lasse. Ist Emre bei dir?«

»Hallo, Walter. Handy ist auf laut.«

»Sehr gut. Ich bin mir nicht sicher, aber ich hatte gestern

Abend, als ich zu Bett ging, das Gefühl, dass ich eure Leiche kenne.«

»Du scherzt?«

»Wie gesagt, ist nur ein Gefühl. Ich möchte euch nicht zu viel versprechen. Oder habt ihr bereits die Identität?«

»Leider noch nicht. Wer soll das denn sein?«

»Das ist der Haken an der Sache. Ich kann das Gesicht nicht mehr zusammenbringen.«

»Soll ich dir das Foto aufs Handy schicken und du schaust es dir noch mal an?«, schlug Aydin vor.

»Wenn es keine Umstände macht.«

»Tut es bestimmt nicht. Ich schicke dir gleich ein paar Fotos mehr, dann erkennst du ihn vielleicht. Geht sofort als Kurznachricht raus.«

»Alles klar. Ich melde mich.«

»Mach das. Danke.«

»Dafür nicht, Jungs. Wenn ich helfen kann, immer gerne.«

Aydin beendete das Gespräch. »Das wäre doch was, wenn Walter unser Opfer kennt.«

»Warten wir's ab. Gut möglich, dass er sich das nur einbildet.«

»Unterschätz Walter nicht.«

»Tue ich nicht. Aber du weißt ja, wenn man sich zu große Hoffnung macht, kann man nur enttäuscht werden.«

»Ich habe ein sehr gutes Gefühl.«

»Quak nicht so viel und schick ihm die Bilder.«

»Du wirst sehen«, schien Aydin das letzte Wort haben zu müssen. Er zog sein Handy aus der Hosentasche und schickte Walter ein paar Fotos von der Leiche. Etwas, was er bei keiner anderen Person, die kein Polizeibeamter war, gemacht hätte.

»Wollen wir wetten?«

»Okay. Du schreibst den nächsten Bericht, wenn ich gewinne.«

»Und wenn nicht?«

»Dann schreibe ich die nächsten drei.«

Brandt lachte herzhaft auf. »Du machst Witze?«

Aydin schrieb ohnehin meistens sämtliche Berichte, daher nahm er die Wette nicht ernst.

»Einen Versuch war es wert. Ich zahle deine nächste Currywurst plus Bier?«

»Gut. Deal. Du weißt, dass ich Walter sehr schätze, aber angeblich etwas im Traum gesehen zu haben, ist was ganz anderes, als es zu wissen. Traumbilder sind oft ziemlich verzerrt.«

»Er hat nicht gesagt, dass er geträumt habe, sondern nur, dass er daran dachte, als er zu Bett ging. Ein kleiner, aber feiner Unterschied.«

Brandt überlegte sich gerade einen Spruch, als sein Handy erneut klingelte. Es war Walter.

»Und, was denkst du?«

»Auf Onkel Walter ist Verlass«, sagte der Imbissbudenbesitzer ein wenig stolz.

»Kennst du die Person?«

»Ganz sicher kenne ich ihn. Das ist Dirk Reil, eine echt arme Sau. Seine Frau ist vor einigen Jahren an Krankenhauskeimen gestorben, und das in Deutschland, wo wir meinen, in der Medizin auf höchstem Niveau zu arbeiten. Er hat den Tod seiner Frau nicht verkraftet, das hat ihm den Boden unter den Füßen weggezogen.«

»Weißt du, wo er wohnte?«

»Mein letzter Kenntnisstand ist, irgendwo in Westhoven.«

»Das ist doch ein Stadtteil vom Stadtbezirk Porz, wenn ich mich nicht irre«, bemerkte Aydin.

»Da liegst du richtig«, erwiderte Walter. »Glaubt ihr, der Täter könnte auch aus Porz kommen, wenn das Opfer schon in der Nähe gewohnt hat?«

»Möglich wäre es. Was weißt du noch über Reil?«

»Er kam früher regelmäßig in meinen Imbiss, aber seit knapp einem Jahr nicht mehr. Als ich ihn das letzte Mal sah,

sah er nicht gut aus. Er hatte deutlich abgenommen, arbeitete seit Jahren nicht mehr und der Alkohol hatte die Kontrolle über ihn gewonnen. Er tat mir sehr leid.«

»Hat er dir irgendetwas über sein Privatleben erzählt? Von einer neuen Frau in seinem Leben oder von Problemen?« Brandt wusste, dass ein Jahr eine verdammt lange Zeit war, trotzdem war es denkbar, dass Reil von einem Bekannten ermordet worden war, der wie er alkoholabhängig war.

»Leider nicht. Er betrat stark alkoholisiert meinen Imbiss. Ich habe ihm eine Currywurst spendiert, dann ist er weitergezogen.«

»Falls dir noch was einfällt, ruf uns sofort an.«

»Darauf könnt ihr euch verlassen. Wenn ihr wollt, höre ich mich gerne um.«

»Das wäre super«, antwortete Aydin.

»Sehr gerne. Ich melde mich bei euch.«

Brandt beendete das Gespräch.

»Wir müssen unbedingt herausfinden, ob das Opfer tatsächlich Dirk Reil ist. Fischer soll sich darum kümmern.«

»Du hast ja nur Angst, dass du deine Wette verlierst.« Es war offensichtlich, dass Aydin ihn aufzog.

»Auch wenn du es nicht glaubst, ausnahmsweise wäre ich sehr froh, die Wette zu verlieren. Das wäre unsere erste heiße Spur.«

»Ich weiß. Ich rufe Fischer an.« Kaum gesagt, griff Aydin nach dem Hörer seines Bürotelefons, wählte Fischers Durchwahl und stellte den Lautsprecher an.

»Hallo. Was gibt es?«

»Wir wissen vielleicht, wer das Opfer ist.«

»Das wäre ja was. Wie heißt er?«

»Höchstwahrscheinlich Dirk Reil. Wohnhaft in Westhoven. Die genaue Anschrift haben wir leider nicht.«

»Ich prüfe das. Gebt mir zehn Minuten.«

»Danke.« Aydin legte auf. »Jetzt heißt es warten. Möchtest du einen Kaffee?«

»Klar, warum nicht. Ich muss noch schnell eine E-Mail schreiben. Bringst du mir einen mit?«

»Aber nur, weil morgen Freitag ist.«

»Scherzkeks.«

Aydin verließ das Büro und Brandt beantwortete die offenen E-Mails. Der aktuelle Fall kam ihm, so merkwürdig das auch klang, mehr als gelegen, denn er lenkte ihn von dieser ominösen Nikola Braun ab, von der er in der vergangenen Nacht wieder geträumt hatte. In dem Albtraum war er in einer Scheune gefangen, jemand hatte ihn auf einem Stuhl gefesselt. Er hatte gespürt, wie die kalte Klinge eines Messers zunächst seinen Hals, dann seine Wange berührte. In dem Moment hatte er das Gesicht des Täters erkennen können: Nikola! Kurz danach war er hochgeschreckt.

Dass er diesen Albtraum für sich behalten würde, stand außer Frage. Aydin würde nur wieder irgendwelche Hirngespinste sehen und an übersinnliche Fähigkeiten denken. Wenigstens hatte ihr aktueller Fall dazu geführt, dass Aydin vergessen hatte, sich die Aufzeichnung des Gesprächs anzuhören, was Brandt nur recht war.

Gerade als er die letzte offene E-Mail beantwortet hatte, betrat Aydin mit zwei Bechern Kaffee ihr Büro. Brandt stand auf und nahm ihm einen davon ab.

»Besten Dank.«

»Dafür nicht.«

Aydins Bürotelefon klingelte. Während er den Anruf annahm, gönnte sich Brandt einen Schluck Kaffee.

»Hallo, Fischer. Hast du was?« Aydin hatte wieder auf Lautsprecher gestellt.

»Keine Ahnung, wer euer Informant ist, aber wir haben einen Volltreffer. Bei dem Toten handelt es sich um Dirk Reil, zweiundsechzig Jahre alt und laut Einwohnermeldeamtsregister noch in Westhoven gemeldet. Die genaue Anschrift schicke ich euch gleich per Mail, mit ein paar weiteren Daten.«

»Irrtum ausgeschlossen?«, fragte Brandt, immerhin war die Leiche nicht gerade im besten Zustand gewesen.

»Ausgeschlossen. Ich lege mich da fest. Reil hat auf der rechten Wange ein Muttermal, welches auch auf der Leiche zu finden ist. Die Kopfform, die Statur, alles spricht für Reil. Falls ich mich irre, stehe ich dafür gerade.«

»Wenn du dich so weit aus dem Fenster lehnst, wird er es sein.«

»Er ist es.«

»Ist er aktenkundig?«, fragte Aydin.

»Ja, aber eher wegen kleinerer Delikte, vor allem in Zusammenhang mit Alkohol.«

»Besten Dank, dass das so schnell ging. Wir schauen uns mal bei ihm um.«

»Ohne Durchsuchungs...« Fischer unterbrach sich. »Vergesst es.«

»Alles gut«, antwortete Aydin. »Schau mal, was du noch alles über Reil herausfindest, vor allem über sein Umfeld. Ob es da jemanden gibt, der aktenkundig ist und als Täter infrage käme.«

»Mach ich. Euch viel Erfolg.«

»Danke, dir auch.« Aydin beendete das Gespräch. »Sollen wir Rech und Bender informieren? Wäre nicht schlecht, wenn in der Wohnung Spuren gesichert würden.«

»Wir schauen uns erst mal alleine um. Zu viel Polizei könnte die Nachbarn aufschrecken. Vielleicht hat jemand was gesehen. Danach informieren wir Bender. Und falls sich Fischer doch geirrt haben sollte, wovon ich nicht ausgehe, entgehen wir einer peinlichen Situation.«

»Das macht Sinn, aber ich glaube auch nicht, dass Fischer sich irrt, dafür ist er zu gut.«

»So ist es. Komm, wir sollten keine Zeit verlieren.«

»Mein Becher ist noch halb voll.«

»Du wirst es überleben.« Brandt nahm einen letzten

Schluck, griff nach seiner Jacke und wartete auf Aydin, damit sie endlich nach Westhoven fahren konnten.

Keine zwanzig Minuten später erreichten sie die Oberstraße, wo Dirk Reil gewohnt hatte. Es war ein riesiger Wohnkomplex, der vermutlich in den Siebzigern hochgezogen worden war, um schnell vielen Menschen Wohnraum zu bieten. Der Rhein lag nur wenige Hundert Meter entfernt.

Brandt konnte sich nicht vorstellen, in so einem gewaltigen, unpersönlichen Wohnpark zu leben. Es würde ihn nicht wundern, wenn niemand hier Reil kannte. Je größer eine Anlage war, desto anonymer war sie, so war jedenfalls seine bisherige Erfahrung.

In den Komplex waren mehrere Geschäftseinheiten integriert, darunter eine Kneipe.

»Da könnten wir fündig werden«, sagte Aydin, der augenscheinlich den gleichen Gedanken hatte wie Brandt.

»Lass uns erst bei ihm klingeln, danach gehen wir in die Kneipe.«

Aydin signalisierte Zustimmung.

Beide erreichten die Klingelanlage und Aydin drückte auf den Knopf neben Reils Namen. Nichts geschah. Brandt hatte es nicht anders erwartet.

Aydin klingelte ein zweites Mal, mit demselben Resultat. In dem Moment öffnete sich die Tür und eine ältere Frau trat heraus.

»Zu wem wollen Sie?«, fragte sie.

»Zu Dirk Reil.«

»Ach, zu Dirk. Wenn er nicht da ist, ist er in der Kneipe ums Eck.«

»Kennen Sie Herrn Reil?«

»Wir sind Nachbarn. Und wer sind Sie?«

»Wir sind von der Kölner Kriminalpolizei.«

»Hat der Arme wieder was angestellt? Dieser verdammte

Alkohol hat ihn zerstört. Sie hätten ihn sehen sollen, als seine Frau noch lebte. Was für ein toller und hilfsbereiter Mann er war! Der unerwartete Tod seiner Frau hat ihn komplett aus der Bahn geworfen. Man weiß nie, wie einem das Schicksal mal mitspielt.« Sie seufzte.

»Wann haben Sie Herrn Reil das letzte Mal gesehen?«

»Das ist schon etwas her. Letzten Monat müsste das gewesen sein. Wir haben keinen Kontakt mehr. Dirk scheut seine Nachbarn und ihm in betrunkenem Zustand über den Weg zu laufen, ist für eine alleinstehende Frau wie mich auch keine Freude.«

»Wissen Sie, ob er Kontakte pflegte? Bekam er Besuch von Freunden, Bekannten?«

»Da fragen Sie mich was.« Sie hielt den Zeigefinger unter die Nase, als würde sie nachdenken. »Ich habe ihn ja selten gesehen, obwohl wir Nachbarn sind, aber ich habe das Gefühl, dass er mir bewusst aus dem Weg geht. Von anderen höre ich hin und wieder, dass er regelmäßig in der Kneipe abstürzt.«

Brandt nickte. Vermutlich würden sie dort mehr Informationen erhalten. Er wollte sich gerade verabschieden, als sie sagte: »Doch ... da war jemand, jetzt, wo Sie mich fragen.«

»Wer?«

»So eine junge Frau. Ich habe sie im letzten Jahr ein, zwei Mal gesehen. Einmal mit so einem kräftigen tätowierten Mann, dem man nachts nicht begegnen möchte.«

KAPITEL DREIZEHN

LEIDER HATTE Luise Strauß nicht mehr über die beiden Personen zu erzählen gewusst, sie fand es nur komisch, dass solche »Gestalten«, wie sie sie nannte, bei Reil verkehrten.

»Vielleicht eine Prostituierte und ihr Zuhälter?«, überlegte Aydin, als sie etwas abseits von der Eingangstür standen. Sie hatten noch einige weitere Personen befragt, aber keiner von ihnen hatte etwas zu Dirk Reil oder gar zu seinem Verschwinden sagen können. Brandts Vermutung bestätigte sich also einmal mehr.

»Möglich. Wir sollten Bender informieren, damit die Kollegen in der Wohnung nach Spuren suchen können.«

Aydin zückte sein Handy und rief ihre Chefin an.

»Bender«, nahm sie den Anruf entgegen.

»Hallo. Brandt und ich sind gerade in Westhoven.« Aydin hatte den Lautsprecher eingeschaltet.

»Was macht ihr da?«

»Wir haben die Identität unserer Leiche. Er heißt Dirk Reil und wohnt in Westhoven. Die Kollegen und die Spurensicherung sollten sich hier mal umschauen.«

»Woher habt ihr seine Identität?«

»Das erzählen wir dir nachher alles in Ruhe. Wir wollten

gerade in eine Kneipe, eine Nachbarin meinte, dass er dort regelmäßig aufschlagen würde. Die genaue Anschrift schickt dir Aydin.«

»Ich kümmere mich darum. Sobald ihr dort fertig seid, möchte ich euch beide in meinem Büro sehen.«

»Geht klar«, sagte Brandt und Aydin beendete das Gespräch.

»Sie wird wissen wollen, woher wir die Info haben.«

»Lass mich das machen. Walter wird nichts zu befürchten haben.« Brandt kannte Bender zu gut. Am Ende wollte sie wie er nur eins: dass man den Täter schnell fasste.

Wenig später betraten sie die Kneipe. Sie war kaum besucht, die Gäste waren ausnahmslos männlich und etwas älter. Vielleicht lag es an der Tageszeit.

»Moin«, grüßte sie der Wirt zu Brandts Überraschung auf die norddeutsche Art mit deutlichem Akzent.

»Moin«, antwortete er daher mit betontem Hamburger Akzent.

»Seid ihr Hamburger Jungs?«

»Das sind wir. Kommen Sie auch aus Hamburg?« Brandt blieb beim »Sie«, es gab keinen Grund, ihn zu duzen.

»Echter Hamburger Jung. Ich lebe schon mehr als dreißig Jahre im schönen Kölle, aber Hamburg kriegst du nie aus dem Herzen, so sehr ich Köln liebe.«

»Das sollten Sie auch nicht. Heimat ist wichtig.«

»Was verschlägt euch in diese Ecke? Die Touris treiben sich doch eher in der Altstadt und am Dom herum, aber wie Touris seht ihr beiden auch nicht aus.«

»Wir sind von der Kölner Kriminalpolizei.« Brandt sah sofort, wie sich die Miene des Wirtes veränderte. Er wirkte plötzlich vorsichtiger.

»War das ein übler Scherz mit Hamburg?«

»Nein, mein Kollege und ich sind in Hamburg groß geworden, aber wie es der Zufall will, hat uns der Beruf beide nach Köln verschlagen, wo wir seit einigen Jahren leben und arbeiten.«

»Fiete, krieg ich noch ein Bier?«, wurden sie von einem Gast unterbrochen.

»Ihr entschuldigt mich kurz.« Der Wirt wandte sich um und zapfte ein Bier, das er dem Mann am Tresen reichte, dann drehte er sich erneut um und zapfte zwei Bier für die beiden Beamten.

»Eigentlich trinken wir nicht während der Dienstzeit«, sagte Aydin.

»Kölsch ist kein Bier.« Fiete lachte und fuhr sich mit der Hand über den langen grauen Bart.

»Danke.« Brandt nahm das Glas und gönnte sich einen Schluck – nicht, weil er Lust auf ein kühles Blondes hatte, erst recht nicht auf ein Kölsch, sondern weil er die Stimmung nicht kaputt machen wollte. Fiete war einer dieser kernigen Typen, die aus dem Bauch heraus handelten, da konnte es nicht schaden, wenn er sie mochte.

Aydin nahm ebenfalls einen Schluck.

»Und jetzt sagt mir, was euch hierher verschlägt. Wer hat Bockmist gebaut?«

»Es geht um Dirk Reil.«

»Dirk? Was hat er wieder angestellt?« Fiete wirkte nicht überrascht, es schien, als wäre es nicht das erste Mal, dass die Polizei wegen Reil in der Kneipe war. Laut den Unterlagen von Fischer, die Aydin während der Fahrt vorgelesen hatte, war Reil immer wieder mit der Polizei in Konflikt geraten, jedes Mal in Zusammenhang mit Alkohol. Meistens waren es Beleidigungen oder Rangeleien.

»Er wurde ermordet.«

Fiete schien geschockt. »Kein Scherz?«

»Kein Scherz. Er wurde am 8. März ermordet.«

»Deswegen war er die letzten Tage nicht hier.«

»Wann war er das letzte Mal hier?«

»Ihr macht wirklich keine Witze, oder?«, unterbrach sie der Mann, der vorhin ein Bier bestellt hatte, und machte einen Schritt auf die Beamten zu.

»Kennen Sie Dirk Reil?«, fragte Brandt. Er wollte sichergehen, ob der Mann sich nur wichtigmachen wollte oder womöglich doch wertvolle Informationen bereithielt.

»Sehr gut sogar. Wir sind Fietes Stammgäste, ist doch so, oder, Fiete?«

Fiete nickte nur, er wirkte genervt.

»Wir halten den Laden am Laufen.«

»Wann haben Sie Herrn Reil das letzte Mal gesehen?«

»Das war einen Tag, bevor er ermordet wurde.«

»Hier?«

»Wo sonst?« Der Mann lachte.

»Hatte Reil Ärger mit jemandem?«

Der Mann lachte erneut. »Der hatte doch ständig Ärger mit jemandem, dieser Miesepeter. Es war abzusehen, dass das nicht gutgehen würde.«

»Und in letzter Zeit?«, erkundigte sich Aydin. Der Wirt hörte aufmerksam zu, warf seinem Gast aber einen missbilligenden Blick zu. Etwas schien ihn zu stören.

»Ich sagte doch, der hatte immer Ärger mit jemandem. Dirk hat Schwierigkeiten geradezu angezogen und Schuld war jedes Mal der plötzliche Tod seiner Frau. Ich habe auf ihn eingeredet, dass er nicht so feige sein und seine Lage nicht ständig mit dem Tod seiner Frau rechtfertigen soll. Ich trinke auch gerne, aber ich habe mich unter Kontrolle, nicht so Dirk. Der hat gesoffen wie ein Loch.« Der Mann unterbrach sich und drehte sich zu Fiete. »Machst du mir noch ein Bier?«

Brandt war nicht so sicher, ob der Mann seinen Alkoholkonsum wirklich unter Kontrolle hatte, das sollte ihn aber auch nicht interessieren, hier ging es nur um Dirk Reil.

»Wissen Sie, mit wem er Probleme hatte?«

»Woher soll ich das wissen? Er hat doch nichts erzählt, der sture Esel. War sehr misstrauisch, keine Ahnung, was bei dem da oben alles kaputt war.« Der Mann zeigte auf seinen Kopf und machte eine kreisende Bewegung mit dem Zeigefinger.

Fiete reichte ihm sein Bier.

»Uns wurde anvertraut, dass er sich ab und zu mit einer jungen Frau getroffen hat«, unternahm Brandt einen Vorstoß, bevor er das Gespräch beenden würde.

»Sie meinen diese Escortfrau?«

»Was wissen Sie über sie?«

»Nicht viel, aber warum sollte so ein junges Ding sich mit Dirk treffen, wenn sie keine Hure ist?«

»Haben Sie ihn darauf angesprochen?«

»Nein, ich glaube, das wäre ihm sehr peinlich gewesen und ich hatte keine Lust auf Ärger mit ihm. Habe selbst genug Probleme.«

»Die Frau soll Reil in Begleitung eines großen, muskulösen Mannes besucht haben.«

»Keine Ahnung, habe sie nur zwei- oder dreimal gesehen. Ein Mann war nicht bei ihr. Aber so, wie Sie ihn beschreiben, kann das ja nur ihr Lude gewesen sein. Glauben Sie, der hat Dirk ...« Der Mann hielt inne und beschrieb eine waagerechte Bewegung mit der Hand vor seiner Kehle.

»Wir stellen nur Fragen im Rahmen unserer Ermittlungen«, stellte Brandt klar. »Können Sie die Frau beschreiben?«

»Schwere Kiste. So ein junges Ding halt. Ende zwanzig, normale Größe. Braune Haare ...« Er unterbrach sich, gönnte sich einen kräftigen Schluck Bier und korrigierte sich dann. »Nee, die hatte, glaube ich, dunkelblonde Haare, könnten auch gefärbt gewesen sein, da war so ein Ansatz. Wie gesagt, habe sie nur von Weitem gesehen. Ist schon länger her, so genau weiß ich das nicht. Oder doch braune Haare?«

»Wann war das?«, fragte Brandt. Er hatte zunehmend Zweifel, dass er mit der Aussage des Mannes etwas anfangen konnte, wenn er sich schon bei der Haarfarbe nicht sicher war, so stark alkoholisiert, wie er war.

»Da fragen Sie mich was.« Er atmete vernehmlich aus.

»Irgendwann letztes Jahr im Spätsommer oder Herbst. Aber nageln Sie mich nicht fest. Mein Gedächtnis war noch nie gut. Und mit Gesichtern habe ich es auch nicht so.«

»Hier ist meine Karte, falls Ihnen doch noch etwas einfallen sollte, rufen Sie mich an. Können Sie uns jetzt bitte kurz mit dem Wirt allein lassen? Wir haben einige offene Fragen.«

»Sicher? Vielleicht habe ich ja ein paar Antworten.«

»Eugen, lass uns bitte alleine«, ging nun der Wirt dazwischen. Eugen zuckte kurz zusammen und entfernte sich. Dass der Mann den gleichen Vornamen wie Kramer hatte, zauberte Brandt ein flüchtiges Lächeln aufs Gesicht.

»Glaubt nicht alles, was der erzählt. Er macht sich oft wichtig. Dirk hat gerne was getrunken, ja, aber so schlimm, wie Eugen ihn darstellt, war er nicht. Irgendwie verstehe ich ihn auch, er hat seine Frau geliebt und dann stirbt sie an so einem dämlichen Krankenhauskeim. Und das in Deutschland.« Fiete schüttelte verständnislos den Kopf.

»Haben Sie ihn ebenfalls mit der jungen Frau gesehen?«

»Nein, auch nicht diesen dubiosen Zuhälter. Seit dem Tod seiner Frau habe ich ihn mit keiner anderen Person gesehen, das will aber nichts heißen. Ich wohne nicht hier. Habe ihn nur in der Kneipe gesehen.«

»Hat er Ihnen von Problemen erzählt?«

»Er war niemand, der gerne getratscht hat. Nur über seinen Wettgewinn hat er sich sehr gefreut.«

»Wettgewinn?«

»Ja, ich glaube, eine Fußballwette, wo er wohl einige Hundert Euro gewonnen hat.«

»Wann war das?«

»Wann er die Wette gewonnen hat, weiß ich nicht. Er hat es mir am 7. März erzählt, das war das letzte Mal, dass ich ihn gesehen habe. Irgendwie ist er dabei sehr sentimental geworden. Er sagte, er wisse, dass er viele Fehler in seinem Leben begangen habe und noch begehe, dass er aber darauf hinarbeiten würde, sein Leben in den Griff zu kriegen. Und dass der Gewinn ein Zeichen wäre, dass sich alles zum Guten wenden wird.«

Brandt fragte sich, ob am Ende dieser Wettgewinn der Grund für seinen Tod war.

»Wussten noch andere davon?«

»Das weiß ich nicht.«

»Wissen Sie, in welchem Wettbüro er gespielt hat?«, erkundigte sich Aydin.

»Leider nicht. Es war das erste Mal, dass er das überhaupt erwähnt hat.«

»Hier ist meine Karte. Falls Ihnen doch noch etwas einfallen sollte, rufen Sie mich bitte an.«

»Mach ich. Wollt ihr noch ein Bier?«

»Nein, das reicht. Danke. Ich würde gerne zahlen.«

»Ich nehme doch von Hamburger Jungs keine Kohle an.«

»Vielen Dank für die Einladung, aber ich muss darauf bestehen.«

Fiete nannte die Summe und Brandt rundete großzügig auf, dann verabschiedeten sie sich von dem Wirt.

»Das war so ein uriger Hamburger, den man sich gut auf dem Kiez vorstellen kann«, sagte Aydin, als beide draußen waren. »Glaubst du, Reil wurde wegen des Gewinns ermordet?«

»Gute Frage. Aber würde jemand, der es auf das Geld abgesehen hat, sich die Mühe machen, die Leiche so zur Schau zu stellen und den Toten zu erniedrigen?«

»Vermutlich nicht. Also haben wir es mit einer Person zu tun, die ihn kannte und womöglich von ihm schlecht behandelt wurde?«

»Sehr wahrscheinlich. Was, wenn er diese junge Frau missbraucht hat? Wäre nicht das erste Mal, dass eine Prostituierte von ihrem Freier misshandelt wurde.«

»Du meinst, sie hat sich an ihm gerächt? Ihr Lude ist groß

und stark, gemeinsam könnten sie ihn zur Mahnung als Vogelscheuche aufgestellt haben.«

»Vielleicht ist der Mann gar nicht ihr Lude, sondern ihr Freund. Am Ende ist das auch egal. Wir müssen unbedingt die Identität dieser beiden Personen herausfinden.«

Sollte sich der Fall tatsächlich schneller aufklären, als gedacht, und sollte es sich am Ende doch nur um eine Einzeltat handeln, hinter der kein sadistischer Serientäter steckte? Brandt wäre das sehr recht.

Nur, wie sollten sie herausfinden, wer diese Frau war?

Sein Handy klingelte.

KAPITEL VIERZEHN

Sie konnte ihre Enttäuschung kaum verbergen, wütend warf sie den Express in die Ecke.

»Mehr bin ich diesen Arschlöchern nicht wert?« Sie holte tief Luft und fuhr sich mit den Händen über die Haare. Der Artikel über die Vogelscheuchenleiche war nur ein paar Zeilen lang gewesen. Fotos hatte die Presse nicht gehabt.

»Du Dussel, warum hast du nicht selbst Fotos auf dem Feld gemacht?« Wieder holte sie tief Luft. Aber hätte sie die Fotos dann auch der Presse zugespielt?

Sei ehrlich zu dir. Du hast das alles doch nicht wegen der Presse gemacht, sondern für dich.

Wirklich?

Nein, es war diese plötzliche, unstillbare Mordlust gewesen, die sie erfasst hatte. Es war fast dieselbe Lust, die sie ergriffen hatte, als sie den blutigen Fleischsaft auf dem Teller gesehen hatte. Die Lust, die sie dazu bringen wollte, Andre zu töten.

Zum Glück hatte sie das nicht getan, denn Andre hatte sich als Ausweg aus ihrem derzeitigen Job entpuppt. Nach ihrer bösen Textnachricht hatte ihr Chef geantwortet, dass sie gefeuert sei, was sie mit einer zweiten boshaften Nachricht beantwortet hatte. Das Tischtuch zwischen ihnen war endgültig zerrissen, doch das war ihr herzlich egal. Es war ihr sogar mehr als recht. Sie fühlte sich frei, sie hatte diesen Job gehasst und noch mehr ihren Chef.

»Warum töte ich diesen Wichser eigentlich nicht?«, entfuhr es ihr. »Wenn es einer verdient hat, dann er.«

Sie würde den Gedanken im Hinterkopf behalten. Leider wusste sie nicht, wo dieser Feigling wohnte, aber das herauszufinden, wäre sicherlich keine große Hürde.

Andre war so freundlich gewesen, sie nach Hause zu fahren, und als sie vor der Haustür gehalten hatten, hatte es so gewirkt, als wartete er darauf, dass sie ihn in seine Wohnung einlud, was sie jedoch nicht tat. Sie hatte jede Menge zu tun und sie wollte ihm auch nicht das Gefühl geben, dass er sich Hoffnungen machen durfte.

»Du bist etwas ganz Besonderes, vergiss das nicht«, hatte er noch gesagt, bevor sie ausgestiegen war, und ihr damit nur bestätigt, dass er sich längst in sie verschossen hatte. Ihm das Herz zu brechen, hatte derzeit aber keinen Sinn. Sie brauchte den Job, und wer weiß, wofür Andre noch zu gebrauchen war. Sich jemanden wie ihn warm zu halten, konnte nicht schaden.

Ihr Handy vibrierte. Sie schaute aufs Display und sah, dass sie eine Nachricht erhalten hatte. Sie kam von ihrer Mutter:

Kommst du heute zum Essen? Ich koche dein Lieblingsessen.

Große Lust hatte sie gerade nicht auf ihre Mutter. Andererseits war es Zeit, dass sie der alten Frau wieder mal einen Besuch abstattete. Dabei war ihre Mutter mit ihren sechzig Jahren noch gar nicht alt, aber in Gedanken nannte sie sie scherzweise so.

»Du könntest stattdessen mal an dem Feld vorbeifahren. Schauen, was die Polizei für ein Desaster veranstaltet hat«, sagte sie zu sich, um nach weiteren Gründen zu suchen, der Einladung ihrer Mutter nicht zu folgen.

Letztlich fasste sie sich doch ein Herz und beschloss, ihre Mutter zu besuchen. Also antwortete sie:

Ich komme in zwei Stunden.

Zwei Stunden gaben ihr genug Zeit, sich nicht unter Druck setzen zu lassen, es gab schließlich keinen wirklichen Grund, früher bei ihrer Mutter aufzuschlagen.

Sehr gut. Ich freue mich. Danke.

Sie antwortete nicht auf die Nachricht. Ihre Gedanken waren wieder bei Dirk und der Frage, warum die Presse so wenig Interesse an seinem Tod hatte. Auch eine weitere Frage beschäftigte sie: »Warum macht es mir so einen Spaß, andere zu quälen? Und vor allem, warum war es so schön, ihn zu töten?«

Sie kannte die Antwort, und sie war nicht die Einzige, die die Antwort kannte. Es gab noch jemanden: Ihre Mutter.

KAPITEL FÜNFZEHN

Bender hatte zur Besprechung gebeten.

»Schön, dass ihr es alle einrichten konntet. Wie ihr wisst, haben sich einige neue Erkenntnisse ergeben. Ich halte es daher für sinnvoll, dass wir im Team darüber sprechen und das Ganze neu bewerten und diskutieren. Rech, möchtest du anfangen?«

»Gerne.« Rech wirkte müde, auch wenn Brandt ihm ansah, dass er versuchte, das zu überspielen. »Die Kollegen Brandt und Aydin haben heute die Identität der Leiche durch den Kollegen Fischer verifizieren lassen. Bei dem Toten handelt es sich um Dirk Reil. Er wurde zweiundsechzig Jahre alt. Reil wohnte in einer großen Wohnanlage in Westhoven. Wir waren mit der Spurensicherung vor Ort, ebenso wie einige andere Kollegen.« Er hielt kurz inne, holte Luft und setzte erneut zum Sprechen an. »Wir haben in der Wohnung nichts gefunden, was auf ein Verbrechen schließen lassen könnte. Es wurden jede Menge Spuren und mögliche Beweismittel sichergestellt, darunter ein Laptop, den Fischer einer Analyse unterzieht.«

»Was ist mit einem Handy?«, fragte Schmoll. Im Gegensatz zu Rech, Brandt und Aydin war sie nicht vor Ort gewesen.

»Ein Handy wurde nicht gefunden, was mich zu der Annahme veranlasst, dass der Mörder im Besitz des Handys ist. Vermutlich hat er es vernichtet. Vielleicht findet Fischer Hinweise auf den Täter in Reils Laptop.«

»Habt ihr sonst etwas gefunden, was uns in dem Fall helfen könnte?«, fragte Aydin.

»Es ist zu früh, um darauf eine Antwort zu geben. Wir haben jede Menge Fingerabdrücke entdeckt, die wir mit den Fingerabdrücken am Fundort abgleichen. Vielleicht gibt es eine Übereinstimmung.«

»Wenn dem so wäre, wüssten wir mit Sicherheit, dass sich Opfer und Täter kannten«, beendete Schmoll Rechs Gedanken, da dieser kurz schwieg.

»Das wäre sehr wahrscheinlich, da, wie eben erwähnt, nichts darauf hindeutet, dass sich der Täter gewaltsam Zutritt zur Wohnung verschafft hat.«

»Wenn beide sich kannten, wäre es dann nicht auch möglich, dass wir es mit einer Einzeltat zu tun haben und damit die Sorge, dass es sich um einen Serientäter handelt, unbegründet ist?«, überlegte Aydin laut.

»Das sollte Kramer beantworten.« Rech schaute zu dem Fallanalytiker.

»Ich fürchte, davon können wir nicht ausgehen. Aber ich hole etwas weiter aus, sobald ich an der Reihe bin«, ließ sich Kramer vernehmen. Er schien sich in Geduld zu üben.

»Hast du noch was?«, erkundigte sich Bender.

»Nicht viel. Der vorläufige Bericht aus der Rechtsmedizin und dem Labor liegt euch allen vor. Falls es dazu weitere Fragen gibt, dürft ihr sie jetzt gerne stellen.« Rech schaute in die Runde, aber keiner hatte eine Frage. Es war klar, warum. Die Ergebnisse halfen nicht, die Ermittlungen voranzubringen, solange sie keinen Tatverdächtigen hatten. Sie hatten zwar jede Menge Fingerabdrücke und DNA, aber sie konnten diese niemandem zuordnen.

»Danke. Fischer, wie schauts bei dir aus?« Bender sah zu Fischer.

»Ich habe leider auch nicht viel. Bei dem Laptop handelt es sich um ein älteres Modell der Marke Dell und es wurde nur fürs Surfen benutzt.«

»Welche Seiten hat er besucht?«, fragte Brandt.

»Soweit ich es bisher überblicken konnte, waren es einige Nachrichtenseiten wie Bild.de und Express.de, aber auch Pornoseiten.«

»Was ist mit Escortseiten?«

»Ja, auch das. Warum?«

»Weil wir annehmen, dass er sich in unregelmäßigen Abständen mit einer Escortdame getroffen hat.«

»Ich kann leider nicht sehen, ob er eine bestimmte Anzeige öfter angeklickt hat, da er keine Cookies gesetzt hat, aber mit etwas Zeit könnte ich vielleicht über die Linksuche schauen, ob es dort Auffälligkeiten gibt.«

»Das wäre super. Die einzigen Anhaltspunkte, die wir haben, sind, dass die Frau von normaler Statur ist und dunkelblonde oder braune Haare hat. Typ: Nordeuropäerin. Hat er einen E-Mail-Account?«

»Soweit ich es überblicken kann, Nein. Aber nagelt mich bitte nicht darauf fest, die Auswertung dauert noch an. Ihr erfahrt es, sobald ich etwas habe.«

»Danke.«

»Hast du darüber hinaus etwas gefunden?«, übernahm Bender wieder die Gesprächsführung.

»Leider nicht. Es gab nur den Laptop. Schade, dass es kein Apple-Gerät ist, dann hätte man eventuell auf die Daten des Handys zugreifen können.«

»Danke. Was habt ihr?« Ihr Blick wanderte zu Brandt und Aydin.

»Etwas wirklich Verwertbares haben wir auch nicht. Wir wissen, dass die Frau von Reil vor einigen Jahren an Krankenhauskeimen gestorben ist, das hat ihn komplett aus der Bahn geworfen. Er verfiel dem Alkohol und mied seine Nachbarn und Freunde. Er war Stammgast in einer Kneipe, die in der Wohnanlage liegt. Der Kneipenbesitzer konnte uns nicht viel sagen, nur dass Reil vor Kurzem eine etwas größere Summe beim Fußballwetten gewonnen hat. Sowohl ein Gast aus der Kneipe als auch die Nachbarin von Reil haben eine jüngere Frau erwähnt, die Reil ab und zu besucht habe. Beim letzten Mal in Begleitung eines großen, kräftigen Mannes.«

»Was, wenn die Frau von dem Gewinn wusste und sie Reil gemeinsam mit ihrem Zuhälter ermordet hat?«, fragte Schmoll.

»Dieser Gedanke ist uns auch schon gekommen, aber würde man sich dann die Mühe machen und die Leiche entwürdigen?«

»Warum nicht? Taktisches Ablenkungsmanöver, damit wir glauben, dass wir es mit einem durchgeknallten Psychopathen zu tun haben«, entgegnete Schmoll. Brandt fand den Gedanken gar nicht schlecht, auch wenn sein Instinkt ihm sagte, dass es eine Sackgasse sein könnte.

»Wir sollten beide Optionen im Hinterkopf behalten«, schlug Bender vor. »Vor allem sollte es unsere höchste Priorität sein, die Identität der Frau und des Mannes herauszufinden.«

»Es könnte nicht schaden, wenn Kollegen von der Streife die Anwohner befragen.«

»Ich werde das veranlassen. Habt ihr noch mehr?«

»Zurzeit nicht«, antwortete Brandt. Dass Bender vor der Besprechung Aydin und nicht ihn nach ihrem Informanten gefragt hatte, war ihm nur recht. Falls sie ihn später ebenfalls danach fragen würde, würde er auch vage bleiben, weil er Walter nicht in die Sache hineinziehen wollte. Trotzdem ging er weiter davon aus, dass Bender deswegen kein Fass aufmachen würde. Es war gang und gäbe, dass Informanten anonym bleiben wollten, auch vor der Chefin des leitenden Kriminalpolizisten.

»Danke. Kramer, wie ist deine Einschätzung?«

»Trotz einiger sehr guter Ansätze hat sich an meiner Beurteilung des Falles nicht viel geändert. Die neuen Verdächtigen, die vermeintliche Prostituierte und ihren möglichen Zuhälter, sehe ich nicht als dringend tatverdächtig.«

»Warum?« Schmoll schien mit Kramers gewagter These nicht einverstanden. Brandt hingegen hatte eine Ahnung, was Kramer dagegen anführen würde, denn das entsprach auch seiner Einschätzung. Er war auf Kramers Antwort gespannt.

»Weil wir reichlich Erfahrung mit Morden im Milieu haben und mir kein Fall bekannt ist, wo eine Leiche dermaßen erniedrigend und mit so viel Aufwand zur Schau gestellt wurde. Im Milieu tötet man nicht auf diese Weise. Man trägt eher Sorge dafür, dass die Leichen verschwinden, ohne große Aufmerksamkeit zu erregen.« Kramer unterbrach sich und schaute kurz in die Runde, sein Blick verharrte für einen Moment bei Brandt. Irgendwie wirkte er heute nachdenklich. Etwas, was Brandt in letzter Zeit immer öfter an ihm bemerkt hatte. Das Arrogante, Streitlustige war nicht mehr so präsent. Eine Seite an Kramer, die Brandt nicht einschätzen konnte und ihn zu der Frage drängte, was er überhaupt über seinen Kollegen wusste.

Nicht viel!

»Das heißt also nichts anderes, als dass wir noch völlig im Dunkeln tappen. Die Frau und ihr Lude sind die einzige Spur, die wir derzeit haben«, warf Aydin ein.

»Vermutlich.« Kramer holte Luft. »Wir sollten uns aber beeilen, wenn wir es tatsächlich mit einem Mörder zu tun haben, der gerade Gefallen am Töten gefunden hat, denn dann ist es nur eine Frage von Tagen, bis wir das nächste Opfer zu beklagen haben.«

»Danke, Eugen«, antwortete Bender. »So weit wollen wir vorerst nicht gehen. Vielleicht gelingt es Fischer oder den Kollegen von der Streife, mehr über die beiden potentiell Verdächtigen herauszufinden. Wie schaut es mit nahen Verwandten aus?«

»Soweit wir wissen, ist da niemand. Seine Nachbarin kennt jedenfalls niemanden«, meldete sich Brandt zu Wort. Sie hatten ihr diese Frage gestellt und sie hatte erklärt, dass sie nie Verwandte bei Reil gesehen habe. Soviel sie wusste, kamen Reil und seine Frau aus Berlin. Somit war dieser Personenkreis kaum von Nutzen bei den Ermittlungen.

»Rech, hat die Spurensicherung Hinweise auf andere Personen, die wir kontaktieren könnten?«

»Wir haben in der Wohnung nur Fotos von seiner Frau gefunden, laut Fischer hatten sie keine Kinder. Andere Hinweise auf nahe Verwandte haben wir nicht entdeckt.«

»Ärgerlich, dass wir das Handy nicht haben«, entfuhr es Aydin.

»Das können wir nicht ändern. Wenn niemand mehr etwas hinzuzufügen hat, beende ich das Meeting. Alles Weitere über die bekannten Kommunikationskanäle.«

Da keiner mehr etwas zu sagen hatte, löste Bender die Besprechung auf. Alle durften gehen, nur Brandt und Aydin forderte sie auf, noch einen Moment zu bleiben.

»Worum gehts?«, wollte Brandt wissen, dabei wusste er ganz genau, warum sie im Besprechungsraum warten sollten.

»Das ist dir doch hoffentlich klar. Es geht um euren Informanten. Wie habt ihr so schnell die Identität von Reil herausgefunden?«

»Eine vertrauenswürdige Quelle hat sie uns genannt, nachdem wir ein paar Kontakte abgeklappert haben.«

»Und ihr wollt diese Quelle nicht preisgeben?«

»Sicherlich nicht. Du weißt, wie wichtig Vertrauen bei solchen Quellen ist.«

»Verstehe. Ich teile mal meine Überlegungen mit euch:

Meiner Ansicht nach ist eure Quelle Walter. Ihr habt ihm Fotos von der Leiche gezeigt und er hat einen Gast wiedererkannt.«

»Das ist reine Spekulation.« Brandts Worte klangen nicht so überzeugend, wie er es gerne gehabt hätte.

»Walter muss wegen deiner Annahme aber nicht im Präsidium erscheinen, oder?« Sorge schwang in Aydins Worten mit.

»Nein, muss er nicht. Das ist reine Spekulation, ohne Fundament. Wie dem auch sei, belassen wir es dabei.«

»Danke«, antwortete Aydin, während Brandt nur schwieg.

Beide verließen den Raum, Bender blieb zurück.

»Wieso weiß sie immer alles?«, fragte Aydin, als sie auf dem Flur waren.

»Deswegen ist sie nicht nur unsere Chefin, sondern auch die jüngste Leiterin des K-11 in Köln. Sie ist verdammt gut. Nur müsste sie lernen, ihre Launen etwas besser in den Griff zu bekommen.«

»Heute war sie doch recht entspannt.«

»Stimmt. Kramer auch. Sehr merkwürdig.«

»Ja, Kramer ist in letzter Zeit nicht mehr so abgehoben. Glaubst du, er hat private Probleme?«

»Keine Ahnung, soll nicht unsere Baustelle sein. Lass uns Walter besuchen.«

»Gute Idee. So langsam kriege ich Hunger.«

Brandt lachte. »Du denkst auch nur ans Essen, ich hingegen an unsere Ermittlungen. Es wäre immerhin denkbar, dass Walter etwas über mögliche Kontaktpersonen weiß.« Walter hatte ihnen zwar erzählt, dass er Reil seit einem Jahr nicht gesehen habe und dass dieser bei seinem letzten Besuch im Imbiss auch nichts über sein Privatleben gesagt habe, weshalb sie sich nicht allzu große Hoffnungen machen durften. Das hieß jedoch nicht, dass Reil bei den vorherigen Besuchen nicht doch etwas von sich preisgegeben hatte. Einen Versuch war es wert, erst recht, weil sie derzeit keine heiße

Spur hatten, der sie folgen konnten. Außerdem war es immer schön, Walter zu sehen.

»Das war auch mein zweiter Gedanke, aber du hast mich nicht ausreden lassen«, versuchte sich Aydin herauszureden und kratzte dabei seinen Sechstagebart.

»Wir müssen uns unbedingt noch etwas wegen Johannes Hirth einfallen lassen.«

»Sollen wir ihn erneut aufsuchen oder einen Profi hinzuziehen?«

»Ich wäre fast geneigt, dass wir es noch einmal versuchen. Bei Psychologen weiß man nie. Wenn der nicht zu ihm durchdringt, riskieren wir, dass wir Johannes gar nicht mehr befragen können.«

»Stimmt. Die Mutter ist sehr vorsichtig. Meinst du, sie erlaubt uns ein weiteres Gespräch mit ihrem Sohn?«

»Nicht, wenn wir sie anrufen. Wir müssen vor Ort aufschlagen.«

»Oder wir überraschen ihn während des Spielens auf dem Feld.«

»Meinst du, dass er nach all dem wieder dort ist?«

»Möglich wäre es. Du hast gehört, was die Mutter gesagt hat. Johannes hat seinen eigenen Kopf, und wie es ausschaut, ist sie nicht wirklich durchsetzungsstark. Wenn wir ihn dort nicht antreffen, können wir noch immer zu ihm nach Hause.«

»Gut, das nehmen wir morgen Mittag in Angriff. Lass uns jetzt zu Walter fahren.«

Aydin nickte zustimmend.

Dreißig Minuten später betraten sie Walters Imbiss.

»Hallo, Jungs. Schön, dass ihr da seid, das muss Gedankenübertragung sein«, grüßte Walter sie. Er machte einen ausgesprochen gut gelaunten Eindruck. In seiner Hand hielt er sein Handy.

»Hallo, Walter«, antwortete Aydin.

»Warum Gedankenübertragung?«, fragte Brandt.

»Ich wollte euch gerade anrufen.«

KAPITEL SECHZEHN

Bevor sie zu ihrer Mutter fuhr, machte sie einen kurzen Zwischenstopp in einer Drogerie, wo sie einige Packungen Bleichmittel kaufte. Neben der Drogerie waren noch andere Läden, darunter ein Blumenladen, und obwohl sie es eigentlich nicht wollte, kaufte sie einen Strauß Blumen. Im Gegensatz zu ihr mochte ihre Mutter Blumen. Sie hatte für so einen Kitsch nicht viel übrig, aber da sie sie schon längere Zeit nicht mehr besucht hatte, hoffte sie, dass die Blumen sie etwas besänftigen würden.

»Ach, dich habe ich ja ewig nicht gesehen«, hörte sie da hinter ihrem Rücken jemanden sagen.

Sie drehte sich um und erkannte die Person sofort. Ein alter Klassenfreund aus längst vergessenen Tagen. »Ich war auch schon lange nicht mehr hier«, antwortete sie.

»Wie geht es dir? Gut siehst du aus.«

»Danke, fühle mich auch gut. Und dir?« Zoran war viel dicker, als sie ihn von ihrer letzten Begegnung vor bestimmt fünf oder sechs Jahren in Erinnerung hatte.

»Leider nicht so gut. Habe in den letzten Jahren deutlich zugenommen.«

»Und warum?« Kaum hatte sie die Frage ausgesprochen,

bereute sie es, weil sie überhaupt keine Lust auf ein Gespräch mit ihm hatte, denn sie kannte die Antwort. Zoran fraß gerne, es war ja nicht zu übersehen.

»Meine Frau hat mich vor einem Monat verlassen, für so einen schlanken Idioten, der sie sicherlich nur ausnutzt. Das nimmt mich mehr mit, als ich mir eingestehen möchte.« Zoran wirkte hoffnungslos ehrlich.

Sie musste an Dirk denken, der sich seit dem Tod seiner Frau genauso hatte gehen lassen, weshalb sie ihm immer Vorwürfe gemacht hatte. *Du machst es dir zu leicht, dein Versagen mit dem Tod deiner Frau zu begründen. Du bist eben ein Versager und das hat nichts mit dem Tod deiner Frau zu tun.*« Solche und noch gemeinere, verletzendere Worte hatte sie Dirk an den Kopf geworfen.

Kurz überlegte sie, ob sie nicht auch Zoran die Meinung sagen sollte, entschied sich jedoch dagegen.

»Das tut mir leid. Na, mach dir keine Sorgen, du findest bestimmt eine andere tolle Frau.«

»Möglich, aber ich möchte gar keine andere Frau. Ich liebe meine Frau und ich hoffe, dass sie zu mir zurückkommt.«

»Du willst sie zurück, obwohl sie dich so verarscht?« Sie konnte nicht glauben, was sie gerade hörte, denn sie hatte Zoran ganz anders in Erinnerung: als einen lustigen, frechen Mann, aber nicht als Weichei. So konnte man sich in Menschen täuschen. Zoran schien eine jüngere Version von Dirk zu sein.

»Liebe ist kompliziert und wir gehören zusammen, auch wenn mich das Ganze verletzt. Ich weiß, dass sie den Idioten nicht liebt. Er blendet sie mit seinem Geld, was ich ja irgendwie verstehen kann. Ich konnte Manuela nie viel bieten.«

Hör auf zu jammern, hätte sie ihm am liebsten an den Kopf geworfen, laut sagte sie jedoch: »Kopf hoch, das Leben geht weiter.«

»Wenn das mal so einfach wäre.« Das Jammern wollte offensichtlich kein Ende nehmen und er schien nicht einmal zu bemerken, dass ihn das immer unattraktiver machte.

»Positiv denken. Glaubst du, sie denkt daran, wie scheiße es dir geht? Nein! Sie lässt sich gerade von dem neuen Macker den Verstand rausvögeln«, ging sie in die Offensive. Die Verständnisvolle vorzuheucheln, lag ihr gar nicht. »Mein Rat an dich: Lass dich scheiden, zeig ihr, was eine Harke ist.«

»Wir lassen uns Zeit mit ...« Zoran unterbrach sich und schaute zu Boden, er wirkte verlegen und ratlos.

»Mach dir keinen Kopf. Du solltest dir auch etwas Spaß gönnen.«

»Vielleicht hast du recht. Darf ich dich zu einem Kaffee einladen?«

»Leider nicht. Meine Mutter erwartet mich.«

»Verstehe. Wäre es unverschämt, nach deiner Handynummer zu fragen? Tut gut, mit dir zu reden.«

»Ist in Ordnung.« Sie nannte ihm ihre Handynummer, er rief sie an und sie speicherte seine Nummer unter dem Namen Dirk2Jung ab, da sie plötzlich eine Idee hatte. Könnte Zoran ihr zweiter Dirk werden? Ihn zu töten, würde ihr sicherlich sehr viel Freude bereiten. Sie musste diesen Gedanken etwas sacken lassen, aber sie konnte nicht leugnen, dass ihr die Vorstellung, diesen fetten Feigling, diese Memme zu töten, gefiel.

»Ich muss los.« Sie verabschiedete sich von Dirk und ging mit ihren Einkäufen zu ihrem Auto, lud alles in den Kofferraum und stieg anschließend ein. Kaum saß sie im Wagen, vibrierte ihr Handy. Sie hatte eine Nachricht erhalten. Es war Zoran; Dirk2Jung.

Sie las die Nachricht.

Es war sehr schön, dich wiedergesehen zu haben.

Sie überlegte, ob sie ihm antworten oder ihn lieber etwas zappeln lassen sollte. Doch da war diese Lust, wenn sie daran dachte, wie es wohl wäre, Zoran das Fleischermesser in den

Bauch zu rammen, daher antwortete sie ihm gleich. Sie musste ihn sich warmhalten.

Hat mich auch gefreut.

Die Antwort ließ nicht lange auf sich warten.

Ich hoffe, ich bin dir mit meinem Geheule nicht zu stark auf die Nerven gegangen.

»Du glaubst gar nicht, wie sehr, du Schlappschwanz. Auf der anderen Seite lassen sich Feiglinge wie du, die nur Ballast für die Gesellschaft sind, auch leichter töten.« Sie tippte ihre Antwort in ihr Handy:

Alles gut. Ich kann dich verstehen. Aber Kopf hoch, andere Mütter haben auch schöne Töchter. Du musst lernen, nach vorne zu schauen und nicht zurück.

Du hast recht. Ich werde es versuchen. Darf ich dich die Tage zum Essen einladen?

Klar, lass uns spontan etwas entscheiden.

Sehr schön. Ich melde mich und grüß mir deine Mutter.

Mach ich.

Mit einem breiten Lächeln im Gesicht startete sie den Motor. Wieder schien sich alles zusammenzufügen. Sie hatte sich überwinden müssen, zu ihrer Mutter zu fahren, aber dafür wurde sie jetzt reich belohnt – mit ihrem nächsten Opfer. Ihn zu schlachten, konnte sie gar nicht abwarten. Vor allem hatte sie etwas ganz Besonderes mit ihm vor.

»Sind die für mich?«, fragte ihre Mutter mit einem breiten Lächeln. Ob es echt war, konnte sie nicht einschätzen.

Sie nickte nur.

»Komm doch rein, das Essen ist gerade fertig.«

Sie folgte ihrer Mutter in die Küche. Noch vor fünf Minuten hatte sie sich gut gefühlt, geglaubt, dass es ein guter Tag werden würde, aber jetzt sah alles wieder ganz anders aus. Sie fühlte sich, als hätte ihr jemand einen schweren Metallanzug um den Körper gelegt, jeder Schritt war mühsam, und sie wusste auch, warum.

Sie hasste dieses Haus!

Auch ihre Mutter?

Eine ehrliche Antwort hatte sie nicht darauf, zumal sie das Einzige war, was sie noch an Familie besaß.

Als sie die Küche betraten, stieg ihr der Geruch von Knödeln und Schweinebraten in die Nase. Sie liebte dieses Gericht und ihre Mutter konnte, im Gegensatz zu ihr, sehr gut kochen, worum sie sie immer beneidet hatte.

»Setz dich, dann können wir gleich mit dem Essen anfangen«, sagte ihre Mutter, während sie eine Blumenvase aus dem Schrank nahm. Sie füllte etwas Wasser hinein, arrangierte die Blumen darin, roch kurz an den Blüten und stellte die Vase auf die Fensterbank. »Sieht das nicht schön aus?«

»Ganz passabel.« Zu mehr konnte sie sich gerade nicht hinreißen, die Schwermut wollte einfach nicht von ihr lassen. Zu viele schlechte Erinnerungen an dieses Haus waren der Grund dafür.

Ihre Mutter sagte nichts, sondern bereitete das Essen auf zwei Tellern vor. »Möchtest du Brot?«

»Warum nicht.«

Die Mutter reichte ihr einen Teller, dann stellte sie ihren eigenen an ihren Platz, öffnete einen anderen Schrank und holte einen Brotkorb heraus. Anschließend trat sie an den Kühlschrank, griff nach einer Flasche Wasser und stellte auch diese auf den Esstisch. Gläser und Besteck reichte sie danach. Endlich nahm sie selbst Platz.

»Lass es dir schmecken. Bei den Knödeln war ich heute etwas unsicher, ob sie nicht verkocht sind.«

Sie probierte. »Nein, alles gut. Schmeckt wie immer.«

Ihre Mutter strahlte und fing dann selbst an zu essen. »Wie geht es dir?«

»Kann nicht meckern. Dir?«

»Bis auf die üblichen Beschwerden kann ich mich auch nicht beklagen. Bist du direkt von der Arbeit gekommen?«

»Nein, ich habe gekündigt.«

»Wieso das?« Ihre Mutter machte einen ungläubigen

Eindruck. »Du weißt doch, wie schwer es heute ist, eine Arbeit zu finden.«

»Entspann dich. Ich habe gekündigt, weil ich einen neuen Job habe, wo ich mehr Geld verdiene und nicht so einen Psycho als Chef habe.«

»Das freut mich. Wann fängst du an?«

»Nächsten Monat, gerade nutze ich meinen Resturlaub.«

»Du hast aber viel Resturlaub. Hast du nicht erst im Oktober im Callcenter angefangen?«

»Stimmt. Die haben großzügig aufgerundet.«

Ihre Mutter sah sie skeptisch an. »Kind, ich hoffe, dass du bei deiner neuen Arbeit etwas mehr Ausdauer hast.«

»Was meinst du damit?«

»Es ist doch sicherlich nicht gut für deinen Lebenslauf, wenn du so oft die Arbeitsstelle wechselst.«

»Ich kann nichts dafür, wenn mein Chef mich mobbt.«

»Und die Arbeit vor dem Callcenter?«

»Das war auch nicht meine Schuld. Der Chef hat unsere Überstunden nicht bezahlt, das muss ich mir sicher nicht gefallen lassen.«

Ihre Mutter holte Luft und presste die Lippen zusammen, statt etwas zu sagen. Trotzdem schwang dieser unausgesprochene Vorwurf im Raum: Du suchst immer die Schuld bei den anderen.

»Birgit, es war nie meine Schuld, und sei unbesorgt, diesmal wird es anders. Ich arbeite am Empfang.«

»Ich wünsche es dir. Du weißt doch, wie schwer es geworden ist, eine anständige Arbeit zu finden, und du weißt, dass ich das nicht sage, um dich zu kritisieren, sondern nur, weil ich mir Sorgen um dich mache.«

»Hättest du dir mal schon früher mehr Sorgen um mich gemacht«, rutschte es ihr heraus, dabei hatte sie sich fest vorgenommen, diesmal keinen Streit mit ihrer Mutter vom Zaun zu brechen, aber sie konnte nicht aus ihrer Haut. Birgit hatte nun mal die Fähigkeit, sie mit wenigen Worten zu reizen.

Ihre Mutter wirkte erschrocken, sie schwieg. Ihr Gesichtsausdruck hatte sich jedoch binnen Sekunden verändert, das Freundliche hatte der Enttäuschung Platz gemacht.

»Kennst du noch Zoran?«, versuchte die Tochter das Gespräch wieder in seichtere Gewässer zu lenken.

»Ja, hast du ihn gesehen?«

»Vorhin, als ich dir Blumen gekauft habe. Er ist ganz schön fett geworden.«

»Ich weiß, der Arme. Seine Frau hat ihn verlassen.«

»Na ja, muss nicht immer die Schuld der Frau sein, vielleicht hat es ihr nicht gefallen, dass er ständig fetter wurde.«

»Das ist gemein. In einer Ehe sollte es Wichtigeres geben als das Äußere.«

»Wer sagt denn, dass er der liebe Ehemann war, für den er sich ausgibt?«

»Das ist aber eine böse Unterstellung. Er ist immer sehr freundlich und höflich. Grüßt einen jedes Mal nett. So was Gemeines solltest du nicht sagen.«

»Sicher?« Sie kochte innerlich.

»Ja. Du tust ihm unrecht.«

»Gerade du solltest doch wissen, dass die Männer nicht immer so sind, wie sie sich Fremden gegenüber zeigen. Oder hast du vergessen, was dein Mann und mein Erzeuger uns angetan hat?«, platzte sie heraus.

KAPITEL SIEBZEHN

KÖLN, 12. MÄRZ

»Wie es ausschaut, hat Walter was gut bei uns«, sagte Aydin, als er das Büro betrat. Brandt war bereits seit einer guten halben Stunde im Präsidium.

»Das stimmt. Der Hinweis von gestern war sehr wichtig. Was hältst du davon, wenn wir ihn nach diesem Fall irgendwo zum Essen einladen?«

»Bin dabei. Da wird er sich bestimmt freuen.«

»Das glaube ich auch.«

»Du wirkst müde.«

»War ne unruhige Nacht.«

»Hatten wir Vollmond?«

»Nein, ich bin nicht vollmondgeschädigt. Hab einfach nur schlecht geschlafen, solche Tage soll es auch geben.«

»Sicher? Gerade du?« Aydin schaute Brandt fragend an, dann schien es, als hätte er einen Einfall. »Hast du an diese Nikola und ihre Prophezeiung denken müssen?«

»Quatsch. Warum sollte ich an sie denken? Die habe ich längst vergessen.«

Aydin schien nicht überzeugt und Brandt ärgerte sich, dass er es überhaupt angesprochen hatte, weil er wusste, dass er damit Aydins Aufmerksamkeit auf die Aufzeichnung lenken würde.

»Du musst nicht auf männlich machen. Wir sind Freunde, wenn dich das beschäftigt, darfst du mir das gerne anvertrauen. Das macht doch eine Freundschaft aus, dass man mit seinen Problemen ehrlich sein darf.«

»Ich habe keine Probleme. Ich habe nur schlecht geschlafen. Vermutlich im Gym etwas falsch gehoben und das Kreuz hat sich nachts bemerkbar gemacht. Apropos, wann sehe ich dich mal wieder im Gym? Du weißt sicherlich nicht mehr, was Kreuzheben bedeutet.«

»Lenk nicht ab.«

»Das tue ich nicht. Du siehst nur Gespenster, wo keine sind.«

»Ich würde mir gerne die Aufzeichnung anschauen.«

»Deine Entscheidung. Ich habe nichts zu verbergen, ich habe dir alles erzählt. Aber ob du mitten in den aktuellen Ermittlungen die Zeit hast, dich mit unnötigen Nebenkriegsschauplätzen zu beschäftigen, musst du wissen.«

Aydin wirkte unsicher, er zog seine Jacke aus, nahm an seinem Schreibtisch Platz und schaltete seinen Rechner an, dann schaute er zu Brandt rüber. »Ich meine es ernst. Wenn dich etwas beschäftigt, ich bin immer für dich da. Ich hoffe, du weißt das.«

»Danke, ich weiß das sehr zu schätzen, aber da ist nichts.« Brandt schenkte Aydin ein Lächeln. Er wusste, dass Aydin es ernst meinte, doch diesmal hatte er tatsächlich nicht gelogen, dass er ohne ersichtlichen Grund schlecht geschlafen hatte. Dass Nikolas Worte ihn beim Aufstehen begleitet hatten, wollte er Aydin gerade nicht auf die Nase binden, denn das hatte nichts mit seinem unruhigen Schlaf zu tun gehabt.

Sein Bürotelefon klingelte. Es war Fischer.

»Hallo. Vielleicht habe ich was für euch.«

»Hast du jetzt Zeit?«

»Klar, ihr könnt gerne kommen.«

Brandt legte auf.

Keine zehn Minuten später betraten er und Aydin mit Kaffee bewaffnet das Büro von Fischer, sie hatten wie gewohnt einen kleinen Umweg über die Küche gemacht.

»Hallo«, machte sich Aydin bemerkbar und reichte Fischer einen Becher.

»Das ist sehr nett. Genau das brauche ich gerade.« Fischer nahm den Kaffee entgegen und gönnte sich einen Schluck.

»Was hast du denn für uns?«, erkundigte sich Brandt.

»Vielleicht habe ich die Escortdame gefunden. Ich konnte einige der öfter von ihm besuchten Webseiten herausfiltern. Drei Frauen hat er sich in den letzten Wochen mehrmals angeschaut. Ich habe die Anzeigen als Screenshot abgespeichert.«

Fischer öffnete mittels der Mouse einen Ordner auf dem Computerbildschirm und rief drei Dateien auf, die sofort auf dem Bildschirm erschienen. Die Bilder junger Frauen waren zu sehen.

»Die Dritte scheidet aus. Wir haben gestern noch mal mit der Nachbarin telefoniert. Bei der Frau handelt es sich um eine Nordeuropäerin, wie wir ohnehin vermutet hatten.« Fischer schloss den dritten Screenshot, auf dem eine Asiatin zu sehen war.

»Kannst du uns die beiden anderen per E-Mail schicken?«

»Mach ich. Glaubt ihr, eine von denen war es?«

»Ja, davon gehen wir aus. Walter hat uns gestern angerufen und laut seiner Aussage hat sich Reil ab und zu mit einer Prostituierten namens Anna Moos getroffen.«

»Die beiden heißen aber nicht Anna«, antwortete Fischer.

»Stimmt. Anna ist ihr echter Name. Walter kennt ihren Arbeitsnamen nicht, er weiß bestimmt nur, wie sie aussieht. Oder sein Informant weiß es. Ich würde ihm gerne die beiden Screenshots schicken.«

»Das macht Sinn. Ihr habt sie gleich in eurem Posteingang.«

»Danke. Hast du noch mehr?«

»Leider nicht. Reil war weder in den sozialen Medien unterwegs noch hat er online etwas gekauft oder einen E-Mail-Account gehabt.«

»Gut. Oder eher nicht gut. Meld dich, wenn ...«

»... sobald ich was habe. Mach ich.« Fischers Mundwinkel hoben sich. Die beiden Polizisten verabschiedeten sich und gingen zurück in ihr Büro.

»Fischers E-Mail ist da«, sagte Aydin, der als Erstes in sein Mailprogramm schaute.

»Sehr gut. Leitest du beide Anhänge als Nachricht an Walters Handy weiter?«

»Soeben erledigt.«

»Das mag ich an dir. Du denkst mit, die meiste Zeit jedenfalls.« Diese kleine Spitze konnte sich Brandt einfach nicht verkneifen.

»Ich tue mal so, als ob ich nur den ersten Teil gehört hätte, weil ich weiß, dass du eigentlich nur diesen sagen wolltest. Danke für die Blumen.«

»Du kennst mich halt«, sagte Brandt mit einem Augenzwinkern.

»Wann suchen wir Johannes auf?«

»Je nach dem, was Walter uns antwortet. Ich würde nämlich zuerst lieber diese Anna aufsuchen.«

»Wir könnten trotzdem zu ihr fahren, immerhin haben wir ihre Kontaktdaten.«

»Stimmt, aber wenn Anna keine der beiden Frauen ist, riskieren wir, dass es eine Sackgasse ist und wir nur Zeit verlieren.«

»Du tust Walter unrecht. Warum sollte seine Information falsch sein?«

»Das glaube ich doch auch nicht. Aber wir haben jetzt zwei Frauen als potentielle Verdächtige, von denen eine vermutlich diese Anna ist. Statt Johannes oder Anna aufzusuchen, sollten wir kurz auf Walters Antwort warten.«

»Was, wenn Walters Informant nicht sofort reagiert? Vielleicht auch gar nicht erreichbar ist?«

Aydins Handy klingelte.

»Hallo, Walter. Mein Handy ist auf laut. Lasse hört mit.« Aydin wirkte überrascht, dass Walter sich so schnell gemeldet hatte.

»Hallo, Jungs. Was für ein Zufall. Gutes Timing von euch. Mein Kumpel ist gerade in meinem Imbiss. Ich habe ihm die beiden Screenshots gezeigt und bin eben nach hinten gegangen, damit er nicht mitbekommt, dass ich mit euch telefoniere, daher muss ich etwas leiser reden.«

»Geh kein Risiko ein. Wir können auch später sprechen«, antwortete Aydin.

»Nein, alles gut. Der kann uns nicht hören. Zurück zu Anna. Er ist sich sicher, dass seine Bekannte Anna die Escortdame Cindy ist.«

»Ganz sicher? Immerhin erkennt man das Gesicht nicht so genau in der Anzeige.«

»Ja, ganz sicher. Er hat sie an der Figur und den Tattoos oberhalb der rechten Brust und am rechten Unterarm erkannt.«

»Danke, du warst uns eine große Hilfe. Du solltest zurück in den Imbiss, bevor er Verdacht schöpft«, sagte Brandt, weil er wie Aydin nicht wollte, dass sich Walter unnötig in Gefahr brachte.

»Mach ich. Ich habe übrigens noch was für euch.«

»Und das wäre?«

»Anna arbeitet in einem Café in der Nähe vom Zülpicher Platz. Sie hat jetzt Dienst. Das mit dem Escort macht sie nur nebenbei. Niemand darf das wissen.«

»Und woher weiß es dein Informant?«

»Er ist seit Jahren Gast bei ihr und inzwischen sind sie Freunde, daher kannte er ihren aktuellen Arbeitsnamen nicht. Er hat sie damals unter dem Namen Melody kennengelernt.«

»Verstehe. Weißt du, in welchem Café?«

Walter nannte ihnen den Namen, dann beendete Aydin das Gespräch.

»Wir sollten Anna alias Cindy einen Besuch abstatten, was denkst du?«

»Klar. Haben wir noch Zeit für einen Espresso im Rico?«

»Espresso oder Erdbeerkuchen?« Brandt konnte nicht anders. Das Café Rico steuerten sie in letzter Zeit häufig an und bisher hatte Aydin fast immer auch ein Stück Erdbeerkuchen dort gegessen.

»Nein, wirklich nur einen Espresso. Du solltest mir dankbar sein für die Idee.«

»Warum?«

»Na, ein Espresso treibt die Müdigkeit aus deinem Gesicht.«

Zwanzig Minuten später erreichten Sie das Café, es lag in der Mittelstraße und damit direkt auf dem Weg zum Zülpicher Platz.

»Seid mir gegrüßt, Chicos. So früh schon hier, meine schönen Polizisten?«, begrüßte sie der Kellner Raúl Salvatore gut gelaunt.

»Hallo, Raúl. Wir haben leider nur Zeit für einen schnellen Espresso«, antwortete Brandt. »Oder, Aydin?«

»Nur einen Espresso.«

»Sicher? Der Erdbeerkuchen ist gerade ganz frisch, noch nicht mal angeschnitten.«

»Nein, bitte nur einen Espresso«, sagte Aydin und schaute unsicher zu Brandt, der schweigend schmunzelte.

»Gut, dann nehmt doch Platz. Ich bin gleich bei euch. Der hübsche Arzt ist übrigens auch da.« Kaum hatte Raúl das ausgesprochen, sah Brandt Doktor Glück. Er saß mit dem Rücken zu ihnen.

»Komm.« Brandt ging voraus. »Hallo, Herr Glück«, sprach

er den Arzt an. Glück drehte sich um und stand freundlich lächelnd auf.

»Seien Sie mir gegrüßt. Wollen Sie sich zu mir gesellen?«

»Nur, wenn es keine Umstände macht.«

»Das tut es nicht. Ganz und gar nicht. Ich freue mich immer über einen Plausch mit Ihnen.« Glücks intensiv blaue Augen, die einen sofort in den Bann zogen, schienen heute besonders zu strahlen und machten Brandt ganz verlegen. Zwar hatte er keinerlei homosexuelle Neigungen, dennoch musste er sich eingestehen, dass Glück vermutlich der schönste Mann war, den er je gesehen hatte. Dabei war es nicht bloß sein Äußeres, es war auch seine Ausstrahlung. In Glücks Gegenwart fühlte sich Brandt wohl und sicher, es war schon eigenartig. Dass es Aydin ebenso erging, konnte er am Gesicht seines besten Freundes ablesen.

»Haben Sie heute frei?«, fragte Aydin, nachdem sie sich an den Tisch gesetzt hatten, und fuhr sich mit der Hand über seinen Sechstagebart.

»Nein, ich fahre gleich in die Klinik. Ich wollte nur kurz einen Kaffee trinken und etwas abschalten.«

»Wie wir auch. Wobei es bei uns nur ein Espresso ist«, lachte Aydin.

»Da haben wir was gemeinsam. Die Pflicht ruft ständig. Sie müssen die Bösen jagen, weil sie keine Pausen kennen, und ich das Leben, weil auch der Tod keine Pause kennt. Wenn wir ehrlich sind, ein hoffnungsloses Unterfangen, dennoch müssen wir es tun. Sonst wäre es ...« Glück unterbrach sich und fuhr sich mit der Hand über seine kurzen blonden Haare. »Dann wäre es schlecht bestellt um unsere Menschlichkeit.«

»Da haben Sie recht.«

»Ich möchte euch Hübschen ungern unterbrechen, aber ich habe hier zwei Espresso«, machte sich Raúl bemerkbar. Sein Blick ruhte auf Glück, als er das sagte. Es war nicht zu übersehen, dass er den Arzt mehr als nur attraktiv fand, das hatte er den beiden Beamten bereits verraten. In Raúls Blick schwang jedoch noch etwas anderes mit, kaum erkennbar, wenn man kein so geschultes Auge hatte wie Brandt. Es war etwas Vertrautes, als würde es eine besondere Verbindung zwischen Raúl und Glück geben. Sicher war sich Brandt aber nicht, es war mehr ein Gefühl.

»Danke«, antworteten die beiden Beamten fast gleichzeitig.

»Raúl, bist du so lieb und bringst mir bitte schon mal die Rechnung?«

»Wir übernehmen das«, unterbrach Brandt. »Sie haben uns letztes Mal eingeladen, jetzt gebührt uns diese Ehre.«

»Geht klar«, antwortete Raúl und entfernte sich.

»Danke.« Glück wirkte etwas beschämt. »Sind Sie an einem neuen Fall dran?«

»Leider. Ein Mordfall. Vielleicht haben Sie davon gehört, der Vogelscheuchenmord.«

»Ist mir zu Ohren gekommen. Die Leiche liegt bei uns in der Uniklinik Köln, im Institut für Rechtsmedizin. Ich habe sie selbst nicht gesehen, aber ein Kollege erzählte mir gestern, dass man Sorge habe, es könnte sich um die Tat eines Soziopathen handeln.«

»Wir halten das für durchaus möglich, aber wir hoffen, dass es nicht so ist. Sonst werden wir sicher weitere Tote zu beklagen haben«, antwortete Aydin.

Glück nickte und wandte sich an Brandt. »Sie wirken heute nachdenklicher als sonst. Beschäftigt Sie etwas?« Er schaute Brandt besorgt, fast väterlich an, was Brandt ein wenig unheimlich war. Machte er wirklich diesen Eindruck oder war es nur seine Müdigkeit, die einem erfahrenen Arzt wie Glück nicht entging?

»Nein, alles gut. Ich habe bloß schlecht geschlafen«, versuchte Brandt, die Frage abzutun.

»Glauben Sie eigentlich daran, dass jemand hellsehen kann?«, hakte Aydin ein.

»Hellsehen?«

»Eventuell habe ich mich falsch ausgedrückt. Ich meine, halten Sie es für möglich, dass jemand über übersinnliche Fähigkeiten verfügt? Dass er Dinge sieht, die zukünftig passieren werden, indem er sich die betreffende Person intensiv in Gedanken vor Augen ruft?«

»Ich weiß es nicht, aber ich würde es nicht kategorisch ausschließen. Sie haben vielleicht schon einmal von Astralprojektion gehört, sie ist im Buddhismus und im Hinduismus weit verbreitet, oder von Fakiren in Indien, die allein durch intensive Konzentration, ihren Willen und einen sehr starken Geist in der Lage sind, sich einen Teil ihrer Zunge abzuschneiden, um ihn anschließend wieder anzusetzen. Ohne Blut und ohne bleibende Schäden. Es gibt Dinge, die sind real, auch wenn der menschliche Verstand sie nicht begreifen kann, davon bin ich überzeugt. Warum?« Glück hatte bei seiner Antwort Aydin angeschaut, danach sah er zu Brandt, er schien ihn aufmerksam zu mustern.

»Nur aus Interesse. Ich denke wie Sie, Lasse hält das alles für Humbug.«

»Ist das so?«

»Das meiste halte ich für Einbildung, ja«, antwortete Brandt und war erleichtert, dass Aydin nicht von seinem Gespräch mit Nikola erzählt hatte.

»Seien Sie trotzdem vorsichtig, wenn Sie ein nicht erklärbares Ereignis erleben. Für uns logisch denkende Menschen, die von Kind an dahingehend erzogen wurden, nur der Wissenschaft, der Logik und dem, was die Augen sehen, zu glauben, kann das ungeahnte Risiken mit sich bringen.«

»Das werde ich. Danke für den Rat. Wenn mir doch etwas passieren sollte, weiß ich wenigstens, dass in der Uniklinik ein verdammt guter Arzt arbeitet.«

»Verlassen Sie sich nicht zu sehr darauf. Ich kann nicht jedem das Leben retten, wie Sie bin auch ich nur ein Mensch mit begrenzten Möglichkeiten, so sehr ich mir manchmal wünschte, es wäre anders.« Glück sah auf seine Hände und schwieg kurz. Es schien, als wollte er einen bestimmten Gedanken für sich behalten, dann sah er auf und fuhr fort: »Ich wünsche mir nicht, dass dieser Fall je eintritt, aber sollten Sie oder Ihr Freund je in der Notaufnahme meiner Klinik landen, werde ich alles in meiner menschlichen Macht Stehende tun, um Sie zu retten.«

»Danke«, antwortete Brandt. Er hoffte ebenfalls, dass es niemals dazu kommen würde, doch unwillkürlich spürte er ein plötzliches Unbehagen. Ihm wurde kalt und er nahm einen Luftzug wahr, als würde ihm jemand gegen den Nacken pusten. Panik überkam ihn und er hatte große Mühe, die Reaktion darauf zu unterdrücken.

Als er sich nach rechts drehte, wollte er seinen Augen nicht trauen: Vor dem Fenster stand Nikola, in einem schwarzen langen Mantel. Sie starrte ihn mit kohlschwarzen Augen an und rief mit kalter Stimme: *»Es ist dein Schicksal, schon bald zu sterben!«*

KAPITEL ACHTZEHN

BRANDT NAHM AN, dass weder Aydin noch Glück mitbekommen hatten, dass er für den Bruchteil einer Sekunde fast die Kontrolle über sich verloren hatte. Alles war so schnell passiert und als er ein zweites Mal zum Fenster geschaut hatte, war Nikola nicht mehr da gewesen. Das hatte natürlich einen simplen Grund: Sie hatte nie am Fenster gestanden.

»So komisch es klingt, aber ich hätte weniger Angst vor einem Krankenhausaufenthalt, wenn ich wüsste, dass Glück mich operiert«, holte Aydin ihn aus seinen Gedanken. Sie waren inzwischen mit dem Auto auf dem Weg zum Zülpicher Platz und Brandt suchte nach einem Parkplatz.

»Dem kann ich nur zustimmen.« Glücks Worte beschäftigten ihn noch immer, ebenso wie Nikola, deren Erscheinung so real gewirkt hatte. Als Polizist hatte er schon die gruseligsten und schlimmsten Dinge gesehen, aber dass eine Frau wie Nikola, die ganz klar geistig etwas neben der Spur war, ihn so beschäftigen würde, hätte er niemals für möglich gehalten.

»Sag mal, was war das überhaupt für ein schwülstiger Satz?«

»Welcher Satz?«

»*Gebührt uns die Ehre …*«, wiederholte Aydin Brandts Worte übertrieben akzentuiert. »Wolltest du bei Glück Eindruck schinden? So hochgestochen redest du doch sonst nicht.«

»Nur weil du ein Prolet bist, muss ich das nicht auch sein. Im Gegensatz zu dir beherrsche ich die hohe Kunst der Konversation und fühle mich auf jedem Parkett zu Hause.«

»Du weißt, Kinder die zu meiner Jugendzeit so geredet haben, wurden auf dem Pausenhof verprügelt.«

»Nur kein Neid.« Brandt wusste, worauf Aydin hinauswollte, aber er würde niemals zugeben, dass er bei Glück tatsächlich Eindruck hatte schinden wollen, denn dann würde Aydin ihn noch mehr aufziehen und das lief üblicherweise umgekehrt.

Endlich fand Brandt einen Parkplatz, sie stiegen aus und gingen zu dem Café, in dem Anna Moos arbeitete. Jede Menge junger Leute saßen an den Tischen, als sie eintraten, das Lokal schien sehr beliebt zu sein. Brandt erkannte Anna sofort, obwohl ihr Gesicht in der Anzeige unkenntlich gemacht worden war. Aber ihre langen blonden Haare, die durchschnittliche Körpergröße und das Tattoo am Unterarm waren eindeutige Merkmale. Sie stand hinter der Theke.

»Hallo«, grüßte sie die beiden Beamten. »Wollt ihr frühstücken?«

»Hallo«, antwortete Aydin. »Sind Sie Anna Moos?«

»Ja, kennen wir uns?« Sie wirkte plötzlich vorsichtiger.

»Nein. Wir sind von der Kölner Kriminalpolizei und hätten ein paar Fragen an Sie.«

»Von der Polizei?« Sie wischte sich die Hände an einem Küchentuch ab. »Was für Fragen haben Sie?«

»Können wir irgendwo ungestört reden?«

»Eigentlich habe ich keine Zeit. Sie sehen doch, wie voll das Café ist.«

»Darauf können wir keine Rücksicht nehmen. Ansonsten führen wir das Gespräch im Präsidium«, erwiderte Brandt nicht so freundlich und rücksichtsvoll wie Aydin.

»Gut, aber nur fünf Minuten. Wir haben hinten einen kleinen Raum, wo wir reden können.«

»Das sollte reichen«, antwortete Aydin und beide folgten ihr in den hinteren Bereich des Cafés. Die Mitarbeiter schauten ihnen nach, aber niemand sagte etwas.

»Darf ich Ihre Ausweise sehen?«, fragte Anna, als sie in dem kleinen Raum angekommen waren.

Beide Polizeibeamten zeigten ihre Ausweise, sie warf einen flüchtigen Blick darauf und gab sie ihnen zurück.

»Was habe ich denn mit der Polizei zu schaffen?« Sie wirkte nervös.

»Es geht um Dirk Reil«, erklärte Aydin.

»Dirk Reil? Sagt mir nichts.«

»Frau Moos, in Ihrem eigenen Interesse raten wir Ihnen, dass Sie uns die Wahrheit sagen«, schaltete sich Brandt ein.

»Warum sollte ich lügen? Der Name sagt mir nichts«, beharrte sie, ihre Reaktion hatte etwas leicht Zickiges.

»Bevor Sie weiterlügen und sich in Schwierigkeiten bringen, sollten Sie wissen, dass wir über Ihren Escortjob als Cindy im Bilde sind. Herr Reil war ein Kunde von Ihnen. Wenn Sie möchten, dass das weiterhin vertraulich bleibt, rate ich Ihnen dringend von weiteren Lügen ab.«

Diese Belehrung saß. Die Kellnerin war wie erstarrt und zu keiner Reaktion fähig. Es dauerte ein wenig, bis sie sich berappelte.

»Woher ...« Sie zögerte und korrigierte sich dann: »Bitte, das darf niemand wissen.«

»Von uns erfährt niemand etwas, dafür müssen Sie uns gegenüber aber auch ehrlich sein.«

Anna schaute sich um, als fürchtete sie die neugierigen Blicke und Ohren ihrer Kollegen.

»Sie haben recht, der alte Bock war ein Gast von mir«, gab sie endlich zu, dabei verzog sie das Gesicht, als würde sie über etwas Ekliges sprechen. Dass eine junge, attraktive Frau wie sie mit jemandem wie Reil wohl kaum aus eigenem Interesse

Sex hatte, war Brandt schon bewusst. Dass sie jedoch derart abwertend über ihn sprach, fand er dennoch nicht in Ordnung. Es sagte viel über ihren Charakter aus.

»Wann waren Sie das letzte Mal bei ihm?«

»Keine Ahnung, letztes Jahr irgendwann im Herbst. Widerlicher Typ. Stinkt nach Alkohol und verhandelt immer wieder über den Preis, obwohl er genau weiß, was die Stunde mit mir kostet. Was hat er denn angestellt?« Ihre Nervosität legte sich, offensichtlich ging sie davon aus, dass es nicht um sie, sondern um Reil ging.

»Er wurde ermordet«, antwortete Aydin.

»Was?« Sie schlug sich die Hand vor den Mund. Mit so einer Antwort hatte sie anscheinend nicht gerechnet. »Und was habe ich damit zu tun?«

»Das wissen wir noch nicht. Wir gehen nur Hinweisen nach. Sie und ein kräftiger großer Mann wurden in Westhoven gesehen.«

»Das stimmt, aber das war letztes Jahr im Herbst, weil Reil mich im Suff grün und blau geschlagen hat. Er brauchte seine Lektion.« Ihre Augen funkelten böse.

Aydin erkundigte sich nach den Kontaktdaten des Freundes, die Anna eher zögerlich rausrückte.

»Wo waren Sie am 8. März?«, wollte Brandt wissen.

»Da war ich hier.«

»Bis wann?«

»20 Uhr. Sie können gerne die Kollegen fragen. Glauben Sie, ich hätte den Alkoholiker ermordet?«

»Wir ermitteln nur. Glauben ist da fehl am Platz«, bemerkte Brandt kühl.

»Und nach 20 Uhr?«, bohrte Aydin weiter.

»Da war ich im Gym, gegenüber vom Café. Es gibt jede Menge Zeugen.«

»Hatte Herr Reil noch andere Frauen gebucht?«

»Keine Ahnung, hat mich auch nicht interessiert.«

Ein junger Mann steckte den Kopf durch den Türspalt.

»Anna, alles okay?« Ob er sich wirklich Sorgen machte oder nur neugierig war, konnte Brandt nicht erkennen.

»Ja, alles okay. Ich komme gleich.«

Der junge Mann schaute sie prüfend an und schloss die Tür wieder.

»Hat er Ihnen etwas Privates anvertraut?«, fragte Brandt weiter.

»Nein, und wenn, hat es mich nicht interessiert. Er war ein Jammerlappen, der dem Alkohol verfallen war. Immerzu hat er gejammert, dass man seine Frau ermordet hätte.«

»Also hat er Ihnen ja doch etwas Privates anvertraut«, korrigierte Brandt. »Hat er über Freunde oder Bekannte gesprochen, mit denen er Ärger hatte?«

»Nein, hat er nicht. Aber ziehen solche Leute den Ärger nicht förmlich an?« Anna schüttelte den Kopf. »Kann ich endlich gehen?«

»Sie können.«

Die junge Frau verließ als Erste den Raum, Brandt und Aydin folgten ihr und traten wieder auf die Straße.

»Glaubst du ihr?«, fragte Aydin.

»Ich denke schon. Wir werden ihre Angaben überprüfen, aber erst mal passt alles. Ich war von Anfang an nicht so recht davon überzeugt, dass sie und ihr komischer Freund Reil ermordet haben. Da passte einiges nicht. Was denkst du?«

»Ich sehe das wie du.« Aydin presste die Lippen zusammen. »Stehen wir also wieder am Anfang.«

»Nicht ganz. Wir haben noch Johannes.«

»Der vermutlich auch nichts gesehen hat.«

Ein Kollege von Anna Moos kam nach draußen und zündete sich eine Zigarette an. Es war der junge Mann, der sie vorhin kurz unterbrochen hatte. Brandt trat zu ihm.

»Hallo«, sprach er ihn an.

»Hallo. Sie haben doch eben mit Anna gesprochen.«

»Genau. Wir sind von der Kölner Kriminalpolizei.«

»Kripo?« Der junge Mann hob die Augenbrauen. »Ich hoffe, Anna hat nichts Dummes angestellt.«

»Nein, es geht um einen Mordfall, in dem sie vermutlich nur eine Zeugin ist. Arbeiten Sie öfter mit ihr zusammen?«, erwiderte Aydin, der ebenfalls zu ihm getreten war.

»Ja, wir beide und noch eine dritte Person sind die einzigen Festen im Team. Die anderen sind studentische Aushilfen.«

»Verstehe. Haben Sie auch diese Woche zusammengearbeitet?«

»Ja, schon. Nur an einem Tag nicht, da hatte ich frei.«

»Wann war das?«

Der junge Mann überlegte, zog an seiner Zigarette und antwortete dann: »Das war am 8. März.«

»Am Montag?« Aydin wirkte ebenso überrascht wie Brandt.

»Hat sie denn an dem Tag gearbeitet?«, hakte Brandt nach.

»Nein. Am Dienstag haben wir beide frei, weil da nicht viel los ist.«

»Am Dienstag?« Brandt war etwas verwirrt. Hatte der junge Mann sich vertan oder hatte Anna Moos gelogen?

»Nein, am Montag. Wie kommen Sie auf Dienstag? Wir arbeiten Samstag, Sonntag und Montag durch und haben dafür am Dienstag frei.«

»Weil Sie sagten, Sie hätten am 8. März frei gehabt«, erklärte Aydin.

»Oh, sorry, mein Fehler. Ich meinte natürlich den 9. März.«

»Danke.« Brandt gab Aydin ein Zeichen und sie gingen zu ihrem Dienstwagen. »Das passiert, wenn man zu viel an Joints nuckelt.«

»Glaubst du, der war drauf?«

»Na, wenn man sich nicht mal den richtigen Tag merken kann?«

»Vielleicht hat er sich nur geirrt, kann doch passieren. Als ob dir nie ein Fehler unterlaufen würde.«

»Egal. Lass uns zu Johannes fahren. Möglicherweise haben wir bei ihm mehr Glück.« Den etwas gemeinen Spruch, der ihm gerade auf der Zunge lag, schluckte Brandt herunter. Er würde damit nur eine sinnlose Diskussion anheizen und vermutlich übers Ziel hinausschießen.

KAPITEL NEUNZEHN

SIE HATTE ES KOMMEN SEHEN. Es war der Grund, weshalb es ihr jedes Mal schwerfiel, ihre Mutter zu besuchen: Sobald es um ihren Erzeuger ging, flogen die Fetzen. Dass ihre Mutter nach all dem, was dieser Bastard ihnen angetan hatte, noch zu ihm hielt, würde sie ihr nie verzeihen können. Bis heute weigerte sie sich, ihren Erzeuger »Vater« zu nennen, und das nicht ohne Grund.

Vor lauter Wut hatte sie sogar vergessen, noch einmal das Feld zu besuchen. Erst als sie an diesem Morgen aufgestanden war, war da wieder dieses Verlangen gewesen, den Ort zu sehen.

»Komisch, bei der ersten Leiche wolltest du das nicht«, dachte sie laut. »Na ja, die Umstände waren eben andere. Wer weiß, wo die Fotze jetzt ist.«

Ihr Handy klingelte. Es war Andre.

»Hi«, nahm sie das Gespräch an.

»Hallo. Hoffe, du bist gut in den Tag gestartet.«

»Geht so. Du weißt doch, dass ich morgens etwas Zeit für mich brauche. Worum geht es?«

»Um deine Bewerbung. Ich habe mit der Personalabteilung gesprochen. Die würden sich deine Bewerbung gerne anschauen.«

»Bewerbung? Ich dachte, du kümmerst dich darum.«

»Habe ich doch. Du hast den Job, ganz sicher. Aber die Firma ist groß, die brauchen immer Unterlagen. Pro forma. Du hast dem Call-Center bestimmt auch Bewerbungsunterlagen schicken müssen.«

»Nein, das war vom Arbeitsamt, da habe ich nur so einen Wisch ausgefüllt.«

»Ich mach dir einen Vorschlag. Schick mir, was du dem Call-Center geschickt hast, und ich hübsche das auf. Hast du ein Passfoto?«

»Wofür? Man muss doch kein Foto mehr mitschicken, da gibt es inzwischen ein Gesetz.« So langsam nervte Andre, auch wenn es so klang, als wollte er helfen. Dass sie sich jetzt so viel Mühe deswegen machen musste, war mehr, als sie gerade bereit war, zu tun. Und wozu überhaupt das Passfoto?

Sicherlich für ihn selbst, als Wichsvorlage, dachte sie gehässig.

»Stimmt, du hast recht. Geht auch ohne Foto. Mein Fehler.«

»Gut, ich dachte schon ...« Sie unterbrach sich und beschloss, den Vorwurf doch nicht laut auszusprechen. Sie brauchte den Job, daher war es besser, erst mal netter zu Andre zu sein. »Danke, dass du dich darum kümmerst.«

»Keine Frage, das tue ich für dich gerne. Wie sieht dein Plan für heute aus?«

»Habe keinen. Etwas chillen, dann die Wohnung saubermachen und dann mal schauen.«

»Verstehe. Wenn du magst, können wir uns heute Abend treffen.«

»Ich weiß nicht, lass uns das spontan entscheiden.« Sie wusste, warum er sich mit ihr treffen wollte. Sicherlich, weil er einen Freifick wollte.

»Ist in Ordnung für mich. Würde mich sehr freuen. Ich

verbringe gerne Zeit mit dir. Wir könnten auch mal zusammen ins Kino oder so.«

»Wir schauen mal«, blieb sie vage. »Lass uns erst mal das mit dem Job klären, danach haben wir mehr Zeit für andere Dinge. Ohne Job habe ich keine Kohle, um mir irgendwas zu leisten, und auf das dreckige Amt habe ich keine Lust.«

»Verstehe ich sehr gut. Das mag ich an dir, du möchtest unabhängig sein. Sehr schön. Mach dir keine Gedanken, das mit dem Job kriegen wir hin.«

»Das will ich hoffen. Immerhin habe ich deinetwegen gekündigt.«

Andre antwortete nicht sofort, vermutlich hatte er mit so einem Vorwurf nicht gerechnet. Ihr war das egal, er sollte wissen, wie sie dachte, und etwas Druck konnte nicht schaden. Außerdem entsprach es der Wahrheit. Erst als Andre ihr den Job zugesagt hatte, hatte sie die böse Antwort an ihren Chef geschrieben.

Sei ehrlich zu dir. Er hat dir gar nichts zugesagt, er hat dir den Job nur in Aussicht gestellt, meldete sich ein leiser Gedanke, den sie schnell verdrängte.

»Ich kriege das hin, versprochen. Schick du mir nur die Unterlagen.«

»Mach ich.«

»Bis wann kannst du sie mailen?«

»Heute Abend. Ich habe noch jede Menge zu tun.«

»Gut, das sollte reichen. Und falls du doch Lust hast, dich mit mir zu treffen, würde ich mich sehr freuen.«

»Ich melde mich.«

»Mach das.«

Sie beendete das Gespräch und starrte auf den Sessel, auf dem noch immer die Blutflecken zu sehen waren. Sie hatte zwar gestern jede Menge Bleichmittel gekauft, aber nach dem Streit mit ihrer Mutter hatte sie nicht mehr die Muße gehabt, das Blut von Sessel und Fußboden zu entfernen. Trotzdem, es half nichts, sie würde nicht darum herumkommen, das Blut musste verschwinden.

»Oder der Sessel und dieser dämliche Bodenbelag.«

Sie überlegte kurz. Immerhin hatte sie noch den Gewinn von Dirk. Bisher hatte sie keinen Cent davon angerührt.

»Das müsste doch für einen schnuckeligen neuen Sessel reichen. Und ich könnte einen kleinen Teppich kaufen, den ich über die Blutflecken legen kann. Dann sieht keine Sau, dass ich hier sehr viel Spaß hatte.«

Sie nickte zustimmend, obwohl ihr klar war, dass sie wenigstens versuchen sollte, das Blut wegzubekommen. Das meiste hatte sie gleich nach der Tat mit Wasser und Seife entfernen können, aber eben nicht alles. Der Boden bestand aus so einem komischen PVC, das leider die Fähigkeit hatte, das Blut in sich aufzusaugen.

Ihr Handy vibrierte. »Mensch, Andre, was gibt es denn noch.« Sie schaute aufs Display, aber es war nicht Andre. Zoran hatte ihr eine Nachricht geschrieben.

Hey, hoffe, dir gehts gut. Was machst du Schönes?

»Warum nicht?«, sagte sie zu sich und schrieb ihm eine Antwort.

Nichts, ich langweile mich.

Dann lass uns doch zusammen was trinken gehen.

»Ihr Männer seid so einfach und berechenbar. Kaum legt man euch einen Knochen hin, greift ihr zu. So leicht zu durchschauen«, schnaubte sie.

Warum nicht. Wo?,

antwortete sie. Insgeheim verfolgte sie einen ganz anderen Gedanken. Sie war überhaupt nicht scharf darauf, mit Zoran etwas trinken zu gehen, vielmehr wollte sie ihm ein Messer ins Herz rammen. Die unbändige Lust nach Blut begleitete sie derzeit ständig und immer wieder überlegte sie, wen sie töten könnte und wie sie an ihr nächstes Opfer kommen sollte. Zoran schickte der Himmel, er war das perfekte Opfer. Der

Schlag von Mann, der ihr abgrundtief zuwider war und sich glücklich schätzen sollte, dass sie ihn von seinem Elend befreite.

Wenn du magst, können wir uns im Eiscafé La Perla treffen. Das kennst du bestimmt noch, oder?

Natürlich kannte sie es. Zoran war augenscheinlich faul. Er wohnte ganz in der Nähe, fußläufig, um genau zu sein. Sie hingegen nicht, sie hatte einen längeren Fahrtweg als er.

Sie überlegte kurz. Vielleich war das gar nicht so schlecht. Sie würde ihn in seiner Wohnung töten, dann hätte sie auch keinen Ärger mit dem Blut und dem Problem, wie sie die Leiche loswerden sollte.

»Dabei habe ich ja was ganz Besonderes mit seiner Leiche vor.« Ein Lächeln umspielte ihre Lippen.

Passt. In zwei Stunden?

Sehr gerne. Freue mich sehr.

Sie antwortete nicht, legte ihr Handy zur Seite und schaltete den Fernseher ein, da sie noch reichlich Zeit hatte. Sie zappte sich durchs Programm, aber es lief nichts Gescheites, sodass sie mit ihrem Handy im Internet surfte und Artikel über den Vogelscheuchenmord googelte. Sie las einige, langweilte sich wieder und legte das Handy zur Seite.

Ihre Gedanken wanderten zu Zoran und der Überlegung, wie sie ihn töten und seine Leiche bloßstellen würde. Der Tod allein war nicht genug, das hatte er nicht verdient.

Sie stand auf, ging ins Schlafzimmer, öffnete den Schrank und zog ein altes Sommerkleid heraus, das sie schon länger nicht mehr angezogen hatte, dann schnitt sie einige Löcher hinein.

»Hm. Der ist verdammt fett, das Kleid wird so nicht passen.« Also schnitt sie die rechte Seite des Kleides auf, damit sie es über die Leiche des Fettsacks legen könnte.

»Da ist doch ein Kik in der Nähe. Vielleich sollte ich ein Kleid in Übergröße für ihn kaufen.«

Aber musste es denn immer ein Kleid sein?

»Ich könnte die Pussy auch nur schminken, das hätte dieselbe Signalwirkung, oder?«

Sie war nicht sicher. Das mit dem Kleid hatte einfach was. Also hielt sie sich die Option mit dem Kik offen, nahm das Kleid, das sie gerade zurechtgeschnitten hatte, und ihre Schere. Dann ging sie in die Küche, öffnete eine Schublade und holte das Fleischermesser heraus, das seine guten Dienste bereits bei Dirk unter Beweis gestellt hatte. Sie hatte zwar immer ein Taschenmesser in ihrer Tasche, aber um Zoran zu töten, würde das nicht ausreichen.

Ihr Blick fiel auf die Tüte mit den Bleichmitteln, die noch immer in der Küche lag. »Aufgeschoben ist nicht aufgehoben«, ermahnte sie sich, sich darum zu kümmern. Sie war keine Frau, die Unordnung duldete, dennoch fiel es ihr irgendwie schwer, sich endlich der Blutflecken anzunehmen, eine logische Erklärung hatte sie nicht dafür.

Mit einem Schulterzucken packte sie ihre Sachen in einen Rucksack, verließ die Wohnung, ging zu ihrem Wagen und fuhr los.

Während der Fahrt wurde ihre Laune immer besser, denn in Gedanken spielte sie bereits durch, wie sie Zoran das Messer in den Oberkörper rammen würde. Wieder und wieder. Ihre Augen funkelten böse, ihre Gedanken waren von Mordlust beherrscht. Im Radio lief ein passender Song von Britney Spears, den sie lauthals mitsang: »Oops – I did it again.«

KAPITEL ZWANZIG

»ANNA MOOS und ihren Bodybuilder können wir von der Liste streichen«, sagte Brandt, während er ihren Dienstwagen Richtung Porz lenkte.

»Das denke ich auch. Der Kollege hat sie entlastet und in dem Gym wurde ihr Alibi bestätigt. Es hätte schlicht nicht zu ihr gepasst, dass sie eine Soziopathin ist.«

»Weil sie hübsch ist?«

»Quatsch. Ich meine, wegen ihrer Art.«

»Du bist schönen Frauen gegenüber immer voreingenommen.«

»Nein, bin ich nicht.«

»Klar, gibs doch zu.«

»Werde ich nicht. Egal, wie oft du mir das unterstellst. Ich verhehle nicht, dass ich schöne Frauen anziehend finde, mehr aber nicht.«

»Du verhehlst also nicht ...?« Brandt hob eine Augenbraue.

»Ich weiß nicht, warum du mir einen Vorwurf deswegen machst. Du bist doch viel schlimmer mit deinem Körperwahn.«

»Das ist kein Körperwahn, das nennt sich Sport. Etwas, was dir seit einiger Zeit leider zum Fremdwort geworden ist.

Und komm mir nicht wieder mit der Ausrede, dass du, seit die süße Leah auf der Welt ist, keine Zeit hast.«

»Ist aber ...« Aydin konnte seinen Gedanken nicht aussprechen, da im selben Moment Brandts Handy klingelte, das mit der Freisprechanlage des Fahrzeuges gekoppelt war.

Brandt nahm das Gespräch an, es war Bender.

»Hallo. Wie war eure Unterhaltung mit Anna Moos?«

»Leider ernüchternd. Sie hat ein Alibi für die Tatzeit.«

»Und ihr Bodybuilderfreund?«

»Ehrlich gesagt, würden wir die Spur zunächst hintanstellen. Es erscheint uns wenig wahrscheinlich, dass er etwas mit der Tat zu tun haben könnte. Reil hat kein Geld, warum sollte der Freund ihn töten und die Leiche derart zur Schau stellen?«

»Vielleicht für Anna Moos?«

»Sie hat Reil längere Zeit nicht gesehen, was sich mit den Angaben der Zeugen deckt. Mein Gefühl sagt mir, dass das eine Sackgasse ist.«

»Gut, ihr leitet die Ermittlungen. Wohin fahrt ihr jetzt?«

»Nach Porz. Wir wollen erneut das Gespräch mit Johannes Hirth suchen.«

»Das macht Sinn, er ist bisher unsere beste Option. Ich frage mich, ob es nicht doch vernünftiger wäre, wenn ihr einen Psychologen mitnehmt.«

»Wir würden es gerne noch einmal allein versuchen. Aydin hat sich letztes Mal tapfer geschlagen, und wer sagt uns, dass ein Psychologe tatsächlich zu ihm durchdringt?«

Brandt hörte, wie Bender ausatmete. »Gut, meldet euch nach dem Gespräch, dann sehen wir weiter.«

»Machen wir.« Brandt beendete das Telefonat.

»Sollen wir dem Bodybuilderfreund vielleicht doch einen Besuch abstatten?«, fragte Aydin.

»Wir warten das Gespräch mit Johannes ab, dann entscheiden wir. Okay?«

»Okay.«

Aydin schaute aus dem Beifahrerfenster. »Glaubst du, dass wir irgendwann staufreie Straßen haben werden?« Der Verkehr zog sich gerade wie Kaugummi.

»Solange Menschen Autos fahren, bleibt das Wunschdenken. Erst wenn autonomes Fahren sich durchgesetzt hat, halte ich das für realistisch. Der Mensch ist einfach zu dämlich, um umsichtig ...« Brandt brach ab und trat heftig auf die Bremse, dann riss er das Lenkrad nach rechts und drückte wieder aufs Gaspedal. »Was war das denn für ein Idiot?«, brüllte er und schaute dem aufgemotzten BMW nach, der links an ihm vorbeiraste, als würde ihm die Straße allein gehören.

»Das war verdammt knapp.« Die Farbe war aus Aydins Gesicht gewichen, er hatte sich furchtbar erschreckt.

»Solchen Idioten müsste man lebenslang den Führerschein wegnehmen. Trottel.«

»Da gebe ich dir recht. Irgendwie habe ich das Gefühl, dass die Menschen immer rücksichtsloser und egoistischer werden.«

»Leider«, stimmte Brandt ihm zu, er beruhigte sich nur langsam. Hätte er nicht so schnell reagiert, hätte es zu einem schlimmen Unfall kommen können. Zum Glück hatte er das verhindert.

Mit viel Adrenalin im Blut fuhr er weiter, etwas defensiver und konzentrierter auf den Verkehr. Das eben war verdammt knapp gewesen. Warum auch immer – ausgerechnet jetzt musste er an Nikola denken.

Vermutlich, weil du gerade dem Tod entronnen bist, gab er sich selbst die Antwort.

Aber er lebte, also schüttelte er den Gedanken an Nikola und ihre Voraussage ab, denn er glaubte nicht an Weissagung oder Schicksalsdeutung.

Kurz darauf kam die Abfahrt nach Porz und er fuhr von der Autobahn ab.

Während sie an dem Feld vorbeifuhr, wanderte ihr Blick zu der Stelle, wo sie die Leiche von Reil aufgestellt hatte. Nichts erinnerte mehr daran, dass er hier zur Schau gestellt worden war, und ebenso wenig daran, dass die Polizei hier gewesen war und alles zerstört hatte.

»So viel Mühe für die Katz«, sagte sie etwas angesäuert und fuhr weiter. Sie wollte jetzt nicht aufs Feld. Sie musste noch zu Kik. Dennoch kreisten ihre Gedanken immer wieder um Reil und das Feld.

»Du musst dir die Stelle noch mal anschauen, du hast keine Wahl.« Sie knirschte mit den Zähnen. Es war wie ein Zwang, dem sie sich weder widersetzen noch ihn sich erklären konnte. Sie schaute in den Rückspiegel. Weit und breit war kein Auto in Sicht, also trat sie kräftig aufs Bremspedal und legte einen U-Turn hin, der seinesgleichen suchte. »Stuntwoman wäre auch ein geiler Job für dich. So furchtlos und mutig, wie du bist.«

Ihr gefiel dieser Gedanke schon länger, aber bisher hatte sie nichts in dieser Richtung unternommen, obwohl sie in Köln wohnte, einer der großen deutschen Medienstädte. Ohne Kontakte kam man da ohnehin nicht ran. Kontakte waren die Eintrittskarte schlechthin, ein gutes Beispiel war der Job, den sie über Andre ergattert hatte. Ohne Kontakte hätte sie den nie bekommen, das Amt gab einem doch nur Müll. Diese selbstgefälligen Beamten, die überhaupt keine Ahnung hatten, was Existenzsorgen bedeuteten.

»So jemandem sollte ich mal die Eier abschneiden und zuschauen, wie er verblutet, bevor ich ihn mit ein paar Messerstichen erlöse.« Sie lachte abfällig. »Warum erlösen? Verbluten soll der.« Leider kannte sie keinen Drecksbeamten, dem sie das antun könnte. Sie hasste Beamte abgrundtief, oh ja. Ihr Atem ging immer schneller.

»Entspann dich. Warum willst du dir den Tag verderben?

Das Schönste steht dir doch erst bevor. Dreh deine Runden auf dem Feld, atme die frische Luft ein und erinnere dich an Dirki und wie geil es war. Keine schlechten Gedanken, hörst du? Heute ist dein Tag.« Sie schloss ein Auge. »Ist heute nicht eh Weltfrauentag?« Sie nickte. »Ja klar, also, was kann heute schon schiefgehen?«

Sie parkte ihr Auto am Feldrand, stieg aus und lachte. »Du Depp, Weltfrauentag war am 8. März!« Sie lachte noch lauter. »Der Tag, an dem ich Dirki, die Alkoholleiche, abgeschlachtet habe. Ein zweites gutes Zeichen. Ich habe das für euch Frauen da draußen, die ihr keine Stimme in dieser von Männern dominierten Welt habt, gemacht. Ich bin eure Erlöserin, euer Vorbild. Nein, noch mehr, eure Jeanne d'Arc.«

Adrenalin jagte durch ihren Körper, es war ein tolles Gefühl. Überschwänglich ging, ja tanzte sie zu der Stelle, wo sie Reils Leiche aufgestellt hatte. Dort wurde das Gefühl noch stärker. Sie hob die Arme und streckte sie, dann drehte sie sich schnell wie ein Karussell. Sie genoss das Gefühl, es war unbeschreiblich intensiv.

»Wieso habe ich nur kein Foto davon gemacht?«, sagte sie ärgerlich. Diesen Fehler würde sie bei dem fetten Zoran nicht machen.

Sie schaute sich noch ein wenig auf dem Feld um. Der nahe Wald, streng genommen eine kleine Ansammlung von Bäumen, erregte ihre Aufmerksamkeit.

»Seit wann gibt es dort Bäume?« Sie überlegte. Da hatte sie lange Zeit gar nicht mal so weit weg gewohnt und kannte diese Ecke eigentlich recht gut, aber diesen kleinen Waldabschnitt hatte sie nicht in Erinnerung. Auch als sie Reils Leiche aufgestellt hatte, war ihr dieser Bereich nicht aufgefallen, was sicherlich daran lag, dass es schon dunkel gewesen war, als sie das Feld erreicht hatte.

Sie atmete durch die Nase ein und aus und starrte immer wieder auf die Stelle, bis sie entschied, sich das Ganze etwas näher anzuschauen. Mit zügigen Schritten kam sie der kleinen Ansammlung von Bäumen und Sträuchern näher.

Der Miniwald war unspektakulär. Ein anderes Feld grenzte dahinter an. Warum der Bauer den Bereich nicht hatte abholzen lassen, um noch mehr Fläche bewirtschaften zu können, war ihr schleierhaft.

»Vermutlich hat der keine Geldsorgen.«

Gerade als sie kehrtmachen wollte, lenkte etwas ihre Aufmerksamkeit auf sich. Keine zwanzig Meter entfernt hinter einem Busch hatte sie etwas gesehen, eine Bewegung.

Vielleicht ein Reh, überlegte sie. Ihre Neugierde zwang sie, der Sache auf den Grund zu gehen. Leider hatte sie ihr Taschenmesser im Rucksack gelassen. Falls es ein perverser Spanner war, würde sie sich eben mit Händen und Füßen wehren.

Ein überraschender Tritt in die Eier zwingt jeden Mann in die Knie, dachte sie.

Es fehlten nur noch wenige Schritte. Inzwischen hatte sie erkannt, dass es tatsächlich ein junger Mann war, der sich hinter dem Busch versteckte. Er machte einen seltsamen Eindruck auf sie, als hätte er Angst. So jedenfalls kam es ihr vor.

»Was machst du hier?«, sprach sie ihn an. Er war höchstens Anfang zwanzig. »Komm raus, ich sehe dich, du Idiot«, wurde sie deutlicher.

Der junge Mann trat aus seinem Versteck hervor. Jetzt war klar, dass etwas mit ihm nicht stimmte.

»Bist du behindert?«

»Nein, so was sagt man nicht. Mama sagt, ich lerne nur etwas langsamer als andere.«

»Wie heißt du?«

»Johannes. Und du?«

»Das geht dich nichts an. Was machst du hier?«

»Spielen.«

»Spielen? Hast du keine Freunde?« Johannes war eindeutig

geistig zurückgeblieben. So wie er sprach und sich artikulierte, musste man kein Arzt sein, um festzustellen, dass er einen an der Waffel hatte.

»Leider nicht.«

»Ist das denn hier nicht langweilig?«

»Nein, warum?«

»Warum?« Sie musste lachen. »Stimmt, ich vergaß, du bist ja ein Spasti.«

»Was ist ein Spasti?«

»Na, ein Mongo wie du, der keine zehn Gehirnzellen hat.«

»Das hört sich gemein an.«

»Ist es nicht, das ist nur die Wahrheit.«

»Mama sagt, man darf nicht gemein sein.«

»Deine Mama ist ein komischer Vogel. Sie hat echt keine Ahnung, wie böse die Welt da draußen ist. Gut, dass du mir begegnet bist. Vermutlich hast du noch nie mit einer Frau gesprochen, abgesehen von deiner Mama.«

»Doch, habe ich. Mit Frau Schmal von der Werkstatt. Da sind auch andere Frauen.«

»Hast du schon mal eine Frau nackt gesehen? So richtig nackt mit Muschi und Titten?«

Johannes schaute verschüchtert zur Seite und lachte etwas verlegen.

»Sicher nur im Internet, oder? Weißt du, was das Internet ist?«

»Ja, ich bin nicht doof.«

»Da wäre ich mir nicht so sicher«, antwortete sie. »Ich frage mich, wie so ein Mongo wie du wohl fickt.« Sie amüsierte sich über den Kerl und fühlte sich ihm deutlich überlegen, das gefiel ihr. So jemand würde ihr niemals Widerworte geben, er würde ihr bestimmt aus der Hand fressen. »Dich könnte ich mir gut als Haussklaven halten. Wäre schon geil, oder? Haus- und Sexsklave.« Kurz überlegte sie, wie es wäre, ihn zu töten. Aber es gab keinen Grund dafür. Johannes war keine Pussy, er war nur behindert, somit gab es für sie keinen Anlass, ihn das Zeitliche segnen zu lassen, ihn konnte sie nicht hassen.

»Gibt es keinen Spielplatz, wo du spielen kannst?«

»Doch, aber die Jungs da ärgern mich. Hier kann ich ich sein.«

»Sag nicht, dass du wirklich jeden Tag in diesem langweiligen Miniwald abhängst. Hast du keine Playsi oder so?«

»Ich bin gerne hier.«

»Jeden Tag?«

»Ja, hier ist mir nie langweilig.«

Sie hielt kurz inne, weil sie erst jetzt wirklich begriff, was Johannes ihr da gerade gestand.

»Warst du auch am 8. März hier?«

»Am 8.?« Er schien ihr nicht folgen zu können.

»Am Montag, du Holzkopf.«

»Ja, jeden Tag.«

»Bis wann?«

»Ich bleibe immer so lange, wie ich will, auch abends.«

Diese Antwort änderte alles. Konnte es sein, dass die Hohlbirne wusste, wer sie war?

***

Brandt erreichte den Feldrand und parkte. Aydin und er stiegen aus und eilten zu dem kleinen Wald. Sie suchten nach Johannes Hirth.

»Was, wenn er wieder zu Hause ist?«, überlegte Aydin laut.

»Möglich. Oder er versteckt sich vor uns. Am besten, wir trennen uns und treffen uns dann wieder hier.«

»Okay.«

»Du gehst links.«

»Das hatte ich auch vor.« Aydin verschwand in die genannte Richtung, während Brandt die rechte Seite absuchte, aber nach wie vor keine Spur von Johannes. Keine zehn Minuten später trafen sich beide an der vereinbarten Stelle.

»Er ist nicht da. Bestimmt ist er zu Hause.«

»Ich glaube auch.«

»Seine Mutter wird uns aber sicher nicht mit ihm sprechen lassen.«

»Das ist sehr gut möglich, trotzdem müssen wir es versuchen, und wenn es nicht klappt, soll sich ein Psychologe darum kümmern«, schlug Brandt vor. Sie verließen den Miniwald wieder.

Wie schon die Tage zuvor war es zwar nicht sehr warm, aber trocken. Die ersten Meteorologen äußerten bereits die Sorge, dass der Frühling viel zu wenig Niederschlag bringen würde. Staub wirbelte auf, als sie zurück zum Wagen eilten und zum Elternhaus von Johannes fuhren.

Kurz darauf betätigte Aydin die Klingel.

»Ja bitte?«, fragte Johannes' Mutter.

»Guten Tag, Frau Hirth. Verzeihen Sie die Störung, aber wir müssten noch mal kurz mit Johannes sprechen«, antwortete Aydin.

»Schon wieder? Haben Sie nicht gesehen, wie er beim letzten Mal reagiert hat? Der Arme hat die ganze Nacht kein Auge zugetan.«

»Das tut uns sehr leid. Aber hier geht es um einen Mord und womöglich ist Ihr Sohn ein wichtiger Zeuge.«

»Ich muss meinen Sohn schützen. Er hat nichts gesehen. Und wenn doch, hätte er mir das erzählt. Ich werde ihn sicherlich nicht erneut so einer psychischen Belastung aussetzen.« Es waren die Worte einer Löwin, die ihr Rudel um jeden Preis beschützen wollte. Brandt hatte volles Verständnis dafür, doch leider ging es hier um einen Mord.

»Ich verstehe Sie ja, aber bitte geben Sie uns trotzdem nur zwei Minuten. Sie dürfen unsere Fragen gerne selbst an ihn stellen. Sollte er nicht antworten wollen, werden wir das respektieren, versprochen«, schlug Brandt einen Kompromiss vor.

»Wirklich?«

»Ja, Sie haben mein Wort.«

»Gut, er ist in dem Wald beim Feld. Ich muss ihn holen.«

»In dem kleinen Wald, wo er immer spielt?«, fragte Aydin.

»Ja, warum?«

»Wir waren eben da. Er ist nicht dort.« Kaum hatte er das ausgesprochen, zeigte die Miene der Mutter ihre große Sorge.

»Das kann nicht sein. Er muss da sein. Er hat mir gesagt, dass er da hingeht.«

Brandt schwante nichts Gutes, eine dunkle Vorahnung machte sich in ihm breit.

KAPITEL EINUNDZWANZIG

»VIELLEICHT IST er auf dem Heimweg.« Monika Hirth wirkte extrem aufgewühlt, was Brandt gut nachvollziehen konnte.

»Hat er ein Handy?«

»Ja.«

»Dann sollten Sie ihn anrufen.«

»Es ist im Wohnzimmer. Kommen Sie doch bitte rein.« Die beiden Beamten folgten ihr ins Haus.

»Was, wenn ...«, flüsterte Aydin, damit die Mutter es nicht hören konnte. Brandt nickte nur. Aydin schien dieselbe Sorge zu haben wie er. Es kam schon vor, dass ein Täter den Ort, an dem er die Leiche versteckt oder wie in diesem Fall zur Schau gestellt hatte, erneut aufsuchte. Wenn es auch jetzt so war, bestand jeder Grund zur Sorge.

Die Mutter nahm ihr Handy und wählte die Nummer ihres Sohnes. Die Angst stand ihr ins Gesicht geschrieben. »Mensch, Johannes geh doch ran.« Aber ihr Sohn nahm den Anruf offenbar nicht entgegen.

»Haben Sie ein Freizeichen?«

»Ja, er nimmt nicht ab. Ich fürchte, er hat das Handy auf lautlos. Ich sage ihm immer wieder, dass er das nicht tun soll, aber er hört nicht auf mich.«

»Wissen Sie, ob die Handyortung aktiviert wurde?«

»Nein, keine Ahnung. Ich kenne mich mit der Technik nicht aus. Wieso, was ist los?« Panik ergriff sie.

»Nichts, wir wollen nur sichergehen, dass wir wissen, wo er ist, damit wir ihn nach Hause bringen können. Wissen Sie, was für ein Handy er hat?«, fragte Aydin.

»Ein iPhone. Ist das denn wichtig?« Ihre Stimme bekam einen schrillen, verzweifelten Klang.

»Ja, ich könnte versuchen, sein iPhone von meinem Handy aus zu orten, falls er die Ortung nicht deaktiviert hat.«

»Er hat bestimmt nichts an dem Handy gemacht. Er kann so was nicht.«

»Gut, dann nennen Sie mir bitte seine Handynummer und seine iCloud-Logindaten.« Aydin fischte sein Handy aus der Jackentasche und öffnete die App »Wo ist«, die es ihm ermöglichte, nach fremden Handys zu suchen, wenn er die Zugangsdaten für deren iCloud-Registrierung hatte.

»iCloud? Was ist das?«

»Das sind seine Zugangsdaten bei Apple, um Daten wie Fotos in der Cloud zu speichern. Ich benötige sie, um das Handy zu lokalisieren.«

»Ich kenne diese Daten nicht. Keine Ahnung, ob er so was hat.«

»Fischer müsste das Handy doch anhand der Nummer orten können, oder?«, fragte Brandt.

»Ja, solange es aktiv ist.«

»Gut. Wir rufen Fischer an.«

»Sie machen mir gerade wirklich Angst. Was ist mit Johannes? Verschweigen Sie mir etwas?«

»Bitte beruhigen Sie sich. Es ist nichts, wir wollen nur Ihren Sohn finden«, versuchte Aydin sie zu beschwichtigen.

Gleichzeitig fragte sich Brandt, warum die Mutter dem Sohn überhaupt erlaubt hatte, in der Nähe des Leichenfundorts zu spielen. Dabei kannte er die Antwort. Johannes zu kontrollieren, war nicht leicht aufgrund seiner geistigen

Behinderung. Zudem machte die Mutter den Eindruck, als würde sie den Weg des geringsten Widerstandes gehen, ein Zeichen, dass sie offensichtlich mit der Situation überfordert war.

Aydin rief währenddessen bei Fischer an. »Hallo, Lutz, ich brauche deine Hilfe. Moment, ich schalte das Gespräch auf laut.« Er nahm das Handy vom Ohr und tippte auf das Lautsprechersymbol. »Kannst du für uns ein Handy lokalisieren, wenn wir dir die Nummer durchgeben? Es geht um Johannes' iPhone. Es ist aktiv, ob es eine Anbindung an die iCloud hat, wissen wir nicht.«

»Kann ich machen. Gib mal die Nummer durch.«

Aydin bat die Mutter, sie zu diktieren, was diese mit zittriger Stimme tat.

»Gebt mir zwei Minuten.«

»Klar.«

Kurz darauf kam die Antwort. »Habe das Handy lokalisiert. Ihr seid ganz in der Nähe. Das Handy ist in der Nähe des Leichenfundorts. Ich schicke euch die genauen Koordinaten.«

»Mach das. Danke.« Aydin beendete das Gespräch. »Vermutlich spielt Johannes noch dort und wir haben ihn nur übersehen.«

Man sah, dass der Mutter ein Stein vom Herzen fiel. »Sie haben mich für einen Moment sehr erschreckt.« Sie atmete hörbar aus.

»Wir bringen Ihren Sohn zurück.«

»Ich komme mit.«

»Das ist keine gute Idee. Wenn Johannes sich auf dem Heimweg befindet, wäre es besser, wenn Sie zu Hause sind«, erklärte Brandt.

»Gut, ich versuche, ihn anzurufen, damit er weiß, dass Sie kommen.«

»Tun Sie das.« Brand hatte zwar wenig Hoffnung, dass Johannes den Anruf entgegennehmen würde, denn es gab keine Veranlassung, warum er sein Handy plötzlich auf laut stellen sollte. Dennoch wollte er die Mutter nicht noch mehr beunruhigen.

Sie verabschiedeten sich von der Frau und eilten zu ihrem Fahrzeug.

»Glaubst du, er wurde entführt?«

»Ich hoffe nicht, auch wenn wir uns gründlich umgesehen haben.«

»Fischer meinte nur, dass wir in der Nähe sind.« Aydin zückte sein Handy und öffnete die Koordinaten, die Fischer ihm geschickt hatte. »Siehste. Etwas abseits von dem kleinen Wald. Möglich, dass dort etwas seine Aufmerksamkeit auf sich gezogen hat. Ein Hase oder ein Reh.«

»Wollen wirs hoffen.«

Das Letzte, was Brandt wollte, war, der Mutter erklären zu müssen, dass ihr Sohn entführt oder im schlimmsten Falle ermordet worden war, nur weil er sich zur falschen Zeit am falschen Ort aufgehalten hatte.

Er drückte das Gaspedal durch.

———

Johannes ins Auto zu locken, war ihr nicht schwergefallen. Der Junge hatte sich ihrer Dominanz ergeben, vermutlich lag das an ihrem selbstbewussten Auftreten und seiner geistigen Beschränkung. Dass er einfach nur ein gutmütiger Mensch war, der auch Fremden nichts Böses unterstellte, glaubte sie nicht, so dämlich konnte keiner sein.

»Und jetzt erzählst du mir mal ganz in Ruhe, was du gesehen hast«, sagte sie, während sie von dem Feld wegfuhr.

»Was ich gesehen habe?«

»Junge, wie beschränkt bist du eigentlich? Ist das so schwer? Du warst doch am Montag hier im Wald spielen, oder nicht?«

»Ja, warum?«

»Hör mal, du dummes Kind ...«

»Ich bin nicht dumm«, fiel Johannes ihr ins Wort. Er wirkte unkonzentriert.

»Doch, bist du. Du bist ein dummer Spasti. Kids wie dich habe ich früher vermöbelt und in die Mülltonne gesteckt. Wir hatten einen Mongo in der Klasse, keine Ahnung, warum so jemand bei uns in der Grundschule mit normalen Kindern unterrichtet werden durfte. Der war jedenfalls genauso dämlich wie du. Und jetzt tu mir den Gefallen und streng dich an.«

»Ich will nach Hause.«

»Nein, willst du nicht, weil deine Mami dich nicht liebt. Wenn du brav bist, nehme ich dich mit nach Hause, und wenn du ganz brav bist, darfst du nicht nur bleiben, sondern auch Erwachsenensachen mit mir machen.«

»Erwachsenensachen?«

»Ah, du checkst ja doch, wenn du willst. Erwachsenensachen eben. Du darfst meine schönen Titten anfassen, ich spiele mit deinem Schwanz und wir machen hübsch Fickificki. Du hast doch sicherlich noch nie Fickificki gemacht.«

Johannes schaute verschüchtert zur Seite.

»Wusste ichs doch. Welche Frau will schon einen Spasti wie dich vögeln. Du siehst, ich bin dein Jackpot. Aber dafür musst du mir sagen, ob du am Montagabend irgendjemanden auf dem Feld gesehen hast.«

»Willst du wirklich mit mir schlafen?« Johannes schaute zu ihr, ein Speicheltropfen lief von seinem linken Mundwinkel Richtung Kinn.

»Da sabbert das Ferkelchen schon«, amüsierte sie sich über ihn. »Am Ende seid ihr Männer doch alle gleich. Ihr denkt nur mit dem Schwanz, und auch wenn ihr kein Hirn habt, euer Schwanz scheint immer zu funktionieren. Dieser Dreck nennt sich dann Evolution und Fortpflanzung, dabei ist euer Schwanz eine brutale Waffe, die uns Frauen seit Jahrtausenden unterdrückt und vielen Schwestern von mir einen schrecklichen Tod beschert hat. Wir Frauen wären ohne euch besser dran.«

Johannes schien ihr nicht folgen zu können.

»Ich wiederhole mich ungern, trotzdem: Hast du am Montagabend hier jemanden gesehen?« Sie hätte Johannes längst töten können, aber irgendwie wollte sie das nicht. Dieses Privileg stand heute ohnehin Zoran zu und sie empfand keine echte Freude bei dem Gedanken, den jungen Mann zu töten. Es war zu einfach.

»Darf ich deine Brüste sehen?«

»Was?« Sie bog rechts ab. »Was stimmt mit dir nicht? Bist du auch so ein krankes Arschloch wie die anderen Männer? Du machst mich richtig wütend.«

»Du hast gesagt, dass ich deine Brüste sehen darf.«

Sie fühlte sich wie in einem falschen Film. Johannes schien mit seinen Gedanken ganz woanders zu sein, das machte sie extrem aggressiv.

»Jetzt hör mir zu, du kleiner Wichser«, sagte sie und schlug ihm ins Gesicht. »Ich dachte, du könntest mein kleiner dämlicher Haussklave und Lutscher sein, aber dann musst du nach meinen Spielregeln tanzen, ist das so schwer zu kapieren? Du willst doch ficken, also sei lieb und sage mir, ob du am Montagabend jemanden gesehen hast.«

Johannes zuckte zusammen, mit so einer Reaktion hatte er wohl nicht gerechnet. Er fasste sich an den Kopf, der Schlag schien seine Wirkung nicht verfehlt zu haben.

»Also, noch mal: War am Montagabend jemand auf dem Feld? Ein anderer Mensch?«

Sie schaute zu ihm rüber. Was sie sah, widerte sie zutiefst an. Johannes war in diesem Moment kein Mensch mehr für sie, der es verdient hatte, zu leben und wertvolle Ressourcen wie Sauerstoff zu verbrauchen.

»Kann schon sein«, sagte er dann völlig eingeschüchtert und fing an zu weinen. Noch immer hielt er sich die Hand an den Kopf.

»Er müsste ganz in der Nähe sein, du kannst parken«, sagte Aydin, den Blick auf sein Handy gerichtet. Brandt konnte es ebenfalls auf dem Display sehen. Er parkte das Fahrzeug am Straßenrand und beide stiegen aus.

»Hier ist niemand.« Sie sahen in alle Richtungen, aber von Johannes fehlte jede Spur. Das war doch unmöglich! Brandt konnte sich nicht vorstellen, dass Fischer ihnen falsche Koordinaten geschickt hatte. Seine Befürchtung wurde immer realer. Er schaute suchend auf dem Boden, Aydin tat es ihm gleich, sie konnten jedoch kein Handy entdecken.

»Soll ich Fischer anrufen? Vielleicht hat er sich vertippt oder so.«

»Kann ich mir kaum vorstellen, aber schaden kann es nicht.«

Aydin rief Fischer an.

»Lutz, wir sind jetzt genau an der Zielstelle der Koordinaten«, erklärte Aydin, »aber von Johannes keine Spur. Bist du sicher, dass er hier ist?« Er klang nervös und Brandt sah ihm an, dass er sich große Sorgen um den jungen Mann machte.

»Ob er selbst da ist, nicht, aber sein Handy. Ich check das gerne noch mal durch.«

»Danke.«

Die beiden Beamten suchten weiter den Boden ab.

»Plus/minus zwanzig Meter. Fehler ausgeschlossen. Soll ich die Nummer anrufen?«

»Ja, mach das bitte. Er hat das Handy zwar auf lautlos, aber das Display müsste ja aufleuchten.«

»Gut. Ich wähle jetzt die Nummer. – Habe sie angewählt. Ein Freizeichen, niemand hebt ab.«

»Da«, platzte Brandt heraus. Er sah im Gras etwas aufleuchten. Als er an der Stelle war, kam die Gewissheit. In dem hohen Gras lag ein iPhone, dessen Display leuchtete. Sie hatten es bisher nicht gesehen, da das Gras es gut verdeckt hatte.

»Danke, Lutz. Wir haben das iPhone«, sagte Aydin.

»Gut. Wenn ihr noch was braucht, meldet euch.«

»Machen wir.«

Aydin sah Brandt entsetzt an. »Was jetzt? Glaubst du, er wurde entführt?«

»Möglich, dass der Entführer zurückkam und ihn gesehen hat. Sie haben ein Gespräch geführt und Johannes hat ihm verraten, dass er ihn kennt.«

»Verdammt. Ich will mir gar nicht vorstellen, dass das alles nur kurze Zeit, bevor wir hier waren, passiert ist. Vielleicht irren wir uns und er hat sein Handy nur verloren. Das kann beim Spielen schnell passieren.«

»Ich wünschte, es wäre so, aber das glaube ich nicht. Wir müssen ihn sofort zur Fahndung ausschreiben.«

Aydin zückte erneut sein Handy und rief Bender an. Er schaltete das Gespräch auf laut und erklärte, was vorgefallen war.

»Seid ihr sicher?«, fragte Bender.

»Sehr sicher«, antwortete Brandt. »Das Ganze dürfte noch nicht lange zurückliegen. Fotos von Johannes hat Fischer.«

»Gut, ich kümmere mich darum.«

»Danke. Wir fahren noch die Umgebung ab, sicher ist sicher.«

»Macht das. Wenn ihr was findet, meldet euch sofort, und nehmt das Handy mit, ohne Spuren zu verwischen. Ihr habt doch Einweghandschuhe im Auto?«

»Haben wir.«

Während Aydin bei dem Beweisstück blieb, lief Brandt zum Auto, um die Handschuhe und eine Plastiktüte zu holen.

Wenig später war er zurück, die Handschuhe hatte er schon übergestreift. Er hob das Handy vom Boden auf und steckte es in die Tüte, dann eilten beide zurück zum Wagen. Die Tüte legte Brandt im Kofferraum in eine Kiste.

»Ich frage mich, warum der Täter Johannes nicht vor Ort getötet hat. Warum nimmt er ihn mit?«, sagte Brandt, während er langsam die Umgebung abfuhr.

»Gute Frage. Vielleicht war ihm das zu gefährlich um diese Uhrzeit. Es fahren zwar wenige Autos hier vorbei, aber der Schutz der Dunkelheit fehlt.«

»Möglich. Das könnte uns in die Hände spielen.«

»Warum?«

»Du hast selbst erlebt, wie schwierig es ist, zu Johannes durchzudringen. Vielleicht hat er geschrien und jemand hat das gehört oder gesehen.«

»Wollen wir es hoffen. Oder der Täter hat die Nerven verloren und den armen Jungen im Auto ermordet.«

»Wir wollen nicht den Teufel an die Wand malen.«

»Und was, wenn er ihn in den nahen Wald verschleppt hat, um ihn dort zu töten? Schließlich gehen wir davon aus, dass der Täter sich hier auskennt. Er kennt sicherlich jede Menge Plätze, wo man eine Leiche auch um diese Zeit verschwinden lassen kann.«

Brandt bog nach rechts auf einen Weg ab, der beidseitig von Feldern flankiert wurde und auf ein Waldgebiet zuführte. Er verlangsamte das Tempo. Eigentlich hatte er weiter geradeaus fahren wollen, aber Aydins Worte hatten ihn zu diesem Schritt ermutigt.

»Irgendwie unheimlich.«

»Wie meinst du das?«

»Die grauen Wolken über dem Wald, da kriegt man sofort eine Gänsehaut.«

»Entspann dich. Für den späten Nachmittag war eh Regen angesagt und den hat der trockene Boden mehr als nötig.« Brandts Gedanken wanderten wieder zu Nikola und seinem Gänsehautmoment im Café Rico. Wenn er sie jetzt sehen würde, wie sie vor dem Wald auf ihn wartete und ihn dabei böse und kalt anstarrte, wäre klar, dass er langsam die Nerven verlor.

»Stopp«, hörte er Aydin brüllen. Brandt bremste.

»Was ist?«

»Da.« Brandt folgte mit seinem Blick Aydins rechtem Zeigefinger. Rechts auf dem Boden lag eine Person. Sie stiegen aus.

Es bestand kein Zweifel. Die Person, die dort auf dem Boden lag und sich nicht rührte, war Johannes Hirth. Der Täter hatte ihm die Kehle durchgeschnitten.

KAPITEL ZWEIUNDZWANZIG

WARUM MUSSTEN Männer immer nur mit dem Schwanz denken?

Sie hatte keine vernünftige Antwort darauf.

»Selbst dieser Gehirnamputierte. Kranke Welt. Nur Titten im Kopf. Wenn er einsichtiger gewesen wäre, hätte er noch leben können. Es ist allein seine Schuld, dass er tot ist.« Ein Lächeln huschte über ihr Gesicht. »Gib wenigstens zu, dass es dir ein wenig Freude bereitet hat.«

Ihr Grinsen wurde immer breiter.

»Ich habe ihn geschlachtet, wie die Moslems es mit den Tieren tun. Johannes war frisches Halal-Fleisch. Trotzdem wollte ich ihn eigentlich nicht töten, sondern mit nach Hause nehmen, ihn als meinen Haussklaven halten oder ihn zumindest ein bisschen quälen. Er ist ja kein wirklicher Mensch. Ich frage mich, ob er überhaupt ficken kann, so ohne Hirn.« Sie schüttelte den Kopf. »Klar kann er das. Egal wie wenig Hirn ein Mann hat, ficken kann er immer. Mehr aber auch nicht.«

Nach der Sache mit Johannes würde sie es leider doch nicht mehr schaffen, beim Kik einzukaufen, wenn sie pünktlich sein wollte. Dennoch steuerte sie das Einkaufszentrum, wo der Kik lag, an, weil sie sich auf der Gästetoilette die

Hände waschen wollte. Als sie Johannes die Kehle aufgeschnitten hatte, war etwas Blut auf ihre Hände gespritzt.

»Ob es ein Fehler war, ihn am Wegesrand liegen zu lassen, ohne Frauenkleid und Schminke?« Sie runzelte die Stirn und überlegte. »Nein, es war richtig so. Johannes war nur ein Fehler, eine Anomalie. Er war nie dafür vorgesehen, durch meine Hände zu sterben. Ihn so auszustellen, würde da nicht passen. Er war wie diese erste Frau. Zur falschen Zeit am falschen Ort. Ihn wird niemand vermissen. Warum sollte jemand einem behinderten Spast nachweinen?«

Sie erreichte den Parkplatz des Einkaufszentrums, parkte den Wagen und ging zur Gästetoilette, wo sie sich die Hände mit Wasser und Seife säuberte, so gut es ging. Danach betrachtete sie ihr Spiegelbild. »Du siehst aus wie eine Cracknutte, bisschen blass um die Augen. Geh mal ins Solarium.«

Wenig später saß sie wieder im Auto, um endlich zu ihrer Verabredung zu fahren. Sie wusste, dass sie sich verspäten würde, aber wie sie Zoran einschätzte, würde er nicht meckern, dafür war er nicht taff genug.

Ihre Gedanken wanderten erneut zu Johannes. »Das hast du gut gemacht. Er war ein Zeuge, der etwas gesehen hat.« Sie verengte die Augen. »Ob er den Bullen was verraten hat?«

Nein, das konnte nicht sein. Bisher hatte die Polizei nicht vor ihrer Tür gestanden.

Glücklicherweise fand sie direkt vor dem Eiscafé La Perla einen Parkplatz, sodass sie nur wenig später das Café betrat. Zoran saß bereits an einem Tisch.

»Hey«, machte sie sich bemerkbar.

»Hallo. Schön, dass du da bist.« Zoran stand auf und reichte ihr die Hand zur Begrüßung. »Ich hoffe, der Platz ist dir recht.«

»Passt.« Sie setzte sich ihm gegenüber auf den Stuhl. Ihr Tisch stand etwas zurückversetzt, vermutlich, weil Zoran ungestört mit ihr reden wollte.

Oder flirten.

Kaum hatte sie Platz genommen, kam eine Kellnerin. »Zoran, wisst ihr schon, was ihr zu trinken wollt?«, fragte diese überaus freundlich.

»Ich nehme wie immer einen Cappuccino. Weißt du schon, was du möchtest?«

»Ich nehme auch einen Cappuccino.«

»Gut, wegen der Eisbestellung komme ich gleich auf euch zu.«

»Danke«, antwortete Zoran und schaute der Kellnerin kurz nach. Sie sah recht attraktiv aus.

»Kennst du sie?«

»Ja, wir waren zusammen auf dem Gymnasium. Eine ganz Liebe. Ihr Freund auch.«

»Schade, die wäre doch was für dich. Sie scheint nicht abgeneigt zu sein.«

»Nein, da ist nichts. Du irrst dich. Ich bin mit Kira und Mario sehr gut befreundet.«

»Als ob das für Männer je ein Grund war, sich nicht an eine Frau ranzumachen«, konterte sie.

»Da schätzt du mich echt falsch ein. Das würde ich niemals tun.«

Sie wollte ihm diese Worte nicht abnehmen, ging aber nicht weiter darauf ein, weil so eine Diskussion erstens müßig war und zweitens jeder Mann log.

Ausnahmslos.

Kira kam mit der Bestellung und reichte ihnen die Tassen.

»Und, wisst ihr schon, was ihr möchtet? Du bestimmt wieder das Spaghettieis, richtig?« Sie lächelte Zoran an und berührte dabei sanft seine Schultern. Zoran wurde leicht rot.

»Was soll ich dazu sagen? Das ist einfach das beste Eis hier.«

»Was ist mit dir?«

»Warum nicht, wenn Zoran es so in den Himmel lobt, teste ich es auch.«

»Gute Wahl.« Kiras Freundlichkeit hielt an. »Falls ihr noch was anderes wollt, einfach rufen.« Sie entfernte sich.

»Ehrlich gesagt, verstehe ich nicht, wie man mit Abitur hier arbeiten kann«, konnte sie sich eine kleine Spitze nicht verkneifen. Kira war zu liebenswert für ihren Geschmack. Vermutlich nahm Kira an, dass sie etwas von Zoran wollte, und war daher überfreundlich. Der Klassiker.

»Warum? Die Eisdiele gehört ihrem Mann und ihr. Ich finde nichts Verwerfliches daran. Ich hätte auch Bock, mich selbstständig zu machen.«

»Womit denn?«

»Das weiß ich leider nicht. Aber so ein Café oder ein Imbiss, das wäre schon was.«

»Du bist doch Kroate. Warum nicht kroatische Küche?«

»Ich und kochen?« Zoran lachte, dabei hielt er sich die Hand vor den Mund. »Vielleicht ein Imbiss.«

»Dann mach es doch.« Sie hatte wenig Verständnis für Leute, die nur redeten, aber nichts machten. »Ich habe es angepackt und orientiere mich beruflich neu. Von nix kütt nix. Das solltest du wissen.«

»Ja, hast schon recht. Nur, weißt du, was so ein Imbiss kostet?« Er schüttelte den Kopf. Sie sah ihm an, dass er kein Macher war, sondern einer dieser Feiglinge, die nur redeten, aber ihren Arsch nicht hochkriegten.

»Was ist das denn für eine neue Orientierung bei dir?«

»Ich fange nächste Woche einen neuen Job an, wo ich gleich mal deutlich mehr Kohle kriege. Für eine Realschülerin nicht schlecht, dass ich die Stelle bekommen hab«, blieb sie vage und schmückte das Ganze noch etwas aus. Sie wollte nicht hinter Kira und ihrer Eisdiele zurückstehen.

»Das freut mich für dich. Gratuliere. In meinen Augen warst du eh eine Kandidatin fürs Gymnasium. Ich habe nie verstanden, warum dein Vater das nicht wollte.«

»Weil er ein Idiot war«, giftete sie. »Er hatte Angst, dass ich ihm länger auf der Tasche liegen würde, dieser Bastard.«

Zoran wirkte leicht irritiert. Mit so einer Reaktion hatte er augenscheinlich nicht gerechnet, aber sobald es um ihren Vater ging, verlor sie schnell die Beherrschung, obwohl sie sich vorgenommen hatte, dass Zoran zunächst nur ihre Zuckerseite sehen sollte.

»Am Ende ist das ja egal, aus dir ist was Tolles geworden. Und damit meine ich nicht nur deinen beruflichen Erfolg.«

»Vielen Dank für die Blumen. Ich achte auf meinen Körper und was ich so zu mir nehme.« Eine weitere Lüge. »Was ist mit dir? Was machst du beruflich?«

»Ich arbeite noch immer bei Porta, wo ich meine Ausbildung gemacht habe.«

»Und, bist du zufrieden?« Es wunderte sie nicht, dass er in seinem Ausbildungsbetrieb arbeitete, er war eben ein träger Mensch, der sich mit Veränderungen schwertat.

»Die Arbeit macht mir Spaß und die Kollegen sind auch sehr nett. Wenn man so lange wie ich da ist, fühlt sich das schon wie Familie an. Ich hätte es schlechter treffen können. Gerade jetzt, wegen Manuela, ist Porta ein starker Rückhalt für mich. Die bringen viel Verständnis für mich auf.«

»Das freut mich.« Sie versuchte zu lächeln, dabei hätte sie ihm gerne an den Kopf geworfen, dass er vermutlich selbst schuld sei, dass ein anderer Mann seine Frau vögelte. Welche Frau sollte so ein Weichei denn ernst nehmen? Allein schon seine eingefallene Sitzhaltung signalisierte einem, dass hier jemand hockte, der seine Eier längst an der Theke abgegeben hatte.

Kira kam mit den Eisbechern und reichte beiden dazu je ein Glas Wasser. »Das geht aufs Haus.« Sie lächelte und verschwand.

»Das liebe ich an ihr, diese kleinen Aufmerksamkeiten für Stammgäste. Da fühlt man sich sehr gut aufgehoben und kommt auch gerne wieder. Du musst unbedingt Mario kennenlernen, ein dufter Typ.«

»Wieso ist er nicht hier, wenn es seine Eisdiele ist?«

»Er passt heute auf die Kinder auf.«

Fast wäre ihr ein Lachen rausgerutscht. Wie es schien, war dieser Mario eine noch größere Pussy als Zoran. Welcher Mann passte auf die Kinder auf, während die Frau arbeitete? Unweigerlich musste sie an ihren strengen, gewalttätigen Vater denken. So sehr sie ihn hasste, er war wenigstens ein richtiger Mann gewesen. Ihm wäre es nie in den Sinn gekommen, zu Hause zu bleiben, während seine Frau arbeiten ging.

Eine Haltung, die sie teilte. Sie hielt ohnehin nicht viel von diesem ganzen Emanzengerede. Dass sie je eigene Kinder haben würde, hielt sie für ausgeschlossen. Sie hatte nicht viel übrig für Kinder.

»Probier. Es wird dir schmecken«, holte Zoran sie aus ihren Gedanken und ließ den ersten Löffel Eis im Mund verschwinden.

Sie nahm ebenfalls einen Löffel und kostete von dem Eis. Es schmeckte nicht schlecht, aber es war weit davon entfernt, dass sie in Jubel ausgebrochen wäre.

»Ist es nicht fantastisch? Ich könnte in Spaghettieis baden.« Zoran schaufelte eine nächste große Portion auf den Löffel.

»Ja, ist ganz lecker.« Sie hasste sich dafür, dass sie so nett und falsch freundlich war, das ging gegen ihre Natur, aber sie durfte Zoran nicht vergraulen. Außerdem wollte sie sich nach der Sache mit diesem Johannes die Freude daran, Zoran zu töten, nicht nehmen lassen.

Wieso Freude nehmen? Es hat dir doch trotz allem Spaß gemacht, diesem Mongo den Hals durchzuschneiden.

»Wie ist es mit dir? Bist du vergeben?«, ließ sich Zoran wieder vernehmen.

»Ich?« Sie schaute ihn kurz an. »Nein, glücklicher Single.«

»Wie kommt es, dass eine so attraktive Frau wie du, die mitten im Leben steht, Single ist? Du hast doch bestimmt viele Verehrer, oder?«

»Ehrlich gesagt, hält sich das in Grenzen. Ich glaube, viele

Männer haben mit meiner direkten und dominanten Art ihre Probleme, sie fühlen sich eingeschüchtert.«

»Du bist halt selbstbewusst, weil du weißt, was du kannst. Ich finde das toll. Ich habe damit keine Probleme.«

»Viele denken, ich wäre arrogant oder zickig.«

»Die haben keine Ahnung. Bleib, wie du bist.«

»Das sowieso. Ich würde mich niemals für einen Mann verändern. Was ist mit dir? Hast du dich für Manuela verändert?« Sie musste das Gespräch rasch wieder auf Zoran lenken, da sie es nicht mochte, wenn sie das Gesprächsthema war.

Zoran antwortete nicht sofort, er schien sich seine Antwort zurechtzulegen. Dann schaute er sie an. »Ein wenig schon. Ich wollte es Manuela zu oft recht machen. Happy wife, happy life.« Er hob die Schultern.

Der nächste Beweis: Er war eine Pussy, die Konflikten aus dem Weg ging. Kein Wunder, dass seine Frau ihn betrog.

»Schon mal überlegt, dass das der Grund ist, warum sie fremdgegangen ist?«

»Nein, warum sollte es?«

»Na, versteh mich nicht falsch, aber Frauen müssen schon das Gefühl haben, dass der Mann die Hosen anhat.«

»Meinst du? Es war nie ein Problem, dass wir eine Beziehung auf Augenhöhe geführt haben. Manuela hat sehr viel Wert darauf gelegt. Ich denke eher, es lag daran, dass ich mich in letzter Zeit etwas habe gehen lassen. Im Bett lief auch nicht viel. Ich hatte die letzten Monate eine Menge zu tun auf der Arbeit, weil ein Kollege sich schwer verletzt hatte und lange ausfiel. Da hat man dann nicht so oft Bock auf Sex.«

Sie konnte sich ein abfälliges Lachen nicht verkneifen. Glaubte dieser Idiot tatsächlich, dass er mit Manuela auf Augenhöhe war, wenn er jedem Konflikt aus dem Weg ging? Manuela hatte in der Beziehung die Hosen an, das war nicht zu übersehen. Irgendwann war dann halt dieser andere Mann gekommen, der ihr ihre Grenzen aufgezeigt hatte, und das hatte sie angetörnt, sodass sie kein Problem darin gesehen hatte, Zoran zu betrügen.

»Vertrau mir. Ich bin eine Frau und ich will mit Sicherheit keinen Jasager an meiner Seite. Wie soll ich so eine Pussy ernst nehmen?«

»Ich verstehe euch Frauen nicht. Auf der einen Seite wollt ihr einen verständnisvollen, liebevollen Mann, der auf eure Gefühle Rücksicht nimmt ...«

»Vergiss es. Das ist alles Bullshit«, fiel sie ihm ins Wort. »Egal, was wir sagen, am Ende wollen wir einen Mann, der in der Beziehung die Hosen anhat. Außer, die Frau ist eine Kampflesbe. Aber das sind eh nur Männer im falschen Körper. Meine Meinung.«

Zoran schien ihr nicht ganz folgen zu können, entgegnete jedoch nichts. Sein Blick wanderte zu seinem Teller, auf dem nur noch ein Drittel Spaghettieis lag.

»Wenn du deine Frau zurückhaben möchtest, musst du ihr zeigen, dass du der Mann in der Beziehung bist. Aber wenn du mich fragst, vergiss sie, such dir eine andere Partnerin.«

»Wenn das mal so leicht wäre. Uns verbindet viel, das wirft man nicht so einfach weg.«

»Ist nur ein gutgemeinter Rat. Wenn mich ein Mann betrügen würde, würde ich ihm die Eier abschneiden und sie an meinem Küchenfenster aufhängen. Jemand, der dich ein Mal betrügt, betrügt dich immer wieder. Das ist wie mit Drogen. Fängt man ein Mal damit an, ist es sauschwer, wieder davon wegzukommen.«

»Das ist aber ein komischer Vergleich.« Zoran schien nicht überzeugt. »Wir Menschen machen alle mal Fehler. Sollte man da nicht auch vergeben können, gerade wenn man liebt oder wie wir sogar verheiratet ist?«

»Dann wird sie dir weiter auf der Nase rumtanzen.« Sie machte eine abwertende Handbewegung. »Egal. Deine

Baustelle, du wirst schon das Richtige tun. Was sagt sie denn? Macht sie Andeutungen, dass sie zurückkommen will?«

Zoran presste die Lippen zusammen, seine Augen verengten sich und er schaute zu Boden. Sie kannte die Antwort, er musste sich keine Mühe geben, sie auszusprechen.

»Sie braucht Zeit für sich, hat sie mir letzte Woche geschrieben. Seitdem kein Wort mehr von ihr. Ich möchte sie auch nicht bedrängen.«

Junge, Junge, sei froh, dass ich dich gleich töten werde. Dieses Elend ist ja nicht zu ertragen, dachte sie.

»Wo sind hier die Toiletten?«, fragte sie, die Blase drückte. Sie hatte das Gratiswasser etwas zu schnell getrunken.

»Dahinten, dann rechts und die Treppe runter.«

»Danke.« Sie stand auf und nahm ihre Handtasche mit.

Kurz nachdem sie die kleine Kabine betreten hatte, gab ihr Handy ein Geräusch von sich. Sie hatte es heute ausnahmsweise nicht auf lautlos gestellt.

Sie zog es aus der Tasche, Andre hatte ihr geschrieben.

Hey, wann schickst du mir die Unterlagen?

»Mist, daran habe ich gar nicht gedacht«, murmelte sie. Doch jetzt wollte sie ihm noch nicht antworten. »Er muss sich gedulden. Zuerst muss ich Zoran töten.« Ihr Blick wanderte zur Decke. »Ob ich ihm auch die Kehle durchschneide?« Sie war unschlüssig, allein der Gedanke daran ließ sie jedoch kichern.

Nachdem sie sich frisch gemacht hatte, ging sie zurück zu Zoran. Es war Zeit, das Gespräch dahingehend zu lenken, dass er ihr seine Wohnung zeigte. Sie wollte endlich ein wenig Spaß haben.

Doch als sie ihren Tisch erreichte, war Zoran nicht mehr allein. Neben ihm stand ein Junge.

»Das ist Lukas«, sagte Zoran.

»Hallo, Lukas«, sagte sie, obwohl sie gerade nicht verstand, was hier vor sich ging, und vor allem, was dieses Kind, das höchstens sieben oder acht Jahre alt war, hier zu suchen hatte.

»Hallo.« Lukas wirkte extrem schüchtern, sein Händedruck war nur angedeutet.

»Das ist mein Sohn.«

»Dein Sohn? Du hast mir gar nichts von ihm erzählt.«

»Dazu bin ich noch nicht gekommen. Er war vorhin in der Nähe mit Freunden beim Spielen.«

»Verstehe. Und er lebt bei seiner Mutter?« Dass Lukas jetzt hier war, passte ihr gar nicht, es störte ihre Mordlust ungemein.

»Nein, er lebt bei mir. Ich wollte ihn nachher mit nach Hause nehmen.«

»Was ist denn das für ein Mist?«, platzte die Wut und Enttäuschung aus ihr heraus. Wie sollte sie Zoran töten, wenn der Junge dabei war? Sie war doch keine Kindermörderin.

KAPITEL DREIUNDZWANZIG

FÜR MONIKA HIRTH war eine Welt zusammengebrochen. Als Brandt und Aydin ihr die schreckliche Nachricht persönlich überbracht hatten, hatte sie einen Schwächeanfall erlitten. Aydin hatte einen Rettungswagen gerufen und bis zu dessen Eintreffen waren sie bei der Mutter des Opfers geblieben.

Jetzt saßen sie wieder in ihrem Dienstwagen. Aydin wirkte sichtlich angeschlagen, Brandt kannte den Grund nur zu gut. Aydins Bruder Tolga hatte ebenfalls eine Behinderung, und sobald es um behinderte Menschen ging, reagierte der ohnehin empathische Aydin noch emotionaler. Sein Beschützerinstinkt kannte keine Grenzen.

»Wir konnten nichts tun«, versuchte Brandt seinen Freund und Kollegen aufzumuntern.

»Was, wenn er, kurz nachdem wir im Wald waren, entführt wurde? Dann hätten wir nur ein paar Minuten länger nach ihm suchen müssen ...«

»Das glaube ich nicht. Ich nehme an, es ist passiert, bevor wir ankamen.«

»Auch dann fehlten nur Minuten. Du hast Rech gehört, er meinte, der tödliche Kehlenschnitt ist noch sehr frisch. Ein paar Minuten, die über Leben und Tod entscheiden. Was ist das für ein Mensch, der einem hilflosen jungen Mann wie Johannes so eiskalt die Kehle durchschneidet?« Aydins Stimme zitterte.

Sie waren nicht lange am Tatort geblieben. Nachdem Rech mit seinem Team angekommen war und sie eine erste Einschätzung von ihm gehört hatten, waren sie zur Mutter gefahren.

»Das finden wir heraus, ich verspreche es dir. Der Mörder wird nirgends sicher sein. Wir schnappen das Schwein.«

Aydin schaute aus dem Beifahrerfenster. Er zog die Nase hoch und fuhr sich mit der Hand über die Augen. Vielleicht wollte er ein paar stille Tränen wegwischen.

»Wir lassen den Mörder nicht gewinnen, hörst du? Als Team.«

Aydin drehte sich zu Brandt und Brandt berührte ihn freundschaftlich an der Schulter.

»Als Team«, antwortete Aydin und ballte die Hand zur Faust, um mit Brandt abzuschlagen.

»Soll ich dich nach Hause fahren?«

»Nein. Wenn du mich fragst, sollten wir den Bodybuilder aufsuchen.«

»Gut.«

»Soll ich ihn anrufen?«

»Nein, Fischer soll seine Anschrift herausfinden. Wenn er etwas mit Johannes' Tod zu tun hat, soll er nicht gewarnt sein, dass wir kommen.«

Aydin stimmte zu und rief Fischer an. Sie hatten die Handynummer und den vollständigen Namen des Mannes, die Anschrift hatten sie bei Anna Moos nicht abgefragt, weil Brandt gehofft hatte, dass auch ein Anruf ausreichen würde. Noch immer hatte er Zweifel, dass der Bodybuilder etwas mit den Morden zu tun hatte. Es passste irgendwie nicht. Welchen Grund sollte Annas Freund gehabt haben, den Toten so zur Schau zu stellen, wie der Täter es getan hatte? Es sah doch alles sehr nach dem Ritualmord eines Psychopathen aus. Trotzdem wollte Brandt mit Aydin nicht darüber diskutieren. Manchmal musste man als Freund auch einen Schritt zurücktreten.

Keine fünf Minuten später rief Fischer zurück und nannte ihnen die Anschrift.

»Urbach? Das ist nicht weit weg von hier«, sagte Aydin, als er die Anschrift ins Navi eintippte. »Zufall?«

»Gute Frage.« Brandt fuhr los. Dass der Bodybuilder in der Nähe des Feldes wohnte, war schon seltsam, vor allem weil sie davon ausgingen, dass der Täter die Umgebung gut kannte. Auch der Fundort von Johannes' Leiche sprach dafür, dass der Täter mit der Gegend vertraut war. Machte das den Mann aber deshalb schon zu einem Hauptverdächtigen?

Brandt war vorsichtig.

Wenige Minuten später erreichten sie die Anschrift, Brandt fand einen Parkplatz direkt davor. Sie stiegen aus und Aydin klingelte, aber niemand öffnete.

»Ausgeflogen?«

»Möglich.«

Jetzt betätigte Brandt die Klingel, mit dem gleichen Ergebnis. Keine Reaktion. War das reiner Zufall oder versuchte der Bodybuilder gerade, in seinem Auto Spuren zu verwischen, die bewiesen, dass Johannes bei ihm gewesen war? Möglicherweise Blutspuren?

»Zu wem wollt ihr?«, fragte ein junger Mann, er war unbemerkt zu ihnen an die Haustür getreten.

»Zu Saad Hadi«, antwortete Brandt.

»Um die Zeit müsste der pumpen sein.«

»Und wo?«

»Na im FlexFit in der Kennedy Straße. Was wollt ihr von Saad?«

»Das ist was Persönliches. Danke.« Brandt und Aydin gingen zu ihrem Wagen zurück.

Die Kennedy Straße lag nur wenige Minuten entfernt, auf dem Gelände des Fitnessstudios waren reichlich Parkplätze.

Sie betraten das Studio und gingen zum Empfang.

»Hey. Hoffe, euch gehts gut«, wurden sie sehr freundlich von einem jungen Mann begrüßt, der hinter dem Empfang stand. Der Name »Niko« stand auf seinem Namensschild. Er war durchtrainiert, wie es in Sportstudios für die Mitarbeiter üblich war. Da Brandt selbst häufig Eisen stemmte, war es für ihn ein gewohnter Anblick.

»Hallo. Wir sind von der Kölner Kriminalpolizei und möchten uns kurz mit Saad Hadi unterhalten«, antwortete Aydin.

»Mit Saad?« Niko wirkte überrascht.

»Ja, mit ihm.«

»Gut. Warten Sie bitte kurz, ich hole ihn.«

»Ist er schon länger im Gym?«, wollte Brandt wissen.

»Heute?«

»Ja.«

»Das weiß ich nicht. Ich habe erst vor einer viertel Stunde meine Schicht angefangen.«

»Verstehe. Danke.« Es wäre gut gewesen, vorab zu wissen, wie lange Hadi schon hier war, denn damit stand und fiel sein Alibi für die Tatzeit.

Nur wenige Minuten später kam der Empfangsmitarbeiter in Begleitung eines jungen Mannes, der Brandt um einige Zentimeter überragte, zurück. Das T-Shirt, das er trug, verbarg kaum seine Muskeln und die vielen Tattoos am Oberkörper und an den Armen. Brandt erkannte sofort, dass Hadi seine Muskeln ohne die Hilfe von Anabolika aufgebaut hatte, sondern allein durch hartes Training. Das war ihm sympathisch, denn er hatte nie verstanden, warum Menschen bereit waren, ihrem Körper mit Anabolika zu schaden, nur um ein paar Muskeln aufzubauen.

»Hallo«, grüßte Hadi die beiden Beamten. Er wirkte

freundlich und zurückhaltend, ganz anders, als es sein Äußeres suggerierte.

»Sind Sie Herr Hadi?«, fragte Brandt, um die Bestätigung von ihm selbst zu hören.

»Ja, worum geht es denn?«

»Ich lasse euch mal alleine«, sagte der junge Mitarbeiter, dann schaute er zu Brandt und ergänzte: »Wenn Sie wollen, können Sie sich dahinten ungestört unterhalten.« Er zeigte auf eine Sitzecke.

»Machen wir. Danke.« Brandt ging voraus. Aydin und Hadi folgten ihm.

»Herr Hadi, sind Sie mit einer Anna Moos befreundet?«, fragte Aydin, als sie die Sitzecke erreicht hatten.

»Ja. Anna ist eine sehr gute Freundin von mir. Hat sie wieder was angestellt?« Hadi wirkte besorgt.

»Nein, wir ermitteln nur in dem Mordfall Dirk Reil.«

»Mordfall? Sagen Sie nicht, dass dieser Dirk tot ist.« Hadi wirkte betroffen, seine Reaktion kam zu schnell, als dass sie hätte gespielt sein können.

»Er wurde vor einigen Tagen ermordet, und wir wissen, dass Anna und Sie ihn aufgesucht haben.«

»Das war letztes Jahr.«

»Wann?«

»Im September, nein, ich glaube, im Oktober. Der Typ hat sie im Suff geschlagen und ihr nicht die ...« Hadi hielt inne, als fürchtete er, sich zu verplappern.

»Wir wissen, dass Ihre Freundin als Escort arbeitet.«

»Verstehe. Wie gesagt, er hat sie im Suff geschlagen und ihr angeblich zweihundert Euro zu wenig gegeben. Sie wollte, dass ich sie begleite, wegen der Kohle.«

»Hat er Ihnen das Geld gegeben?«

»Ja, er hat sich auch tausendmal entschuldigt, irgendeinen Mist erzählt, dass der Alkohol böse Dämonen in ihm wecken würde, dass er an sich ein guter Mensch sei und was weiß ich. Anna hat das Geld bekommen, damit hatte sich die

Sache erledigt und ich habe ihn danach nie wieder gesehen. Aber wenn Sie Anna verdächtigen, irren Sie sich. Nur weil sie hier und da ein bisschen Escort macht, um ihr Taschengeld aufzubessern, heißt das nicht, dass sie eine Mörderin ist.«

Brandt war geneigt, ihm zu glauben.

»Sie sind sehr gut in Shape.«

»Danke. Ich trainiere auch viel dafür. Sechsmal die Woche bis zu drei Stunden.«

»Keine Anabolika?«, fragte Aydin.

»Ganz sicher nicht. Ich ernähre mich vegan, da würde ich einen Teufel tun, mir irgend so einen Mist in den Körper zu spritzen, nur um schnell Muskelmasse aufzubauen. Sie verstehen mich, oder?« Hadis Blick wanderte zu Brandt, dessen sportlicher Oberkörper wie immer unter seinem Hemd erkennbar war.

»Ich bin ganz bei Ihnen. Wobei ich sagen muss, dass mein Körper mit Ihrem nicht mithalten kann.«

»Nicht so bescheiden. Für Ihr Alter sehen Sie verdammt sexy aus.« Hadis Handy klingelte, er schaute auf das Display. Brandt konnte sehen, wer anrief. »Babe, ich rufe dich gleich zurück.« Hadi legte auf. »Verzeihen Sie, aber das ist meine Verabredung.«

»Verstehe. Sind Sie also mit dem Training fertig?«, fragte Aydin.

»Eigentlich nur noch ein Satz Bankdrücken, aber das lasse ich heute weg, sonst bin ich zu spät und ich möchte Raúl nicht warten lassen.«

»Raúl? Der freundliche Kellner aus dem Café Rico?«

»Ja, Sie kennen ihn?«

»Das könnte man meinen. Sind Sie ...?« Brandt sprach das Offensichtliche nicht aus. Hadi lachte.

»Entspannen Sie sich. Ja, ich bin schwul und ich hatte mal was mit ihm. Jetzt sind wir einfach gute Freunde. Sie können sich also noch Hoffnungen machen. Sein Beuteschema wären

Sie und im Gegensatz zu mir sucht Raúl auch was fürs Herz, was Ernstes.«

Nun lachte Aydin.

Hadi schaute etwas verlegen. »Verstehe, Sie sind gar nicht schwul.«

»Nein.«

»Tut mir leid, wollte Ihnen nicht zu nahe treten.«

»Alles gut, nicht schlimm. Ich nehme das als Kompliment.«

»Das können Sie auch. Sie sind ein sehr attraktiver Mann, Sie sehen gar nicht wie ein Polizist aus.«

Und Sie sehen auch nicht mehr wie ein Zuhälter aus, seit ich Sie etwas besser kenne, dachte Brandt, dennoch brauchte er Gewissheit.

»Als was arbeiten Sie?«, kam er daher sofort zum Punkt.

»Ich bin Tänzer, derzeit tanze im Musical Zumanda, im Musical Dome am Hauptbahnhof. Wenn Sie mögen, schenke ich Ihnen Freikarten.«

»Sehr freundlich von Ihnen, aber das dürfen wir nicht annehmen.« Brandts Gefühl, dass Hadi nichts mit dem Tod von Reil zu tun hatte, wurde immer stärker.

»Verzeihen Sie, eine letzte Frage müssen wir Ihnen leider noch stellen.«

»Alles gut, Sie machen nur Ihren Job. Aber glauben Sie mir, Anna ist wirklich eine ganz Liebe. Wer immer diesen Dirk ermordet hat, hat mit Sicherheit nichts mit Anna zu tun, und Sie sollten sie nicht danach beurteilen, dass sie ab und zu als Escort arbeitet. Ich weiß, wie das mit Vorurteilen ist. Schauen Sie mich an, ich bin ein Schwarzkopf, groß, muskulös. Was glauben Sie, wie oft ich als Schläger, Zuhälter oder wer weiß was verurteilt werde? Erst, wenn Fremde sehen, dass ich schwul und nett bin, ändern sie ihre Meinung. Machen Sie diesen Fehler bitte nicht bei Anna. Das mit dem Escort ist nur ein Job.«

»Seien Sie versichert, wir ermitteln vollkommen vorurteilsfrei, die Herkunft oder der Beruf haben keinen Einfluss auf unsere Ermittlungen«, antwortete Brandt und sah aus dem Augenwinkel, wie eine Frau an ihnen vorbei zum nahegelegenen Kühlschrank ging, in dem Getränke zum Verkauf standen. Ihr Blick wirkte seltsam, als versuchte sie, nicht zu zeigen, dass sie Interesse an ihrem Gespräch hatte.

Neugierige Menschen gibt es überall, dachte Brandt und konzentrierte sich wieder auf das Gespräch.

»Schön, derzeit hört man ja nicht die besten Geschichten über Polizisten. Aber Sie beide wirken auf mich, als wären Sie welche von den Guten. Welche Frage haben Sie denn?«

»Wo waren Sie am 8. März zwischen 15 und 20 Uhr? Wie gesagt, wir müssen die Frage jedem stellen, mit dem wir uns wegen des Falles unterhalten.«

»Verstehe. Das ist sicherlich der Zeitpunkt, wo Reil ermordet wurde. Ich habe leider kein Alibi für die Zeit. Montag habe ich immer frei. Ich war von 14 bis 17 Uhr hier im Gym, danach bin ich zu Hause gewesen. Wenn Sie keine weiteren Fragen haben, würde ich gerne los, damit ich mich nicht verspäte.«

»Können Sie uns mitnehmen? Ich habe meinen Wagen vor Ihrer Anschrift geparkt. Das war unsere erste Anlaufstelle.« Brandt hatte plötzlich eine Idee. Er glaubte zwar nicht, dass Hadi etwas mit dem Mord an Reil zu tun hatte, dennoch konnte es nicht schaden, einen Blick in sein Auto zu werfen, denn für die Tatzeit des Mordes an Johannes hatte er kein Alibi. Er hatte behauptet, schon länger im Gym gewesen zu sein, aber der Empfangsmitarbeiter hatte das nicht bestätigen können, daher war ein Blick in den Wagen sinnvoll.

»Sie mitnehmen?« Hadi wirkte überrumpelt. »Das wird nicht möglich sein.«

Hatte Brandt sich geirrt und Hadi hatte doch etwas zu verbergen?

KAPITEL VIERUNDZWANZIG

W ARUM MUSSTE dieser kleine Bastard bei Zoran wohnen, konnte er kein artiges Kind sein und bei der Mutter leben, wie es brave Kinder taten?

Sie war außer sich vor Wut. Dieser Lukas hatte ihr den kompletten Abend zerstört. Spontan beschloss sie, ins Fitnessstudio zu gehen, um sich abzureagieren. Sport half in solchen Fällen. Sie gehörte nicht zu den Frauen, die mehrmals die Woche ins Gym gingen, aber einmal die Woche versuchte sie es schon und heute hatte sie jeden Grund dafür.

Ihre Sporttasche war noch im Kofferraum, da sie vor einigen Tagen hatte trainieren wollen, es aus verschiedenen Gründen aber nicht geschafft hatte, daher musste sie vorher nicht nach Hause fahren.

»Lügnerin. Du hattest einfach keinen Bock aufs Gym«, korrigierte sie sich, nur um sogleich wieder an den verpatzten Abend zu denken.

»Mist!«, rief sie. »Es hätte so ein Spaß werden können, Zoran abzustechen und ihn dann schön zu schminken.« Sie atmete tief ein und fuhr sich mit der Hand über die Haare, während sie Richtung Gym fuhr.

Ihr Handy vibrierte. Sie schaute aufs Display. Es war eine Nachricht von Andre.

»Fuck, den hab ich vollkommen vergessen.« Sie wusste, dass sie ihm antworten musste, um ihn nicht zu verärgern, weil sie den Job dringend benötigte. Auf der anderen Seite hatte sie ein Gefühl, das ihr sagte, dass Andre auf sie stand und einiges erdulden würde, nur um damit Eindruck bei ihr zu schinden. »Trotzdem, du darfst es nicht übertreiben.«

Sie erreichte den Parkplatz des Fitnessstudios und parkte, dann nahm sie ihr Handy und las die Nachricht, die Andre geschickt hatte.

Hast du mich vergessen?

Er hatte der Nachricht ein kindisches Emoji beigefügt, als hätte er nicht den Mumm, sie aufzufordern, ihm endlich die Sachen zu schicken.

Nein, habe ich nicht. Ich bin gerade im Gym,

antwortete sie.

Schön. Was glaubst du, wann ich es kriege? Ich möchte nicht stressen, aber wenn ich es der Personalabteilung heute noch schicke, kann ich Montag direkt nachhaken.

Das Argument war nicht von der Hand zu weisen. Je schneller die Personalabteilung sich entschied, desto besser war es für sie. Warum sie sich trotzdem so schwer damit tat, ihm ihren Lebenslauf zu schicken, konnte sie sich nicht erklären. Erst recht nicht, weil er sich um alles Weitere kümmern würde.

»Doch, du weißt es. Du möchtest nicht, dass er deinen Lebenslauf sieht.« Sie schüttelte den Kopf. »Am Ende ist das doch scheißegal.«

Okay, das macht Sinn. Ich schicke dir die Datei nach dem Sport, versprochen,

antwortete sie daher.

Sehr gut. Danke. Wie schaut es mit heute Abend aus? Wollen wir uns treffen?

Sie überlegte kurz.

Warum nicht,

tippte sie dann als Antwort. Etwas Ablenkung nach der Pleite mit Zoran konnte nicht schaden, außerdem war es sicherlich nicht verkehrt, Andre etwas abhängiger von sich zu machen.

Super. Freut mich sehr. Ich habe um 18 Uhr noch eine Besprechung. Aber ab 20 Uhr könnte ich. Wollen wir was essen gehen?

· · ·

*Was hältst du davon, wenn ich zu dir komme, und wir bestellen was?
Bin heute nicht so in Ausgehlaune.*

Klar, sehr gerne,

war die Antwort von Andre, gefolgt von Emojis, für die sie
wenig übrighatte. Sie hatte nie verstanden, was die Menschen
an diesen Emojis und Symbolen so toll fanden. Gerade bei
Männern wirkte das alles andere als männlich.

Bis dann,

antwortete sie und steckte das Handy in ihre Tasche. Dann
stieg sie aus, nahm ihre Sporttasche und betrat das Fitnessstudio. Sofort fielen ihr zwei Männer auf, die sich mit Saad
unterhielten, sie waren irgendwie merkwürdig.

»Hallo, Niko. Ich habe meine Karte vergessen.«

»Nicht schlimm. Ich mach dir eine Ersatzkarte für heute.«

»Danke. Was sind denn das für Vögel, die sich da mit Saad
unterhalten?«

»Das sind Bullen.«

»Bullen? Was wollen die von Saad? Der ist doch stock-
schwul. Wem sollte der was antun?«

»Keine Ahnung, warum. Vermutlich alles harmlos.«

»Vermutlich. Weißt du was, ich kaufe mir noch einen
Proteinshake. Kann ich ihn mir aus dem Kühlschrank holen?«

»Klar, welche Sorte?«

»Vanille.«

»Macht drei Euro.«

Sie kramte das Geld aus der Tasche und gab es Niko,
woraufhin der ihr die Ersatzkarte für das Training reichte.

Mit langsamen Schritten näherte sie sich dem Kühlschrank. An sich wollte sie gar kein Getränk, da sie in ihrer Sporttasche noch die ungeöffnete Flasche Wasser hatte, vielmehr hoffte sie, etwas von dem Gespräch zwischen den Bullen und Saad belauschen zu können. Sie kannte Saad nur oberflächlich, man wechselte hier und da ein paar Worte. Zudem sah er verdammt gut aus, aber die Tatsache, dass er homosexuell war, machte ihn in ihren Augen hässlich. So einen Mann konnte sie niemals ernst nehmen. Männer, die sich von Männern vögeln ließen, gehörten ihrer Überzeugung nach auf die Couch beim Psychiater.

»Wir ermitteln vorurteilsfrei ...«, glaubte sie im Vorbeigehen zu hören. Unauffällig versuchte sie, einen etwas genaueren Blick auf die beiden Beamten zu werfen. Der eine sah aus wie ein Türke, der andere wie ein Bilderbuchdeutscher, groß gewachsen, sportlich, kurzer akkurater Haarschnitt. Ein Schönling mit blonden Haaren und blauen Augen, die echt sexy waren. Er war verdammt attraktiv, so ungern sie das zugab. In ihrer Vorstellung mussten Bullen langweilige Stereotypen bedienen.

Sie visierte erneut den Kühlschrank an, der sich als echter Jackpot erwies, da er eine spiegelnde Fensterfront hatte. So konnte sie das Gespräch ganz gut verfolgen. Der Blonde schaute kurz in ihre Richtung, dann wandte er sich wieder Saad zu.

Sie griff nach dem Vanilleshake und ging zurück.

»Wo waren Sie am 8. März zwischen 15 und 20 Uhr?«, hörte sie den blonden Schönling fragen.

Nun bestand kein Zweifel mehr, ihr Gefühl hatte sie nicht getäuscht: Die Bullen waren wegen Dirk hier.

Aber warum haben sie Saad im Verdacht?, überlegte sie. Ihr Herzschlag erhöhte sich. Es war schon ein geiles Gefühl, zu wissen, dass die Bullen dem wahren Täter so nahe waren und dennoch der völlig falschen Spur folgten.

Der Kreis schloss sich, stellte sie einmal mehr fest. Hätte

Lukas nicht ihren Plan torpediert, wäre sie heute nicht ins Gym gegangen, und wäre sie jetzt nicht hier gewesen, hätte sie nicht erfahren, dass die Polizei auf der falschen Fährte war.

Erleichterung machte sich in ihr breit. Sollten die Bullen Saad doch als Verdächtigen sehen, ihr war das nur recht.

Die Schwuchtel vermisst eh niemand, dachte sie gehässig und betrat die Trainingsfläche, um zu den Umkleidekabinen zu gehen. Sie fühlte sich richtig gut. Dass die Bullen in die falsche Richtung ermittelten, gab ihr das angenehme Gefühl, dass sie weiter würde töten können, ohne befürchten zu müssen, dass man sie schnappte, und sie spürte noch etwas anderes: Der blonde Schönling hatte ihr Interesse geweckt, so sehr, dass der Wunsch, ihm ein Messer in die Brust zu jagen, immer stärker wurde.

Sie musste unbedingt mehr über ihn erfahren, und sie wusste auch, wer ihr dabei behilflich sein würde. Saad!

Da Saad so gut wie jeden Tag im Gym war, würde sie morgen wiederkommen, ihn in ein unverfängliches Gespräch verwickeln und durch geschickte Fragen herausbekommen, wer der Blonde war, dazu am besten auch seine Handynummer.

Danach würde ihr Andre, der sich als Programmierer im Internet und mit all diesen Dingen hervorragend auskannte, bestimmt helfen, herauszufinden, wo der Polizist wohnte. Falls es ihm nicht gelänge, was sie ausschloss, würde sie dem Blonden auf seiner Arbeit auflauern und ihm folgen, bis sie wüsste, wo er wohnte. Ihr Ehrgeiz war geweckt, jetzt gab es wenig, was sie stoppen konnte. Vor allem weil dieser Ehrgeiz mit unglaublicher Mordlust einherging.

»Wie gut, dass ich Andre nicht getötet habe, dieser Blonde reizt mich viel mehr. Andre wird mir nicht nur helfen, einen neuen Job zu bekommen, sondern auch, den Bullen zu töten. Ich habe noch nie einen Bullen getötet. Das wird bestimmt ein Riesenspaß«, wisperte sie schmunzelnd. In der Umkleidekabine war niemand, der sie hätte hören können.

In Gedanken spielte sie bereits den Moment durch, wie sie dem Polizisten ihr Fleischermesser ins Herz jagen würde.

Andre, du Glückspilz, heute vögele ich dich, damit du mir noch höriger wirst.

KAPITEL FÜNFUNDZWANZIG

Das Wochenende waren Brandt und Aydin nur auf Abruf im Dienst gewesen, da es die Ermittlungen zuließen. An diesem Montag waren sie wieder im Büro.

»Saad Hadi können wir als Täter ausschließen, damit auch Anna Moos«, sagte Aydin. Sein Blick wanderte zu der Wand, wo er und Brandt jede Menge Hinweise und Fotos angebracht hatten, dazu Querverweise und Verbindungen, um einen besseren Überblick über ihren Fall zu haben.

»Davon gehe ich aus. Der Kerl hat nicht mal ein Auto.« Als Brandt ihn am Freitag im Fitnessstudio gebeten hatte, sie mitzunehmen, hatte Hadi geantwortet, dass er mit dem Fahrrad da sei und gar kein Auto besitze. Natürlich hatte Brandt Fischer gebeten, das zu überprüfen, und Fischer hatte ihnen die Bestätigung am Samstag per Kurznachricht geschickt. Dass Hadi ein Auto schwarz oder auf eine andere Person angemeldet fuhr, glaubte Brandt nicht. Der Freund von Anna Moos war eine falsche Spur, das mussten sie akzeptieren. Sein Gefühl hatte ohnehin schon recht früh in diese Richtung tendiert.

»Damit stehen wir wieder bei null«, sagte Aydin ernüchtert.

»Warten wir ab, was Rech zu erzählen hat. Inzwischen müssten weitere Ergebnisse aus dem Labor und der Rechtsmedizin vorliegen, und du weißt: Mörder, vor allem Serientäter, machen früher oder später immer einen Fehler. Wir kriegen das feige Schwein.«

Aydin nickte und schaute weiter die Wand an. »Was für ein Interesse kann jemand haben, einen armen Kerl wie Reil zu ermorden? Und warum wissen wir nichts über sein Bekanntenumfeld, vor allem, wenn wir annehmen, dass der Mörder und Reil sich kannten?«

»Das sind gute Fragen. Zu Frage eins kann ich nur sagen, dass die Gründe für einen Mord so gut wie immer für Normalsterbliche nicht nachvollziehbar sind. Erst recht nicht, wenn man es mit einem Soziopathen und Sadisten zu tun hat. Es gibt Fälle, da ticken Familienväter plötzlich aus und entwickeln eine Mordlust, die man ihnen nie zugetraut hätte. Annahme drei halte ich nach wie vor für sehr realistisch, was uns zu deiner zweiten Frage führt: Keiner, den wir befragt haben, wusste etwas über Bekannte oder Familienangehörige von Reil. Selbst die Kollegen von der Streife haben in der Hinsicht bisher wenig Erfolg gehabt.«

»Wenn wir doch nur das Handy hätten.«

»Haben wir nicht. Komm, wir müssen zur Besprechung, bevor Bender schimpft, dass wir uns mal wieder verspäten.«

Sie standen auf und gingen zum Besprechungsraum. Wie gewöhnlich saßen bereits die meisten Kollegen an ihren Plätzen. Nur Bender und Schmoll fehlten.

»Das war wohl nichts mit dem FC am Wochenende«, sagte Brandt zu Rech, während er sich setzte. »Der HSV hat gewonnen.«

»Noch ist die Saison nicht beendet, der HSV ist bislang nicht durch. Ich drücke den Kielern die Daumen. Die in der Ersten Bundesliga wären mir sehr sympathisch.«

Bevor Brandt etwas erwidern konnte, betraten Bender und Schmoll den Raum.

»Wie ich sehe, sind wir vollzählig«, stellte Bender fest und nahm Platz. »Vorab zur Kenntnisnahme: Der Mord an Johannes Hirth hat sehr große Wellen geschlagen. Einige Tageszeitungen haben der feigen Tat eine ganze Seite gewidmet, und das Innenministerium hat dem Polizeipräsidenten deutlich zu verstehen gegeben, dass man schnell Ergebnisse erwartet. Was das für uns bedeutet, könnt ihr euch ausmalen.«

Brandt wusste, worauf Bender hinauswollte. Sobald sich die Politik in ihre Ermittlungen einmischte, wurde alles viel komplizierter, darin stimmte er ihr vollkommen zu.

»Rech, möchtest du beginnen?«

»Gerne«, antwortete der Leiter der Spurensicherung, er wirkte heute nachdenklicher als sonst. »Ich würde mit den weiteren Ergebnissen aus der Rechtsmedizin und dem Labor anfangen.«

Bender nickte zustimmend.

»Reil war alkoholisiert, er hatte 1,1 Promille im Blut. Der Todeszeitpunkt dürfte ziemlich genau zwischen 16 und 18 Uhr am 8. März liegen. Das Opfer muss versucht haben, sich zu wehren, allerdings gab es keinen echten Kampf. Der erste Einstich ist definitiv von hinten erfolgt, somit wurde er überrascht. Damit dürfte er unter Schock gestanden haben, ganz zu schweigen von den Schmerzen, daher die geringe Gegenwehr. Für uns interessant dürfte aber sein, dass unter dem Fingernagel des rechten Daumens Spuren von Nagellack gefunden wurden.«

»Nagellack? Glaubst du, der Täter war eine Frau?« Schmoll schien nicht überzeugt.

»Das kann ich nicht beurteilen. Wäre möglich, genauso gut möglich wäre, dass er sich vorher mit einer Frau getroffen hat.«

»Wie alt ist der Lack?«, wollte Brandt wissen.

»Die Analyse dazu läuft, daher müssen wir die Ergebnisse

aus dem Labor abwarten. Aber wir nehmen an, dass die Farbe maximal drei Tage alt sein dürfte.«

»Das bedeutet, wir haben ein Zeitfenster von drei Tagen?«

»Richtig.«

»Wir wissen, dass Reil ab und zu Escortdamen gebucht hat. Was, wenn so ein Date aus dem Ruder gelaufen ist?«, bemerkte Schmoll.

»Ich denke, diese Escortspur führt ins Nichts«, entgegnete Brandt. »Wie ihr aus unserem letzten Zwischenbericht wisst, sind wir mit Anna Moos und ihrem Kumpel Saad Hadi einer dieser Spuren gefolgt und sie war eine Sackgasse. Es passt einfach nicht. Selbst wenn es zu einem Streit mit einer Escortdame gekommen ist, warum sollte die sich die Mühe machen, ihn nach der Ermordung als Vogelscheuche aufzustellen?« Brandt wollte keiner solchen Spur mehr folgen. Sie hatten zwar keine andere heiße Spur, dennoch hatten sie damit nur Zeit verloren.

»Was, wenn es eine Freundin war? Oder der Lack überhaupt nicht in Verbindung zu der Tat steht? Möglicherweise hat er eine Frau zu sich nach Hause bestellt und erst am nächsten Tag fand der Mord statt. Gegen die Escorttheorie spricht auch, dass die Spurensicherung in seiner Wohnung nichts gefunden hat, was auf Gewalt schließen lässt, und ein Hotelzimmer wird er kaum gebucht haben, da er keine Kreditkarte besitzt und seine Kontoauszüge keine Abbuchung von einem Hotel aufweisen«, ergänzte Aydin.

»Und wenn er die Frau in ihrer Dienstwohnung aufgesucht hat?«, überlegte Schmoll.

»Sehr unwahrscheinlich. Wie verwischt die Frau dann die Spuren? Wie wir es auch drehen und wenden, es klingt einfach nicht plausibel, dass eine Professionelle das Opfer nach Westhoven fährt, um es dort auf einem Feld zur Schau zu stellen«, antwortete Brandt. »Was hast du vom Labor?«

»Die weiteren Laborberichte zu Dirk Reil kriegt ihr nachher

zugesandt, da stand leider nichts drin, was uns derzeit für die Ermittlungen nützlich sein könnte. Die Ergebnisse zu Johannes Hirth liegen noch nicht vor, allerdings könnte das spannend werden, weil wir textile Mikrospuren und Fingerabdrücke sowie DNA sichergestellt haben. Diese gleichen wir mit den Ergebnissen ab, die wir bei Opfer Nummer eins gefunden haben. Vermutlich werden wir einige Übereinstimmungen finden, die bestätigen, dass wir es mit demselben Täter zu tun haben.«

»Nicht nur vermutlich, ganz sicher«, rutschte Brandt ein trockener Spruch heraus. »Es ist derselbe Mistkerl.« Dass eine Frau die beiden auf dem Gewissen hatte, konnte er sich nicht vorstellen. »Wisst ihr etwas über die Tatwaffe?«

»Es sind zwei unterschiedliche Tatwaffen. Bei Opfer Nummer eins wurde ein Fleischermesser mit einer 22 Zentimeter langen Klinge benutzt. Bei Opfer Nummer zwei war es ein handelsübliches Taschenmesser mit einer Klinge von vermutlich knapp 10 Zentimetern Länge. Die genauen Ergebnisse liegen noch nicht vor. Beide Messer sind sehr scharf, was darauf schließen lässt, dass sie selten genutzt oder extra geschärft wurden.«

»Könnte man daraus schließen, dass der Täter gar nicht vorhatte, Johannes zu töten? Dass er zufällig auf ihn gestoßen ist und dann Sorge hatte, dass er ihn verraten könnte, weshalb er ihn kurzerhand ermordet hat?«, fragte Aydin.

»Wäre möglich. Vielleicht kann Kramer dazu später mehr sagen. Von meiner Seite aus wars das vorerst. Ich habe heute Mittag einen weiteren Termin in der Rechtsmedizin, mit dann hoffentlich neuen verwertbaren Hinweisen.«

»Danke, Rech. Was ist mit dir, Fischer?« Benders Blick wanderte zu Fischer, der gerade etwas in seinen Laptop tippte. Er war meistens die einzige Person, die mit Laptop zu den Besprechungen kam, weil er als IT-Experte häufig Inhalte auf die Leinwand projizierte, falls von Bender gewünscht, oder rasch Daten abrief, die benötigt wurden.

»Leider gibt es sehr wenig von meiner Seite. Das Handy

ist nicht auffindbar. Immerhin konnte ich die Handynummer ermitteln. Es ist ein T-Mobile-Anschluss, der seit zwanzig Jahren besteht. Ich habe die Verbindungsnachweise angefordert, vielleicht hilft uns das weiter.«

»Sehr gut. Wäre interessant, zu erfahren, mit wem er vor seinem gewaltsamen Tod telefoniert hat. Was ist mit euch?«, fragte Bender an Aydin und Brandt gewandt.

»Auch nicht viel. Die Spur mit Hadi und Moos war eine Sackgasse, das hatten wir bereits in unserem Zwischenbericht erwähnt. Wir beide sind inzwischen der Meinung, dass wir es hier nicht mit einer Tat aus dem Milieu zu tun haben. Vielleicht können wir anhand seiner letzten Anrufe rekonstruieren, wo Reil zuletzt gewesen ist, und so den Täterkreis bestimmen. Derzeit, das müssen wir ehrlich zugeben, tappen wir ziemlich im Dunkeln«, sagte Brandt und schaute auf seine Hände. Dieser Zustand wurmte ihn ungemein. Der Fall hätte eigentlich recht zügig aufgeklärt werden können, wenn sie nur gewusst hätten, wo Reil sich zur Tatzeit aufgehalten hatte. Dass ihnen dazu niemand Hinweise geben konnte, war für Brandt geradezu erschreckend. Das war eben der Preis, wenn man alleine und zurückgezogen lebte. Es war niemand da, der Bescheid wusste, wenn man nicht zu Hause war.

»Kramer, gibt es irgendwelche neuen Erkenntnisse oder Einschätzungen?«

»Der Mord an dem potentiellen Zeugen kommt etwas überraschend«, begann der Fallanalytiker und rückte seine Brille zurecht. »Er beweist aber einmal mehr die Brutalität des Täters. Es ist davon auszugehen, dass der Blutrausch in seinem Alltag immer präsenter wird. Die geistige Behinderung des Opfers dürfte ihm nicht entgangen sein und damit auch nicht die Tatsache, dass das Opfer streng genommen keine Gefahr für ihn darstellte. Zumal wir nicht sicher sein können, ob der Täter wusste, dass das Opfer ein potentieller Zeuge ist. Ich gebe zu bedenken, dass Johannes bei dem Gespräch mit Aydin kaum etwas preisgab, während seine

Mutter anwesend war. Warum hätte er dann einem Fremden gegenüber etwas verraten sollen?« Kramer hielt inne und sein Blick wanderte durch die Runde. Keiner erwiderte etwas. Brandt ahnte, dass Kramer das auch gar nicht erwartete, es war bloß ein banaler Trick, um die Spannung zu erhöhen und mehr Aufmerksamkeit auf sich zu lenken. »Es sei denn,« fuhr Kramer fort, »der Täter ist sehr dominant. So dominant, dass er das Opfer eingeschüchtert und dieses ihm die Wahrheit gesagt hat.«

»Gehst du davon aus?«, fragte Schmoll.

»Mit großer Wahrscheinlichkeit. Was wiederum dafür spricht, dass er ein Soziopath ist. Wenn wir uns die Kriminalistik anschauen, stellen wir immer wieder fest, dass Mörder, die Soziopathen und damit meistens auch Psychopathen sind, ein sehr dominantes und bestimmtes Auftreten an den Tag legen können. So eine Person kann einen starken Eindruck auf jemanden wie Johannes machen. Ich halte es daher für durchaus denkbar, dass Johannes den Täter tatsächlich beobachtet und es ihm gestanden hat. Dieses Wissen war sein Todesurteil.«

In Gedanken stimmte Brandt Kramer zu. Nur, was sollten sie mit diesem Wissen anfangen? Hätten sie zuvor den Druck auf Johannes erhöhen sollen? Sie waren Polizisten, da wäre ein solches Vorgehen moralisch unmöglich gewesen und weder die Mutter noch Aydin hätten da mitgespielt. Es galt wieder einmal die bittere Erkenntnis: Über die Vergangenheit zu spekulieren, war müßig, man konnte sie nicht ändern. Aber wie es schien, hatte sein Schweigen gegenüber der Polizei Johannes das Leben gekostet.

»Hast du noch etwas?«, fragte Bender und warf Kramer einen kurzen Blick zu. Auf seine Ausführungen ging sie nicht weiter ein.

»Nein. Nur, dass es meiner Ansicht nach bloß eine Frage von Tagen ist, bis unser Serientäter erneut zuschlägt. Sollte er sich tatsächlich in einem Blutrausch befinden, werden die Abstände zur nächsten Tat immer kürzer.«

»Fischer, du musst mir einen Gefallen tun«, sagte Bender.

»Welchen?«

»Eine öffentliche Fahndung, über alle Kanäle. Vielleicht hat jemand den Mistkerl gesehen, wie er Johannes Hirth ins Auto gezerrt oder wie er ihn aus dem Wagen geschafft hat. Der Täter soll wissen, dass wir ihm auf den Fersen sind. Er soll keine ruhige Minute mehr haben.«

Brandt nickte anerkennend. Bisher hatte sich Bender eher zögerlich mit solchen Schritten gezeigt. Dass sie jetzt auf volles Risiko ging, war in seinen Augen richtig. Wenn man den Täter unter Druck setzte, würde er Fehler begehen, das jedenfalls hoffte er.

»Ich kümmere mich darum.«

»Danke. Das wars dann, wenn keiner mehr etwas hinzufügen möchte. Alles Weitere wie gewohnt.«

Da keiner mehr etwas zu sagen hatte, löste sich die Gruppe auf. Brandt und Aydin gingen zurück in ihr Büro.

»Was hältst du davon, wenn wir der Nachbarin von Reil noch mal einen Besuch abstatten? Es wäre nicht das erste Mal, dass sich jemand später an weitere Einzelheiten erinnert, gerade bei älteren Menschen. Danach könnten wir noch mal in der Kneipe vorstellig werden«, schlug Brandt vor.

»Keine schlechte Idee. Aber ich habe eine noch bessere.«

»Und die wäre?«

»Wir sollten uns unbedingt mit Nikola Braun unterhalten.«

»Wofür soll das gut sein?«

»Sie hat vorausgesagt, dass du einen Serientäter jagen würdest, und genau das tun wir gerade ...«

»Die ist doch total psycho!« Brandts Stimme wurde lauter als beabsichtigt. Bei dieser Frau reagierte er etwas dünnhäutiger als sonst.

»Möglich. Aber warum wusste sie es? Was, wenn sie mit

den Taten in Verbindung steht und mehr weiß, als wir glauben?«

»Du denkst, sie kennt den Mörder?«

»Warum nicht? Es wurden Lackspuren unter dem Fingernagel von Reil gefunden. Was, wenn Braun nicht die ist, die sie vorgibt, zu sein?«

KAPITEL SECHSUNDZWANZIG

»Wäre schön, wenn wir uns die Tage wiedersehen«, sagte Andre, als er sie vor der Tür absetzte.

»Du kümmerst dich um die Sachen, oder?«

»Ja, versprochen.« Er schaute sie verträumt an. Ihr Blick hingegen war nüchtern und sachlich.

»Ich verlasse mich auf dich.«

»Das kannst du. Ich werde dich nicht enttäuschen. Das Wochenende war wirklich sehr schön. Ich fühle mich unglaublich wohl, wenn du in meiner Nähe bist.«

»Jetzt übertreib nicht. Es waren nur eineinhalb Tage.« Sie schüttelte den Kopf und ging zur Haustür, ohne sich umzudrehen. Sicherlich hatte Andre darauf gehofft, dass sie es tun würde, nur war das hier weder ein Hollywoodfilm noch war sie in ihn verliebt. Was man von Andre augenscheinlich nicht sagen konnte, aber das kam ihr gerade nur gelegen, denn es gab ein paar Aufgaben, die er noch zu erledigen hatte. Mit Schmetterlingen im Bauch würde er ihren Wünschen sicherlich zuverlässiger und loyaler nachkommen.

Gerade, als sie den Haustürschlüssel aus der Tasche fischen wollte, fiel ihr ein, dass sie keine Kippen dabeihatte, also machte sie kehrt und ging zum Büdchen.

»Hallo, Peter«, grüßte sie den Büdchenbesitzer. Eine weitere Person stand draußen neben dem Tresen, in der Hand ein Kölsch. Sie hatte den Mann schon das ein oder andere Mal gesehen, immer mit einem Kölsch in der Hand. Seinen Namen kannte sie allerdings nicht, sie hatte auch nie Interesse daran gehabt, seine Bekanntschaft zu machen, denn er gehörte zu dieser komischen Clique, die bloß zum Saufen zu dem Büdchen kam, weil keiner von denen einen Job hatte.

»Dach. Brauchst du Kippen?«, fragte Peter. Er wirkte gut gelaunt.

»Du kennst mich. Ich nehme zwei Schachteln und eine Tafel, nein, mach mal zwei Tafeln Milka-Schokolade.«

»Geht klar.«

Während Peter die Kippen und die Schokolade suchte, fiel ihr Blick auf die BILD-Zeitung und dort auf einen Artikel, der es auf die Titelseite geschafft hatte:

Welches Monster schneidet einem wehrlosen, geistig Behinderten die Kehle durch?

Plötzlich wurde ihr Mund staubtrocken. Bei dem Thema des Artikels konnte es sich doch nur um ihre Tat handeln, oder?

»Die BILD nehme ich auch«, sagte sie.

»Hast du sie noch nicht gelesen?«, sprach der Mann mit dem Kölsch sie an.

»Nein! Sonst würde ich sie wohl kaum kaufen.« Sie schüttelte verständnislos den Kopf.

Der Mann schluckte, mit einer solch scharfen Reaktion hatte er scheinbar nicht gerechnet. »Wirklich was verpasst hast du da nicht«, sagte er dann. »Da steht eh nur Schund drin.«

»Lass mal gut sein, Willy. So schlecht ist die BILD nicht, vor allem der Sportteil ist hervorragend recherchiert«, entgegnete Peter. »Und der regionale Teil ist auch ganz okay. Die BILD hat noch vor unserem Express über den Psychopathen berichtet.«

»Welchen Psychopathen?«

»Das Schwein, das dem armen Jungen die Kehle durchgeschnitten hat.«

»Und wenn der Junge es verdient hat? Vielleicht war es ja Notwehr.«

»Du hast den Artikel eben nicht gelesen«, konterte Peter sehr zu ihrem Missfallen. »Der Wichser hat dem Jungen eiskalt die Kehle durchgeschnitten. Der junge Mann war geistig behindert. Du glaubst doch nicht im Ernst, dass er eine Gefahr für den Täter dargestellt hat. Den würde ich gerne mal in die Finger kriegen.«

»Was dann?«

»Auge um Auge.«

Sie gab einen abfälligen Laut von sich. Am liebsten hätte sie sich offenbart, um zu sehen, ob Peter wirklich die Eier hätte oder nur große Töne spuckte. Stattdessen schluckte sie ihre Wut herunter, und als sie sich gefasst hatte, sagte sie: »Es ist immer leicht, über etwas zu urteilen, wenn man nicht anwesend war. Was wissen wir denn über die Beweggründe des Täters? Nichts! Ihn deswegen als Psychopathen zu verurteilen, ist sehr billig.«

»Billig? Was ist los mit dir? Bist du eine von diesen Gutmenschen, die in jedem nur das Positive sehen? Auch in Vergewaltigern, Mördern und Psychopathen? So kamst du mir nie vor.«

»Keine Sorge, das bin ich nicht. Ich meine ja nur, dass man sich beide Seiten anhören sollte, bevor man ein Urteil fällt. Vielleicht war der Spast ja mal gemein zu dem Täter und er hat sich gerächt.«

Peter lachte. Es war offensichtlich, dass er sie nicht ernst nahm, daher beschloss sie, zu zahlen, ehe sie eine Dummheit beging.

»Wie ist die denn drauf?«, hörte sie den Mann mit der Kölschflasche noch sagen, als sie vom Büdchen wegging.

»Du schätzt sie falsch ein. Die ist verdammt taff«, antwortete Peter. Wenigstens er enttäuschte sie nicht.

Zu Hause angekommen, nahm sie auf der Couch Platz, zündete sich sofort eine Zigarette an und las den BILD-Artikel. Nachdem sie ihn zu Ende gelesen hatte, wusste sie nicht, ob sie wütend sein oder sich geehrt fühlen sollte, weil sie augenscheinlich zu nationaler Berühmtheit gelangt war. Aber die Darstellung von ihr war vollkommen falsch. Sie war weder eine Sadistin noch eine Psychopathin und eine verkorkste Kindheit hatte sie auch nicht wirklich gehabt, das jedenfalls wollte sie glauben. Der Psychologe, den man bei der Zeitung zu Rate gezogen hatte, war völlig inkompetent. Er hatte sie als jemanden dargestellt, der nichts im Leben gebacken bekam. Der keinen Job hatte und aus einem zerrütteten Elternhaus kam, wo Gewalt an der Tagesordnung stand.

»Alles Lügen, so ein Idiot.« Sie verlor das Interesse an der Zeitung und legte sie weg.

Nicht alles ist gelogen, meldete sich ein mahnender Gedanke, den sie schnell beiseite wischte.

Sie dachte an Andre und die Frage, ob es ein Fehler gewesen war, so viel Zeit mit ihm verbracht zu haben.

»Du musstest es tun, weil du seine Hilfe brauchst«, suchte sie erneut nach der immer gleichen Erklärung, wenn es um diese Frage ging. Am Freitagabend war sie nicht mehr zu Andre gefahren, sie hatte sich eine Ausrede einfallen lassen. Die Enttäuschung in Andres Stimme war nicht zu überhören gewesen, also hatte sie ihm versprochen, dass sie sich am Samstag treffen könnten, er dürfe sie sogar abholen, wenn er wolle, hatte sie ihm zugesichert. Andre war natürlich direkt darauf angesprungen, ihr Plan war aufgegangen.

Am Samstag war sie im Gym gewesen, und wie erwartet war auch Hadi dort gewesen und es war ihr sehr leicht gelungen, ihn in ein Gespräch zu verwickeln.

»Typisches Klischee. Muskeln und Hirn vertragen sich nicht«, schmunzelte sie. Hadi hatte ihr brav erzählt, was sie wissen musste, anschließend hatte sie Andre um den Finger gewickelt. Da der nur mit seinem Herzen und seinem Schwanz dachte, hatte er wie ein rolliger dummer Hund sofort zugesagt, alles über den Polizisten herauszufinden.

»Der Polizist hat Hadi schöne Augen gemacht«, hatte sie Andre erklärt. »Er hat sich Hals über Kopf in ihn verliebt und möchte ihn unbedingt kennenlernen, konnte ihn aber nicht auf Instagram finden.« Natürlich hatte sie das zuvor überprüft.

Andres Gutgläubigkeit ging so weit, dass sie ihm jede Lüge hätte auftischen können. Er fraß ihr aus der Hand.

»Schon sehr bald weiß ich, wo du wohnst, und dann werde ich dich töten – Lasse Brandt.«

Seit ihrer Begegnung im Fitnessstudio bekam sie den Polizisten nicht mehr aus dem Kopf. Der Drang, ihm ihr Fleischermesser in die Brust zu rammen, wurde immer größer. Wenn sie ihn töten würde, würde niemand mehr von einer feigen Tat sprechen. Einen Polizisten wie ihn zu töten, war mehr als mutig, davon war sie überzeugt.

KAPITEL SIEBENUNDZWANZIG

»VIELLEICHT HÄTTE ich mir vorher die Aufzeichnung anhören sollen.«

»Warum? Ich bin noch immer der Meinung, dass Nikola Braun nichts mit unseren Ermittlungen zu tun hat.«

»Woher willst du das wissen? Findest du es nicht komisch, dass die Morde ausgerechnet nach ihrem Besuch im Präsidium anfingen?«

»Zufall.« Wirklich überzeugt klangen seine Worte nicht, das spürte Brandt sofort, denn er wusste nicht, was er glauben sollte. Aydins Überlegungen waren nicht von der Hand zu weisen, aber es war sein Bauchgefühl, das ihm sagte, dass Braun in keiner Verbindung zu den Taten stand. Sie war eine kranke Frau, die in Therapie gehörte.

»Was haben wir zu verlieren? Wir haben derzeit keine heiße Spur, der wir folgen können.«

»Mag sein, aber meine Erfahrung sagt mir, dass es selten ein guter Weg ist, Menschen wie Braun Glaubwürdigkeit zu schenken. Indem wir sie aufsuchen, wird sie sich nur in ihrer skurrilen und absurden Gedankenwelt bestätigt fühlen.«

»Und wenn schon? Was juckt uns das.«

Brandt atmete sein Unbehagen aus. Er überlegte, ob er

Aydin reinen Wein einschenken sollte, was das Gespräch anbelangte, das er mit Braun geführt hatte, doch er entschied sich dagegen und hoffte, dass Braun nicht darauf zu sprechen kommen würde. Wenn sie Glück hätten, war sie nicht zu Hause oder befand sich schon in professioneller Obhut.

Nikola Brauns Wohnung lag in Mülheim, somit rechtsrheinisch wie das Polizeipräsidium. Urkölner legten viel Wert auf diese Unterscheidung, für Hinzugezogene wie Brandt war das relativ egal.

Sie erreichten die Anschrift und Brandt fand einen Parkplatz vor dem Wohnblock.

Beide stiegen aus und traten an die Klingelanlage. Aydin betätigte die Klingel. Mit einem Mal wurde Brandt nervös, dabei gab es keinen Grund dafür, da von Braun keine Gefahr ausging. Dennoch spürte er, dass sein Herzschlag sich beschleunigte und die Anspannung stieg.

Keine Reaktion auf das Klingeln.

»Ausgeflogen«, kommentierte Brandt und fühlte sich etwas erleichtert.

Aydin drückte erneut auf die Klingel. Wieder keine Reaktion.

»Komm, lassen wir es. Ich sagte doch, das mit der Braun war keine gute Idee und zeigt nur, wie hilflos wir sind, dass wir uns an jeden Strohhalm klammern.«

»Zu wem wollen Sie?«, hörte Brandt da eine Stimme hinter seinem Rücken.

»Wir möchten zu Nikola Braun«, sagte Aydin. Als Brandt sich umdrehte, blieb ihm für eine Sekunde die Luft weg. Vor ihnen stand Nikola Braun. Da Aydin nicht wusste, wie sie aussah, konnte er nicht wissen, dass sie die Gesuchte war.

»Ich bin Frau Braun. Sie kenne ich. Sie sind doch Lasse Brandt, oder?«

»Ja, wir hatten bereits das Vergnügen.«

»Und wie kann ich Ihnen helfen?« Etwas war anders an ihr.

Brandt konnte nicht sagen, was es war, aber sie wirkte seltsam abwesend, als wäre sie nicht ganz bei der Sache.

»Es geht um das Gespräch, das Sie mit meinem Kollegen geführt haben. Sie haben vorhergesagt, dass er es sehr bald mit einem Serientäter zu tun haben würde.«

»Welches Gespräch?« Braun wirkte irritiert, sie kramte in ihrer Tasche. Vermutlich suchte sie ihren Wohnungsschlüssel.

»Das Gespräch im Präsidium«, erklärte Aydin. »Es ging darum, dass Ihre Gedanken irgendwann Realität würden.«

Endlich fand sie ihren Schlüssel, dann schaute sie zu Aydin. »Vergessen Sie das alles. Ich war da nicht ganz beisammen. Keine Ahnung, was mich in dem Moment geritten hat, Herr Aydin.«

»Wir würden uns trotzdem gerne kurz mit Ihnen unterhalten.«

»Dafür gibt es keine Veranlassung. Ich will nur meine Ruhe. Bin eh spät dran, lassen Sie mich bitte durch.« Sie tat, als würde sie sich zwischen den beiden hindurchdrängeln, dabei hatte sie reichlich Platz. Sie trat an die Haustür und öffnete sie.

»Darf ich Ihnen eine Frage stellen?«

»Wenn es denn sein muss. Ich bin in Eile, sehen Sie das nicht?«

»Wo waren Sie am 8. März?«

»Warum? Wurde da jemand ermordet und jetzt machen Sie mich dafür verantwortlich?«

»Reine Routinefrage.«

»Ich war zu Hause, wie die meiste Zeit. Ich arbeite von zu Hause aus. Reicht das?«

»Danke«, blieb Aydin vage. Brandt schwieg noch immer.

»Hören Sie, es war ein Fehler, dass ich Ihren Freund mit meinen Problemen behelligt habe. Ich weiß, dass ich Probleme habe und mich diesen stellen muss. Wenn ich Sie wäre, würde ich trotzdem auf ihn achtgeben. Sie würden den Tod Ihres besten Freundes nicht verkraften.«

Als sie in den Hausflur trat, drehte sie sich noch einmal um und flüsterte: »Es beginnt.« Dann verschwand sie im Haus und die Tür fiel ins Schloss.

»Ich sagte doch, die hat nicht mehr alle Latten am Zaun.« Brandt versuchte zu schmunzeln, damit Aydin begriff, dass man Brauns Worte nicht ernstnehmen dürfe, aber ein kleines Detail verschwieg er: Er hatte Braun gegenüber nie Aydins Namen genannt, dennoch hatte sie ihn damals im Präsidium und eben in dem kurzen Gespräch genutzt. Er hatte das absichtlich unkommentiert gelassen, trotzdem stellte sich ihm die Frage, woher sie Aydin kannte, denn sein Dienstpartner hatte sich nicht ausgewiesen. Die einzige logische Erklärung dafür war, dass sie irgendwo einmal ein Foto von ihm gesehen hatte.

»Ich weiß nicht, mir kam es eher so vor, als hätte sie vor etwas Angst.«

»Du spinnst. Ich hoffe nicht, dass du glaubst, sie würde in irgendeiner Verbindung mit dem Täter stehen.«

»Ehrlich gesagt nicht. Trotzdem ...«

»Entspann dich. Wie es scheint, hat sie begriffen, dass sie Probleme hat, und sich in professionelle Hände begeben.«

»Woher kannte sie meinen Namen?«

»Den habe ich im Gespräch auf dem Präsidium mit ihr genannt, gleich nach der Begrüßung und dem Hinweis, dass ich das Gespräch allein führen würde, weil du nicht im Büro bist. Das war, bevor ich die Aufzeichnung gestartet habe«, erklärte Brandt für den Fall, dass Aydin sich den Mitschnitt noch anhören würde. Brandt hatte die Aufzeichnung recht früh abgebrochen, als er zu der Überzeugung gelangt war, dass Braun eher einen Psychiater als einen Polizisten benötigte.

»Und wie kommt sie darauf, dass wir Freunde sind?«

»Keine Ahnung. Vielleicht hat sie zu viele Krimis im Fernsehen gesehen und denkt, alle Kollegen sind befreundet. Am Ende ist das doch völlig egal. Wichtig ist, dass wir uns nicht weiter mit ihr beschäftigen und uns endlich um unseren Fall kümmern.«

»Du hast ja recht, aber ...«

»Nix aber. Einmal tief Luft holen. Wenn ich geahnt hätte, was für einen Aufriss du und Walter machen, hätte ich nie etwas von dem Gespräch mit ihr erzählt. Dass ich mich überhaupt habe überreden lassen, hierherzukommen ...« Brandts Stimme gewann an Schärfe und er schüttelte verärgert den Kopf. Dass ihn tief in seinem Inneren zweifelnde Fragen bewegten, konnte und wollte er nicht zeigen.

»Gut, du hast gewonnen«, gab Aydin endlich klein bei.

»Das hat nichts mit gewinnen zu tun. Ich fühle mich geschmeichelt, dass du und Walter sich Sorgen um mich machen, das bedeutet mir sehr viel. Aber gerade wir als Kriminalpolizisten riskieren jeden Tag unser Leben, das sollte uns bewusst sein.«

Aydin presste die Lippen zusammen und nickte zustimmend. Dennoch sah Brandt ihm an, dass ihn etwas beschäftigte. Er war jedoch nicht so leichtsinnig, ihn darauf anzusprechen. Schon am nächsten Tag würde Aydin alles wieder vergessen haben, weil der aktuelle Fall ihre volle Konzentration erforderte.

Brandts Handy klingelte. Er kannte die Nummer nicht.

»Kölner Polizei, Brandt am Apparat.«

»Moin. Hier ist Fiete. Vielleicht habe ich Hinweise für euch.«

»Sind Sie in der Kneipe?«

»Bin ich, wo sonst.« Fiete lachte.

»Sehr gut. Wir sind in einer Stunde bei Ihnen«, antwortete Brandt und beendete das Gespräch. »Das war der Wirt aus der Kneipe in Westhoven.«

»Und was sagt er?« Aydin hatte das Gespräch nicht mithören können.

»Dass er möglicherweise Informationen hat. Ich schlage

vor, wir suchen zuerst die Nachbarin von Reil auf, dann Fiete.«

»Passt.«

Aydin ging voraus, Brandt zwei Schritte hinter ihm. Plötzlich spürte er einen Luftzug im Nacken. Er drehte sich um und sein Blick wanderte zu einem Fenster im ersten Stock. Jemand beobachtete ihn von dort: Nikola Braun.

Knapp eine Stunde später betraten sie die Kneipe von Fiete. Das Gespräch mit der Nachbarin hatte leider keine neuen Erkenntnisse gebracht, daher ruhten alle Hoffnungen auf dem Kneipenbesitzer.

»Pünktlich wie die Preußen«, grüßte dieser sie sichtlich gut gelaunt. »Wollt ihr ein Bier?«

»Heute nicht. Vielen Dank«, antwortete Brandt und reichte ihm die Hand zur Begrüßung, Aydin tat es ihm gleich.

»Glaubt ihr, dass es derselbe Mörder ist, der dem armen behinderten Jungen die Kehle aufgeschnitten hat?«

»Davon gehen wir leider aus.«

»Schlimme Sache. Wie kann man so skrupellos sein?«

»Soziopathen oder psychopathischen Personen fehlt es oft an Empathie und Mitgefühl, sie werden meistens von einem Drang oder Zwang zu ihren Taten verleitet. Wir halten es derzeit für wahrscheinlich, dass der Mörder sich in einem Blutrausch befindet, daher ist es sehr wichtig, dass wir so schnell wie möglich in Erfahrung bringen, mit wem Dirk Reil in den letzten Tagen seines Lebens Kontakt hatte«, erklärte Aydin.

»Echt eine kranke Scheiße. Die Menschen werden immer brutaler. Wo soll das nur hinführen? Ich bin froh, dass ich schon sechzig bin. Jetzt noch mal auf die Welt kommen möchte ich nicht. Zu meiner Jugend waren die Menschen herzlicher und gemeinschaftlicher, da zählte das Wir-Gefühl. Heute denkt ja jeder nur noch an sich. Da darf man sich nicht wundern, wenn jemand, der sich benachteiligt fühlt, so eine Scheiße macht.«

Darauf, dass die Zeiten früher auch nicht so rosig gewesen waren, wie Fiete es darstellte, wies Brandt ihn lieber nicht hin. Stattdessen sagte er: »Sie hatten am Telefon erwähnt, dass Sie Hinweise hätten, die uns weiterhelfen könnten.«

»Genau. Ihr solltet euch mal mit Bernd unterhalten.«

»Mit Bernd? Stand er in Kontakt mit Dirk Reil?«

»Ja, einige Tage vor seinem Tod. Bernd war gestern hier und hatte sich schon gewundert, warum Dirk nicht auf seine Nachrichten reagierte. Da habe ich ihn gefragt und er meinte, dass er ihn am 6. März zuletzt getroffen hätte, in seiner Wohnung.«

Brandt horchte auf. Hatten sie endlich eine Person, die Reil außerhalb der Kneipe getroffen hatte? Es wäre auch sehr ungewöhnlich gewesen, dass jemand, der regelmäßig in einer Kneipe war und sich betrank, überhaupt keine sozialen Kontakte hatte. Auszuschließen war es zwar nicht, aber gerade in Kneipen und in alkoholisiertem Zustand bahnten sich Bekanntschaften oder Freundschaften schnell an.

»Wie heißt Bernd weiter und wo wohnt er?«

»Bernd Hommel heißt der gute Mann. Er wohnt in der Mainstraße 45. Ist nicht weit von hier.«

»Danke. Haben Sie vielleicht eine Handynummer?«

»Mist«, entfuhr es Fiete. »Ich wusste doch, dass ich was vergessen habe.«

»Nicht schlimm. Wir versuchen einfach unser Glück. Wenn nicht, finden wir seine Mobil- oder Festnetznummer schon heraus.«

»Ich hoffe, er kann euch helfen. Schreckliche Vorstellung, dass dieser Wahnsinnige weitere Menschen ermorden könnte.«

»Wir werden das zu verhindern wissen.«

»Wenn nicht die Hamburger Jungs, wer sonst soll so einen komplexen Fall aufklären?«, lachte Fiete und fuhr sich über seinen Bart. »Ich halte weiter die Ohren und Augen offen, möglich, dass die Tage noch weitere Hinweise eintrudeln.«

»Machen Sie das. Sie können sich jederzeit bei mir oder meinem Kollegen melden.«

Beide Beamten verabschiedeten sich von Fiete und verließen die Kneipe.

»Das sind nur fünfhundert Meter«, sagte Aydin, der die Anschrift in seinem Handy in die Navi-App getippt hatte.

»Das sollte zu Fuß machbar sein, oder?«

»Witzig.« Aydin verstand die Spitze und schritt voraus. »Nur zu deiner Info, ich habe wieder ein Kilo abgenommen.«

»Das freut mich.« Mehr sagte Brandt nicht, er wollte nicht erneut gemein sein. Gerade bei seinem Gewicht konnte Aydin manchmal schnell einschnappen, dabei war er alles andere als dick. Seit der Geburt seiner Tochter war sein körperlicher Zustand allerdings nicht mehr wie zuvor, was Aydin auch nicht störte und Brandt ebenso wenig. Wenn er ihn damit aufzog, dann nur mit dem Ziel, dass Aydin sich mehr um seinen Körper kümmerte. Schließlich war Sport gesund.

Schon bald erreichten sie die Anschrift und Aydin klingelte bei Hommel. Er wohnte in einem Mehrfamilienhaus, das recht gepflegt aussah.

KAPITEL ACHTUNDZWANZIG

DER FERNSEHER LIEF, aber sie war mit ihrem Handy beschäftigt, weil sie mit dem Ergebnis ihrer Reinigungsaktion nicht zufrieden war. Der Bodenbelag wirkte sauber, da hatte das Bleichmittel gute Arbeit geleistet, nur beim Sessel nicht. Der Wirkstoff hatte die Farbe und das Material des Sessels angegriffen. Daher suchte sie nun nach einem neuen. Es war Zeit, etwas Geld in die Hand zu nehmen.

Zum Glück war es nicht ihr Geld, sondern das von Dirk. Sie hatte ohnehin kein Erspartes. Ihr Job hatte bisher zu wenig abgeworfen, als dass sie hätte Geld sparen können, aber das würde sich sehr bald ändern, sobald sie den Job am Empfang bekäme.

»Dann könntest du endlich Geld zurücklegen.«

Wie viel das wohl werden könnte?

»Wieso hast du Andre nicht gefragt, du Idiot?«, machte sie sich Vorwürfe. »Na, weniger als in diesem Drecks-Call-Center wird es wohl nicht werden. Die haben mich echt ausgebeutet.«

Ihr Handy leuchtete auf und vibrierte. Sie hatte es für einen Moment neben sich auf die Couch gelegt. Nun hob sie es auf und sah, dass Andre ihr geschrieben hatte.

»Vermisst das kleine Ferkelchen schon sein Herrchen?«

Sie las die Nachricht.

Hey, hoffe, du genießt deinen freien Tag.

Mehr oder weniger, ich putze,

antwortete sie, was gar nicht mal gelogen war. Das Entfernen des Blutes war schon eine anstrengende Putzaktion gewesen.

Verstehe. Schön, dass du so fleißig bist. Ich glaube, ich habe gute Neuigkeiten.

Dann schieß los. Kein Grund, es spannend zu machen.

Sie hatte nie verstanden, warum Menschen nicht gleich zum Punkt kamen. Erwartete Andre, sie würde jetzt antworten, dass sie aufgeregt sei und unbedingt wissen wolle, um welche guten Neuigkeiten es sich handele? Wenn ja, konnte er lange darauf warten, sie war keine dieser naiven Tussis.

Habe schon ein erstes Feedback wegen deiner Bewerbung bekommen. Es sieht sehr gut aus. Die Kollegin meldet sich morgen bei mir.

Das sind wirklich gute Nachrichten. Meinst du, ich kriege die Zusage morgen?

Die Antwort kam prompt, wie nicht anders zu erwarten von Andre.

Davon gehe ich sehr stark aus. Würde mich jedenfalls wundern, wenn nicht.

Du weißt, dass ich mich auf dich verlasse. Ich habe keine andere Bewerbung geschrieben.

Keine Sorge, ich habe dir versprochen, dass du den Job bekommst, also wird das auch so eintreten. Du kannst mir vertrauen. Ich würde dich niemals enttäuschen.

Über diese Antwort war Sie sehr erleichtert. Zu oft hatte sie schon erlebt, dass Männer etwas zusagten oder versprachen und sich dann alles in Luft auflöste. Aber Andre schien anders zu sein. Er schien sich richtig reinzuhängen.

»Logisch, er ist dir hörig und will Sex.« Sie schmunzelte. Es war ein gutes Gefühl, dass sie Andre so weit hatte, dass er ihr bald aus der Hand fressen würde. Menschen zu manipulieren und für ihre Zwecke gefügig zu machen, gelang ihr recht gut. Andre war nicht der einzige Mann, der alles für sie tat, ohne Fragen zu stellen. Es gab da noch einen anderen und im Gegensatz zu Andre vertraute sie ihm blind, weil er seine Loyalität bereits unter Beweis gestellt hatte, auch wenn sie ein paar Sicherheitsnetze eingebaut hatte.

Niemals?,

schrieb sie Andre zurück. Es war eine Fangfrage.

Niemals. Das verspreche ich dir.

Sehr gut. Ich werde dich daran erinnern, und wehe, du enttäuschst mich dann.

Das werde ich nicht.

Sie lächelte. Andre war an der Angel, er zappelte auch nicht mehr. Sein Leben gehörte ihr.

Was kriege ich eigentlich an Gehalt?

Du steigst mit 30.000 Euro ein, nach der Probezeit gibt es einen Zuschlag.

»30.000!« Sie schnalzte mit der Zunge, das war viel Geld. Sie hatte noch nie einen Job gehabt, bei dem sie diese Summe im Jahr verdient hatte. In dem Call-Center hatte man ihr 10 Euro die Stunde gezahlt, also 1.600 Euro im Monat. Das hieß, dass sie in ihrem neuen Job fast 1.000 Euro, genauer gesagt 900 Euro, mehr bekommen würde. Das war ein Haufen Kohle.

Sehr gut. Damit hatte ich auch gerechnet,

antwortete sie, da sie Andre nicht das Gefühl geben wollte, dass sie absolut zufrieden war. Es war besser, die Leine kurz zu halten.

So, ich muss Schluss machen, habe gleich eine Besprechung. Genieß deinen Tag. Ich hoffe, dass wir uns morgen sehen können, wenn du magst.

Das hängt von dir ab. Wenn du herausfindest, wer dieser Polizist ist, dann sicherlich. Ich wollte morgen ins Gym zu Saad, wäre schön, wenn ich ihm da schon verraten könnte, wer sein Traummann ist.

Ich bin dran. Bis morgen hast du seine Kontaktdaten und dann

*kann Saad ihn auf Facebook oder Instagram oder sonst wo
anschreiben.*

Gut,

antwortete sie. Danach, ihm etwas Schönes zu schreiben,
war ihr nicht.

Bis morgen, freue mich ganz dolle.

Die letzte Nachricht ließ sie unbeantwortet.

»Ganz dolle. Was ist das für ein Unsinn? Er ist doch kein
pubertierender Junge. Manchmal ist der echt peinlich. Und
dann dieses Emoji mit dem Herz. Kein Wunder, dass er so
lange Single ist. Er kann froh sein, dass ich ihn brauche. Der
Job und die Kohle sind sehr wichtig.«

Ihr Handy vibrierte erneut, sie schaute aufs Display. Die
Nachricht war von Zoran. Auf den hatte sie nun überhaupt
keine Lust. Sie legte ihr Handy weg. Seit sie wusste, dass sein
Sohn bei ihm wohnte, war er von ihrer imaginären Todesliste
getilgt.

Sie fischte sich eine Kippe aus der Zigarettenschachtel,
zündete sie an und nahm einen Zug. An das Nichtstun
könnte sie sich gewöhnen. Aber Nichtstun bedeutete in
Deutschland, dass man kein Geld verdiente, und ohne Geld
funktionierte das Leben nicht.

»Bedingungsloses Grundeinkommen ist die Antwort. Aber
die Politik hat ja nicht den Mumm, das umzusetzen.« Sie
nahm einen weiteren Zug.

Ihr Handy klingelte.

»Wehe, das ist Zoran, diese Schwuchtel.« Sie warf einen
Blick aufs Display und sah, dass es ihre Mutter war. »Was ruft
die jetzt an? Wir haben uns doch erst vor Kurzem gesehen.«
Sie überlegte, ob sie den Anruf annehmen sollte, und ließ es
noch drei Mal klingeln. Dann überwand sie sich und nahm
das Gespräch entgegen.

»Ja, Mama.«

»Hallo, Kind, geht es dir gut?«

»Kann nicht klagen. Dir?«

»Mir so weit auch. Ich bin nur etwas durch den Wind.«

»Warum?« Eigentlich wollte sie es gar nicht wissen, sie eignete sich ganz schlecht als Kummerkasten, aber ihre Mutter würde es ihr ja doch erzählen.

»Wegen Johannes.«

»Johannes?«

»Hast du das nicht mitbekommen?«

»Was?«

»So ein Unmensch hat den armen Johannes ermordet. Es stand ganz groß in der BILD-Zeitung.«

»Du meinst diesen behinderten Mongo?«

»Sprich nicht so über ihn.«

»Wieso? Er war doch behindert. Was hast du mit diesem Jungen am Hut?« Sie verdrehte genervt die Augen.

»Ich bin sehr gut mit seiner Mutter befreundet.«

»Seit wann denn das?«

»Seit einigen Jahren. Wenn du dich öfter bei deiner Mutter blicken lassen würdest, wüsstest du das. Kind, wir haben doch nur noch uns. Du siehst, wie schnell das gehen kann.« Verzweiflung war in ihrer Stimme zu hören.

»Entspann dich. Vermutlich war er selbst schuld, dass er ermordet wurde. Das kannst du doch mit uns gar nicht vergleichen.«

»Wie kannst du nur so kaltherzig sein? Er war noch so jung. Das liegt bestimmt daran, dass du alleine lebst. Ich verstehe eh nicht, dass du alleine wohnst, wo ich doch so ein großes Haus habe. Allein die Miete, die du unnötig zahlst ...«

»Lass das, Mutter. Ich werde niemals in dieses Haus ziehen, und wenn du meinen Rat willst, verkauf es und kauf dir eine Zweizimmerwohnung. Dieses Haus macht dich kaputt. Diese ganze negative Energie. Dass du dir antust, ist mir ein Rätsel.«

»Du übertreibst. Warum sollte ich das Haus verkaufen?«

»Weil es ein Horrorhaus ist!«, wurde sie laut.

KAPITEL NEUNUNDZWANZIG

»JA, BITTE«, sprach sie ein Mann an, als sich die Haustür öffnete.

»Guten Tag. Sind Sie Bernd Hommel?«, fragte Brandt und merkte erst jetzt, dass sie Fiete gar nicht gefragt hatten, wie Hommel aussah.

»Der bin ich. Worum geht es? Ich hoffe, Sie sind keiner von den Zeugen Jehovas oder so?«

»Nein, wir sind von der Kölner Kriminalpolizei.«

»Und was wollen Sie von mir?«

»Wir sind wegen Dirk Reil hier. Fiete, der Kneipenbesitzer, hat uns erzählt, dass Herr Reil und Sie miteinander bekannt waren.«

»Jetzt verstehe ich. Schlimme Sache. Darf ich Ihre Dienstmarken sehen?« Hommel schien ein sehr vorsichtiger Zeitgenosse zu sein.

Beide Kriminalpolizisten zeigten ihre Dienstausweise. Hommel sah sich die Ausweise gründlich an, dann gab er sie zurück und schaute Aydin an. »Sie sehen auf dem Foto irgendwie anders aus.«

»Mein Bart fehlt auf dem Foto.«

»Steht Ihnen besser. Ich verstehe eh nicht, warum die jungen Leute heute alle Bart tragen.«

»Dürfen wir kurz eintreten?«, fragte Brandt.

»Dürfen Sie nicht. Meine Putzfrau ist gerade da und ich möchte nicht, dass Sie mit Ihren Schuhen Schmutz ins Haus bringen. Aber wir können auf meine Terrasse gehen.« Bevor Brandt etwas erwidern konnte, knallte die Tür ins Schloss.

»Komischer Vogel«, murmelte Brandt. Kurz darauf öffnete sich die Haustür wieder. Hommel hatte Schuhe und Jacke angezogen, da es mit 12 Grad Außentemperatur doch recht kühl war.

»Wenn Sie mir bitte folgen wollen.«

Sie folgten ihm hinter das Gebäude, wo ein großzügiger Garten im Innenhof angelegt war. Die unteren Wohneinheiten hatten alle eine kleine Terrasse, auf eine davon steuerten sie zu.

»Nehmen Sie doch Platz«, bat er die beiden und setzte sich auf einen freien Stuhl.

Brandt und Aydin nahmen ihm gegenüber Platz.

»Wie gut kannten Sie Dirk Reil?«, fragte Brandt.

Hommel schnaubte leise, dann rümpfte er die Nase, formte die Augen zu Schlitzen und richtete sich auf. Anschließend wischte er sich mit dem Zeigefinger unter der Nase entlang und antwortete endlich: »Recht gut. Ich kenne Dirk seit bestimmt zwanzig Jahren. Unsere Frauen waren befreundet und über sie haben wir uns auch angefreundet.« Er schüttelte den Kopf. »Na ja, angefreundet wäre zu viel gesagt, wir verstanden uns gut und trafen uns gerne. Dirk war schon immer etwas seltsam, ein Eigenbrötler. Ohne seine Frau war er nicht mehr so unternehmungslustig. Sie war definitiv der Antreiber für seine Unternehmungen. Als sich meine Frau von mir getrennt hat, brach der Kontakt ab und dann starb auch noch seine Frau. Schlimme Sache.«

»Sie hatten aber in letzter Zeit regelmäßig Kontakt?«,

fragte Brandt weiter. Er konnte Hommel noch nicht so recht einschätzen. War er nur ein Zeuge oder vielleicht doch mehr?

»Was heißt regelmäßig?«

»Mehrmals die Woche?«

»Nein, das nicht. Manchmal sahen wir uns schon öfters die Woche, weil er so gut wie jeden Tag in der Kneipe war. Ihn zu finden, war nicht schwer. Dann haben wir uns aber auch mal eine Woche gar nicht gesehen.«

»Hatten Sie nur in der Kneipe Kontakt?« Brandt war etwas enttäuscht, er hatte sich nach dem Gespräch mit Fiete mehr von Hommel versprochen.

»Nein, ich war schon mal bei ihm und habe ihn auch hin und wieder zu mir eingeladen, aber er hat die Einladungen nur selten angenommen. Dirk hat mir leidgetan. Im Herzen war er ein guter Mensch, etwas antriebslos und einer dieser Männer, die gerne eine starke Frau an ihrer Seite haben. Eben so ganz anders als ich.«

»Wann haben Sie sich das letzte Mal gesehen?«

»Das war am 6. Ich war bei ihm.«

Wenigstens log er nicht, stellte Brandt fest. Die Angabe deckte sich mit der von Fiete.

»Wie war er drauf?«

»Erstaunlich gut. Er hatte nichts getrunken, war also nüchtern und meinte, dass sich alles zum Guten wenden würde.«

»Inwiefern?«

»Er hatte Geld beim Wetten gewonnen, eine größere Summe.«

»Wissen Sie, wie hoch die Summe war?«, fragte Aydin und kam damit Brandt zuvor.

»Nein, ich habe nicht gefragt, habe mich aber für ihn gefreut. Er meinte, dieser Gewinn wäre ein Zeichen, dass es an der Zeit sei, dass er sich endlich um sich kümmerte. Nur er könne den Karren aus dem Dreck ziehen. Ich bestärkte ihn in seinen Worten und hoffte, dass es nicht nur leere Hülsen blieben. Der Alkohol kann ein ganz gemeiner Schnorrer sein, der nicht so schnell von einem lässt. Erst recht nicht von jemandem, der so devot veranlagt war wie Dirk.«

»Devot?« Aydin schien sich wie Brandt an dem Wort zu stören.

»Ja, devot. Ich sagte Ihnen doch, er war kein Mann der Worte oder Taten. Seine Frau hatte in der Beziehung die Hosen an, aber ihm gefiel es, wenn er rumkommandiert wurde.«

»Hat er Ihnen etwas von Problemen oder Schwierigkeiten erzählt?«, erkundigte sich Brandt und lenkte das Gespräch wieder auf das Wesentliche, obwohl er noch immer der Meinung war, dass devot nicht der passende Ausdruck für die Persönlichkeit Reils war. Das tat aber gerade nichts zur Sache.

»Nein. Er war sehr verschlossen, hat selten über sein Privatleben und das, was ihn beschäftigte, gesprochen.«

»Es wäre doch möglich, dass jemand von dem Wettgewinn erfahren hat.«

»Das ist sehr gut möglich. Er prahlte gerne, vermutlich um von anderen Problemen abzulenken.«

»Hat er Ihnen verraten, woher der Wettgewinn stammte?«

»Wie meinen Sie das?«

»Hat er online oder in einem Wettbüro gespielt?«, präzisierte Brandt seine Frage. Sein Instinkt sagte ihm zwar, dass Reil nicht online gespielt hatte, das hätte Fischer herausgefunden, dennoch war es möglich, dass er über eine Wett-App gespielt hatte. Schließlich hatten sie das Handy noch immer nicht gefunden, und daran, dass sie es finden würden, glaubte Brandt nicht.

»Das weiß ich nicht. Bis dahin wusste ich nicht einmal, dass er überhaupt spielt. Er hatte nicht gerade viel Geld, das meiste ist ja für den Alkohol draufgegangen und selbst den konnte er nicht immer bezahlen. In Fietes Kneipe hat er oft anschreiben lassen.«

»Wissen Sie, ob er regelmäßig oder erst in letzter Zeit noch Kontakt zu anderen Personen hatte?« Brandt beschäftigte weiterhin die Frage, ob der Gewinn nicht doch der Grund dafür war, dass Reil hatte sterben müssen. Zu gern hätte er in Erfahrung gebracht, wie hoch die Gewinnsumme war.

Aber warum dann das Zurschaustellen der Leiche als Vogelscheuche?

»Da fragen Sie mich was.« Bernd Hommel schaute nach oben, als suchte er die Antwort in dem wolkenlosen Himmel.

Die Terrassenschiebetür öffnete sich und eine junge farbige Frau erschien. »Bernd, ich bin fertig. Möchtest du kurz schauen?«

»Klar. Ich komme.« Hommel wandte sich an die Beamten. »Sie entschuldigen mich einen Moment.« Dann stand er auf, trat an die Schiebetür, zog seine Schuhe aus, hob sie auf und betrat die Wohnung, anschließend zog er die Tür hinter sich zu.

»Glaubst du, die putzt nur bei ihm?«, fragte Aydin.

»Keine Ahnung, ist mir auch herzlich egal, solange Hommel Hinweise auf den Täter hat.« Denn genau das war das Problem: Das Gespräch hatte bisher sehr wenig inhaltlich Neues gebracht, was ihnen half, dem Täter auf die Spur zu kommen.

Hommel ließ sich Zeit, was Aydin ein Lächeln auf die Lippen zauberte.

»Was du wieder denkst«, bemerkte Brandt.

»Na ja, ist doch verdächtig. Was kann daran so lange dauern, zu schauen, ob die Putze alles sauber gemacht hat?«

»Vielleicht muss er noch sein Kleingeld zusammenkratzen.« Brandt versuchte, ernst zu bleiben, was ihm merklich schwerfiel.

»Verzeihen Sie, dass ich Sie habe warten lassen«, machte sich Hommel da bemerkbar. Er kam über den Innenhof zurück, was Brandt etwas schräg fand, denn der Weg durch die Terrassentür wäre viel kürzer gewesen. Vermutlich war Hommel einfach überaus penibel und pedantisch. Warum sonst machte er solch einen Umweg?

Hommel nahm Platz, er wirkte etwas außer Atem und Brandt konnte sich ausmalen, welche Bilder gerade durch Aydins Kopf schwirrten.

»Wie war noch mal Ihre Frage?«

»Ob Dirk Reil außer zu Ihnen auch zu anderen Personen Kontakt hatte.«

»Stimmt. So genau weiß ich das nicht. Ich denke eher ...« Hommel hielt inne. »Doch, warten Sie. Ja, in letzter Zeit gab es da jemanden, mit dem er sich ab und zu traf.«

»Wissen Sie, wer die Person war?«

»Irgendeine Frau, die deutlich jünger war als er. Ich war erstaunt, was eine jüngere Frau von ihm wollte. Ich habe ihn aber nicht darauf angesprochen, weil ich keinen unnötigen Streit vom Zaun brechen wollte.«

»Hatten Sie die Vermutung, dass es eine Escortdame wäre?«

»Ehrlich gesagt, Ja. Er hat ein paar Mal über sie gesprochen, und so, wie er sie beschrieben hat, muss sie sehr dominant und direkt gewesen sein. Vielleicht eine Domina. Ich sagte Ihnen ja eingangs, dass seine Frau in der Ehe die Hosen anhatte. Möglicherweise hat ihm das gefehlt. Was dafürsprechen würde, ist, dass er sie besucht hat.«

»Wissen Sie, wo?« Brandt war unschlüssig, ob diese neue Spur, die unbekannte dominante Frau, ein heißer Tipp war oder doch wieder in eine Sackgasse führen würde. Sein Gefühl sagte ihm, eher das Letztere.

»Gute Frage. Ich bin mir sicher, dass es auf der schäl Sick war, nicht weit von hier.« Hommel überlegte, er runzelte die Stirn. »Ja, genau, er ist nach Gremberghoven gefahren.«

Gremberghoven war ein Stadtteil des Stadtbezirks Porz, wo die Leichen gefunden worden waren. Zufall?

»Hat er Ihnen ihren Namen verraten?«

Hommel ließ sich wieder Zeit mit einer Antwort. »Ich glaube nicht.«

»Aber Sie sagten eben, dass sie deutlich jünger gewesen sei, da wäre es doch möglich, dass er Ihnen auch ihren Namen preisgegeben hat«, beharrte Aydin, er schien etwas genervt von Hommels Art.

»Das eine hat mit dem anderen nichts zu tun. Er hat mir auf seinem Handy ein Foto von ihr gezeigt und behauptet, dass sie seine neue Freundin wäre.«

»Können Sie die Frau beschreiben?«

»Normale Statur, eher schlank als dick. Knapp einen Meter siebzig, denke ich, so man das vom Foto her beurteilen kann. Er hat sie von der Seite fotografiert, ich schätze mal, heimlich.«

»Welche Haarfarbe hatte sie?«

»Dunkel. Eher schwarz als braun. Mittellang, glaube ich. Aber das ist schon eine Weile her und ich habe das Foto nur kurz gesehen. Ich habe ihm nicht geglaubt, dass sie mit ihm befreundet ist. Ich dachte damals, entweder hat er irgendeine junge Frau heimlich fotografiert oder sie ist eine Professionelle. Es hat einfach nicht gepasst, ohne dass ich Dirk zu nahe treten wollte.«

»Können Sie sich noch an weitere Details auf dem Foto erinnern?«

»Nein, keine Ahnung. Wie gesagt, es war nur ein kurzer Augenblick. Ich hätte es auch längst vergessen, wenn er sie nicht immer mal wieder erwähnt und erzählt hätte, dass er nach Gremberghoven zu ihr fahren würde. Am Ende konnte es mir ja egal sein, mit wem er sich traf, Hauptsache, er kam raus aus seinem Trott. Nur die Kneipe und seine Wohnung, da wird man ja depressiv.«

»Versuchen Sie sich bitte zu erinnern. Möglicherweise hat

er einmal ihren Vornamen erwähnt.« Brandt wollte nicht lockerlassen. Dass Reil mit einer jüngeren Frau angab, aber ihren Namen nicht nannte, konnte sich Brandt kaum vorstellen.

»Hat er nicht. Sie hören mir nicht zu«, wurde Hommel plötzlich unwirsch. »Er hat sie nur wenige Male erwähnt und mir einmal ein Foto von ihr gezeigt, das wars. Wir haben uns nicht weiter über diese Frau unterhalten. Warum sollte denn ausgerechnet eine Nutte ihn töten und dann als Vogelscheuche auf dem Feld aufstellen? Das ergibt doch keinen Sinn.«

»Kein Grund, ausfallend zu werden, beruhigen Sie sich bitte. Wir stellen diese Fragen nur, um den Täter zu finden, da ist es wohl nicht zu viel verlangt, dass Sie sich etwas Mühe geben.« Brandts Worte waren scharf und bestimmt. Unbewusst hob er die Brust, was augenscheinlich Eindruck auf Hommel machte.

»Verzeihen Sie, das hätte ich nicht sagen dürfen. Das alles belastet mich ziemlich. Immerhin kannte ich Dirk ganz gut, und dass man ihn auf diese Weise ermordet, zudem hier in der Nachbarschaft, ist schwer zu verdauen. Wenn außerdem stimmt, was die BILD-Zeitung spekuliert, dass nämlich ein Bekannter hinter den feigen Morden an Dirk und diesem Johannes steckt, dann wird mir ganz anders zumute. Wer weiß, wen er sich als nächstes Ziel aussucht.«

»Wir verstehen Ihre Sorgen. Daher ist es sehr wichtig, dass Sie versuchen, sich zu erinnern. Womöglich ist Herrn Reil doch einmal ein Name rausgerutscht. In einem Nebensatz. Vielleicht, als er Ihnen das Foto gezeigt hat«, bemühte sich nun Aydin deutlich freundlicher, Hommels Erinnerungen auf die Sprünge zu helfen.

Doch der schüttelte nur den Kopf, dann schloss er die Augen und berührte mit seinen Fingern die Schläfen, als versuchte er, Aydins Aufforderung umzusetzen. Auf Brandt wirkte das Ganze etwas skurril, aber wenn es half, warum nicht.

Als Hommel die Augen wieder öffnete, schüttelte er erneut den Kopf. »Da ist nichts. Er hat mir ihren Namen nicht verraten. Tut mir leid. Warum versuchen Sie es nicht in der Kneipe? Vielleicht weiß Fiete, wie sie heißt.«

»Eher nicht. Wir hatten bereits ein Gespräch mit ihm«, antwortete Brandt. Dennoch würden sie ihn noch einmal fragen, schaden konnte es nicht. Es konnte ja sein, dass Fiete es nicht erwähnt hatte, weil er keinen Grund dafür gesehen oder schlicht nicht mehr daran gedacht hatte. Brandt hatte schon alles Mögliche erlebt, daher schloss er auch selten grundsätzlich etwas aus.

»Dann kann ich nicht helfen. Das tut mir leid.«

»Hier ist meine Karte. Falls Ihnen doch noch etwas einfallen sollte, rufen Sie uns bitte an.«

»Mach ich.« Hommel stand auf, die Beamten ebenfalls. Er begleitete sie zum Vorgarten des Mehrfamilienhauses. »Ich drücke Ihnen die Daumen, dass Sie das Monster schnell fassen.«

»Danke«, antwortete Aydin und die beiden entfernten sich.

»Warten Sie«, rief Hommel ihnen nach.

Die beiden Polizisten stoppten.

»Dass ich nicht vorher darauf gekommen bin.«

»Worauf?«

»Wer vielleicht wissen könnte, wer diese Frau ist. Komisch, dass auch Fiete nicht daran gedacht hat.«

»Wen meinen Sie denn?«

»Na, Marcello.«

»Wer ist Marcello und wo finden wir ihn?«

»Das ist nicht weit von hier. Ihm gehört das Büdchen in dem Wohnpark, wo Dirk gewohnt hat. Dirk war dort Stammkunde, er kaufte sein Bier immer da. Vielleicht weiß er, wer diese Frau ist.«

»Danke.« Brandt ärgerte sich, dass er nicht selbst darauf gekommen war. Reil war Alkoholiker, also musste er sich regelmäßig seinen Stoff beschaffen, und Menschen wie er kauften den Alkohol da, wo er am nächsten war – abgesehen vom Preis.

Wenn er Stammkunde in dem Büdchen war, war es mehr als wahrscheinlich, dass Marcello und Reil das ein oder andere Wort gewechselt hatten.

Die beiden Beamten eilten zu dem Büdchen.

»Sollen wir Fiete vorher befragen?«

»Das können wir immer noch machen, wenn dieser Marcello nicht wissen sollte, wer die Frau ist. Zum Glück liegt ja alles dicht beieinander«, antwortete Brandt.

»Ja, hast recht. Und es ist ja nicht mal gesagt, dass diese junge Frau überhaupt in irgendeiner Verbindung zur Tat steht.«

»Das stimmt, trotzdem müssen wir dem nachgehen. Bei unserem Glück ist es wahrscheinlich wieder nur eine andere Escortdame.« Bisher hatten sie wenig Glück gehabt, was ihre Ermittlungen anbelangte, dabei war gerade dieser Faktor häufig von großem Nutzen bei den Mordermittlungen. Vater Glück und Mutter Zufall.

Sie erreichten das Büdchen und traten ein. Ein Kunde war vor ihnen und zahlte gerade. Nachdem er das Büdchen verlassen hatte, gingen die beiden vor die Kasse.

»Hallo. Suchen Sie etwas Bestimmtes?«, fragte ein Junge, der kaum älter als vierzehn war.

»Hallo. Wir suchen Marcello.«

»Das ist mein Vater. Worum geht es denn?«

»Das müssen wir mit deinem Vater besprechen. Wo ist er?«

»Er ist bei Fiete.«

»Danke.« Brandt gab Aydin ein Zeichen, ihm zu folgen. Sie traten wieder nach draußen.

»Besser geht es nicht, so können wir gleich beide befragen«, stellte Aydin fest.

»Genau.« Brandt nickte. Ob es purer Zufall war, dass sich der Büdchenbesitzer und Fiete gerade trafen, oder gab es da irgendeine Verbindung zu Reil und dem Mord?

Was, wenn Hommel Marcello angerufen hat?

Wenig später betraten sie Fietes Kneipe. Nur ein weiterer Gast war anwesend, der am Ende des Tresens saß und gänzlich in sein Bier versunken schien. Fiete unterhielt sich indes mit einer Person, die sicherlich Marcello war. Als beide die Beamten sahen, unterbrachen sie sofort ihre Unterhaltung. Etwas zu abrupt für Brandts Geschmack.

»Und, Jungs, ich hoffe, das Gespräch mit Bernd hat euch weitergebracht.«

»Sind Sie Marcello?«, fragte Brandt und überging damit Fietes freundliche Bemerkung.

»Ja, warum?«

»Herr Hommel hat Sie erwähnt.«

»Warum hat er das?« Marcello wirkte angespannt. Seine Blicke wanderten zwischen Brandt und Fiete hin und her.

»Herr Hommel erzählte uns, dass Herr Reil Stammkunde bei Ihnen gewesen sei. Er habe bei Ihnen immer sein Bier gekauft.«

»Das stimmt. Viele in der Wohnanlage versorgen sich bei mir mit dem Nötigsten. Ich weiß nicht, inwiefern ich Ihnen da behilflich sein kann.« Marcello wirkte noch immer nervös und vorsichtig, als fürchtete er, in etwas hineingezogen zu werden, was er nicht beeinflussen konnte.

»Wir möchten herausfinden, zu welchen Personen Dirk Reil in letzter Zeit Kontakt hatte. Herr Hommel erwähnte eine junge Frau mit dunklen Haaren, normale Statur, eher schlank. Es ist doch sehr wahrscheinlich, dass Herr Reil Ihnen gegenüber etwas über diese Frau erzählt hat.«

Bevor Marcello antworten konnte, klingelte Brandts Telefon.

»Entschuldigen Sie bitte. Aydin, fährst du bitte fort?«

Brandt nahm den Anruf an und begab sich in die hintere Ecke der Kneipe. Bender war am Apparat.

»Wo seid ihr?«, fragte sie.

»In Westhoven, warum?«

»Wir haben eine weitere Leiche gefunden.«

KAPITEL DREISSIG

»ICH FÜRCHTE, dass du mich irgendwann so sehr reizt, dass ich für nichts mehr garantieren kann, Mutter.« Sie kochte vor Wut, ihr Atem ging unregelmäßig und obwohl sie schon die fünfte Kippe rauchte, konnte sie sich nicht beruhigen. »Wie kannst du erwarten, dass ich in dieses Horrorhaus zurückziehe?«

Eine wütende innere Stimme schrie sie an, dass sie ein und für alle Mal mit ihrer Mutter brechen oder, noch besser, ins Auto steigen und ihr das Messer in den Bauch rammen sollte.

»Ich hasse meine Mutter.«

Nein, sie schüttelte den Kopf. Ihre Mutter machte sie rasend vor Wut, aber sie hasste sie nicht.

»Ich habe doch nur noch sie.«

Trotzdem würde sie niemals mit ihr unter einem Dach wohnen wollen, das hatte auch nichts mit dem Haus zu tun.

»Doch!« Sie schlug mit der Faust auf den Couchtisch. Es gab ein lautes Geräusch, als hätte er einen Riss bekommen. Es war ein alter Holztisch, den sie vor einigen Jahren geschenkt bekommen hatte.

»Es reicht! Keine Selbstgespräche mehr.« Sie stand auf und trat an den Kühlschrank, holte eine Dose Bier heraus, öffnete sie und gönnte sich einen großen Schluck daraus. »Nur wegen dir, Mutter, saufe ich. Wegen dir führe ich dieses Leben. Was hätte aus mir werden können, wenn du meinen Erzeuger in die Schranken gewiesen hättest? Meine Lehrerin wollte, dass ich aufs Gymnasium gehe. Aufs Gymnasium!« Ihre Augen wurden feucht, aber es waren keine Tränen mehr da, die ihre seelischen Wunden, die sie seit so vielen Jahren begleiteten, hätten reinigen können. Wunden, die man nicht sah, waren besonders schlimm. Das hatte jedoch nie jemanden interessiert, stattdessen hatte sie sich immer wieder mit Vorwürfen konfrontiert gesehen. Dass sie zu ichbezogen sei, dass sie über zu wenig Empathie verfüge.

»Lügen! Das kommt nur daher, dass ihr mit meinem Selbstbewusstsein nicht klarkommt.« Inzwischen hatte sie die Dose geleert. Im Gegensatz zu den Kippen half das Bier tatsächlich, dass der Schmerz sich etwas abschwächte. Wer kannte schon ihr wahres Ich? Niemand.

»Warte!«, sagte sie dann. »Das stimmt nicht. Es gibt jemanden, der dich gesehen hat, so, wie du bist. Jemand, der immer an deiner Seite steht, loyal, ohne Fragen und ohne Zweifel. Jemand, der viel mehr dein Vater ist als dein dummer Erzeuger: Wiktor.«

Wenn sie an Wiktor dachte, fühlte sie keine Wut, weil er ihr nie eine Veranlassung dazu gegeben hatte, wütend zu sein.

Auf Wiktor konnte sie sich verlassen. Immer.

Ihr Handy vibrierte, sie hatte eine Nachricht bekommen. Da es auf dem Couchtisch lag, konnte sie nicht sehen, von wem sie war. Sie hob das Handy auf.

»Verdammt, was kapierst du nicht daran, dass ich keine Lust auf dich habe?« Ihre Wut war zurück. »Wenn eine Frau nicht antwortet, ist es doch offensichtlich, dass sie keine Lust auf dich hat, oder bist du geil darauf, dass ich dich abschlachte?« Sie hielt kurz inne.

Was, wenn das wieder ein Zeichen war und der Kreis sich schloss? Sie wollte ihn am Leben lassen, weil sein kleiner Sohn bei ihm lebte. Aber was, wenn das Universum längst entschieden hatte, dass er sterben sollte, und ihr somit keine Wahl blieb?

Sie überlegte einen Moment, denn eigentlich glaubte sie nicht an so einen übersinnlichen Mist, dennoch gefiel ihr diese Erklärung.

»Ich töte ihn aber nicht in Gegenwart seines Kindes.«

Sie öffnete die Nachricht von Zoran.

Na du, was machst du Schönes?,

hatte Zoran ihr geschrieben. So was Abgedroschenes, das sprach für seinen einfachen und einfallslosen Charakter. Die Nachricht, die er ihr vor einigen Stunden geschickt hatte, ignorierte sie noch immer.

»Soll ich dem Idioten wirklich antworten?« Sie war unschlüssig.

Ihre Blase machte sich bemerkbar. Das passierte ihr ständig, wenn sie schnell ein Bier getrunken hatte. Sie ging zur Toilette. Nachdem sie sich erleichtert hatte, wusch sie sich die Hände und betrachtete ihr Spiegelbild.

»Du bist einfach eine geile Sau. Kein Wunder, dass Zoran an dir klebt, genauso wie Andre. Wann könnten die ansonsten eine so schöne Frau wie dich ficken? Bei Andre lohnt es sich wenigstens, der liegt dir sexuell zu Füßen. Aber den fetten Kroaten würde ich niemals ficken.«

Sie strich sich eine Haarsträhne aus der Stirn. Unter ihren Augen zeichneten sich blaue Ringe ab, ein Zeichen dafür, dass sie schlecht schlief. Aber warum? Eigentlich hatte sie doch jeden Grund, sich gut zu fühlen. Schon sehr bald würde sie einen coolen neuen Job haben, mit deutlich mehr Gehalt, sodass sie nicht mehr jeden Euro zweimal umdrehen müsste, und sie hatte ein neues tolles Hobby für sich entdeckt: das Morden.

»Trotzdem pennst du schlecht. Fuck.« Sie schnalzte mit der Zunge, trocknete ihre Hände ab und ging zurück ins Wohnzimmer, wo sie es sich mit dem Handy auf der Couch gemütlich machte.

»Tu es«, sagte sie zu sich.

Mich langweilen. Du?,

antwortete sie, womit sie schon mal vorsichtig den Köder auslegte.

Ich bin gerade bei meinen Eltern.

»Wenn du bei deinen Eltern bist, warum stresst du mich dann?«, murrte sie gereizt, denn das bedeutete nur, dass sie ihn wahrscheinlich doch nicht töten könnte, dafür musste man sich treffen. »Wie soll das wohl gehen, wenn der Fettsack bei seinen Eltern ist?«

Bleibst du länger bei ihnen?,

fragte sie. Sie hatte eine Idee. Wenn er alleine bei seinen Eltern war, würde sie ihn auffordern, auf dem Rückweg einen Stopp bei ihr einzulegen. Eigentlich hatte sie etwas Bauchweh, den übergewichtigen Zoran in ihrem Wohnzimmer zu töten, eine andere Möglichkeit gab es jedoch nicht.

»Oder irgendwo auf dem Feld?« Aber würde er sich um die Zeit darauf einlassen, sich mit ihr auf einem Feld zu treffen? Ein Lächeln formte sich auf ihren Lippen. »Klar, jeder Mann denkt mit dem Schwanz. Er wird glauben, dass wir da vögeln.«

Ihr Handy vibrierte erneut.

Nein, bin gleich weg. Habe Lukas zu ihnen gebracht. Einmal im Monat übernachtet er bei meinen Eltern. Sie haben einen sehr engen Kontakt zu ihm und ich finde es wichtig, dass Lukas die Bindung zu seinen Großeltern nicht verliert.

Das Lächeln auf ihrem Gesicht wurde immer breiter, es war fast dem des Jokers würdig.

Dann lass uns doch zusammen eine Pizza bestellen und einen Film schauen.

Sehr gerne. Soll ich zu dir kommen?

Nein, ich komme zu dir, bin gerade bei meiner Mutter, die wohnt ja in deiner Nähe. Oder bist du inzwischen umgezogen?

Sie wollte lieber auf Nummer sicher gehen, aber so, wie sie Zoran einschätzte, war der niemals umgezogen.

Ja, die Anschrift ist noch dieselbe. Passt dir 21 Uhr?

· · ·

Passt!

»Endlich Spaß heute Abend«, sagte sie und legte in freudiger
Erwartung das Handy weg.

Eine weitere Leiche, aber noch immer keine echte Spur, die sie dem Täter näher brachte.

»Es wäre doch auch möglich, dass die Taten in keinem Zusammenhang stehen«, sagte Aydin. Er und Brandt waren gerade auf dem Weg zur Besprechung, die Bender anberaumt hatte.

»Das werden wir möglicherweise gleich erfahren.« Brandts Instinkt sagte ihm jedoch, dass es schon ein komischer Zufall wäre, wenn die Leiche nicht in Verbindung zu ihrem Serientäter stand.

Als sie den Besprechungsraum betraten, saßen bereits alle Kollegen, einschließlich Bender. Brandt warf einen kurzen Blick auf die Wanduhr. Sie waren nicht zu spät.

»Da wir vollständig sind, möchte ich keine Zeit verlieren«, begann Bender. »Uns bleiben leider nur knapp zwanzig Minuten. Auf dem Weg hierher bekam ich einen Anruf von der Direktion, man will mich sprechen.« Bender rümpfte die Nase und rieb sich die Stirn, eine typische Geste, wenn sie unter Strom stand. Brandt hatte eine Ahnung, warum die Herren in Schlips mit ihr reden wollten. Das mediale und somit das öffentliche Interesse an dem Soziopathen wuchs mit jeder Tat.

»Rech, möchtest du direkt loslegen?«

»Klar. Die meisten von euch waren ja gestern am Fundort. Für die anderen sei mein Zwischenbericht erwähnt, den ihr hoffentlich schon gelesen habt. Fotos der Leiche liegen vor euch.« Rech schaute auf seine Unterlagen, um sich zu sammeln. »Wir haben es hier mit einer weiblichen Wasserleiche zu tun, deren Zustand darauf schließen lässt, dass sie bereits längere Zeit im Wasser war. Wie ihr wisst, sind die Fäulnisprozesse im Wasser im Vergleich zu denen an Land um etwa die Hälfte verlangsamt. Bei kaltem Wasser unter 5 Grad kann es Monate dauern, bis eine Leiche an der Oberfläche auftaucht. Die aktuelle Wassertemperatur im Rhein bei Köln beträgt 10 Grad. Aufgrund des schlechten Zustandes der Leiche ist es denkbar, dass sie von der Schraube eines Bootes erwischt wurde und vermutlich deshalb an die Oberfläche gelangte, wo sie an einem Baumstamm hängen blieb. Ein Angler hat den Baumstamm mit der Leiche in der Nähe der Poller Wiesen entdeckt.« Rech holte kurz Luft.

»Überspring das mit dem Fundort und dem Zustand der Leiche, sonst schaffen wir es nicht. Die Kollegen sollen sich, falls sie Fragen haben, nachher an dich wenden. Erzähl uns lieber, ob die Leiche in Zusammenhang mit unseren aktuellen Ermittlungen steht«, bat Bender.

»Ich denke schon. Mit Gewissheit weiß ich das erst nach meinem Termin in der Rechtsmedizin.«

»Und warum glaubst du es?«, fragte Schmoll. »Eine aufgedunsene Wasserleiche dürfte doch viel komplizierter einzuordnen sein, was die Todesursache anbelangt.«

»Meistens ist das so, aber in diesem Fall gab es Messereinstiche sowohl im Rücken der Frau als auch über der linken Brust. Die Einstiche lassen vermuten, dass die gleiche oder eine ähnliche Klinge wie bei dem Mord an Johannes Hirth benutzt wurde. Der Rhein fließt in nordwestlicher Richtung und mündet in die Nordsee, die Poller Wiesen liegen nordwestlich von Porz. Ein weiteres Indiz dafür, dass wir es mit demselben Täter zu tun haben. Fischer ist gerade dabei, die Identität der Leiche festzustellen.« Rech warf dem Kollegen einen Blick zu. »Da wir unter Zeitdruck stehen, würde ich das Wort gerne an ihn weitergeben.«

»Danke.« Bender schaute Fischer an. »Hast du die Identität?«

»Kurz vor der Besprechung hatte ich alle Informationen beisammen. Bei der Leiche handelt es sich um Jana Kohl, zweiundzwanzig Jahre alt, wohnhaft in Zündorf. Ihre Eltern haben vor zwölf Tagen eine Vermisstenanzeige aufgegeben. Das Foto, das sie der Polizei in Porz zur Verfügung gestellt haben, zeigt die gleiche Halskette wie die, die unsere Wasserleiche um den Hals trug. Außerdem passen Körpergröße, Haarfarbe und Statur. Eine weitere Gemeinsamkeit ist ein großes Tattoo am rechten Oberarm. Ich konnte mir ihr Instagramprofil anschauen.«

»Zündorf gehört zu Porz. An so viele Zufälle glaube ich nicht«, schnitt Aydin Fischer das Wort ab.

»Dann solltet ihr die Eltern aufsuchen. Fischer, hast du sie bereits informiert?«

»Nein, das hatte ich nach der Besprechung geplant.«

»Brauchst du nicht mehr. Brandt und Aydin werden das persönlich übernehmen, danke dir. Ich würde die Besprechung hiermit beenden, auch wenn ich weiß, dass wir noch jede Menge offener Fragen haben. Die nächste Besprechung ist heute um 18 Uhr, wenn wir es schaffen. Falls die Ermittlungen dies nicht hergeben, morgen früh um 9 Uhr hier. Danke für eure Teilnahme.«

Bender stand auf und verließ mit Schmoll als Erste den Besprechungsraum. Die anderen Kollegen folgten nach und nach.

»Hast du die Anschrift, Lutz?«, fragte Brandt.

»Gerade an euch weitergeleitet.«

»Danke.«

Fischer nahm seinen Laptop, stand auf und verließ ebenfalls den Raum.

»Meinst du, wir haben es erneut mit demselben Täter zu tun?«, sagte Aydin im Hinausgehen zu Brandt.

»Möglich. Dass in Porz noch ein zweiter Mörder rumläuft, möchte ich mir gar nicht vorstellen.«

»Aber dieser Mord passt nicht zu dem ersten.«

»Du meinst, zu dem zweiten.«

»Dem zweiten?«

»Na, wenn wir es mit demselben Mörder zu tun haben, erfolgte die Tat knapp zwei Wochen vor dem Mord an Dirk Reil, somit ist Jana Kohl das erste Opfer.«

»Stimmt. Aber Reil wurde bloßgestellt, seine Leiche wurde in entwürdigender Position zur Schau gestellt. Wie passt die junge Frau in dieses Muster? Sie wurde erstochen und vermutlich in den Fluss geworden. Von zur Schau stellen ist da wenig zu sehen.«

»Das herauszufinden, ist unser Job, und wir beide sollten hoffen, dass wir es nicht mit einem zweiten Täter zu tun haben, denn was das bedeuten würde, kannst du dir selbst ausmalen. Komm, lass uns keine Zeit verlieren und die Eltern aufsuchen. Das Gespräch wird schwer genug.« Brandt versuchte, sich seine Gereiztheit nicht anmerken zu lassen. Wie es ausschaute, hatten sie drei Leichen und einen Soziopathen, der Gefallen am Töten gefunden hatte. Gleichzeitig hatten sie noch immer keine verwertbaren Hinweise, die sie dem Täter näher brachten. Das gestrige Gespräch mit dem Büdchenbesitzer Marcello war enttäuschend gewesen. Reil hatte zwar hin und wieder Worte mit ihm gewechselt und er hatte auch von der jungen Frau als einer guten Freundin gesprochen, aber ob er einmal ihren Namen erwähnt hatte, konnte Marcello nicht sagen, und wenn, hatte er ihn vergessen. Wie bei all seinen Gesprächen mit potentiellen Zeugen hatte Brandt auch Marcello seine Visitenkarte dagelassen.

· · ·

Der lahme Verkehr half Brandt nicht, sich zu beruhigen. Erst nach vierzig Minuten erreichten sie den Tulpenweg, ihre Zielanschrift in Zündorf. Vor dem Einfamilienhaus fand er einen Parkplatz.

»Hier in der Nähe ist die Freizeitinsel Groov. Warst du schon mal da?«, fragte Aydin.

»Nein.«

»Musst du unbedingt machen, oder wir machen das gemeinsam mit der Familie. Und Walter. Echt schön da. Nette Restaurants, kleiner schöner Strand und eine Eisdiele mit ganz leckerem Eis.«

»Warum nicht. Sobald T-Shirt-Wetter ist, ist das bestimmt eine Reise wert.«

»Du wirst es nicht bereuen. Man fühlt sich fast wie im Urlaub.«

Nach Urlaubsstimmung war Brandt gerade nicht, weil er ahnte, wie das Gespräch gleich verlaufen würde. Den Tod des eigenen Kindes zu verkraften, war für keine Eltern leicht.

Sie traten an die Haustür und Aydin drückte auf die Klingel. Der Vorgarten und das Haus sahen sehr gepflegt aus, alles wirkte einladend. Hier wohnte die gute Kölner Mittelschicht, die sich Eigentum noch halbwegs leisten konnte. Wenn man bedachte, was für Quadratmeterpreise linksrheinisch aufgerufen wurden, konnte einem ganz schwindelig werden. Wer konnte sich heute 7.000 Euro und mehr pro Quadratmeter schon leisten?

Und die Politik? Die spuckte wie so oft nur große Töne.

Die Haustür wurde geöffnet und holte Brandt schnell zurück aus seinem Ärger über politisches Versagen.

»Ja, bitte?« Ein Mann, kaum älter als Brandt, sprach sie an. Sicherlich der Vater.

»Guten Tag. Wir sind von der Kölner Kriminalpolizei. Das ist mein Kollege Emre Aydin und mein Name ist Lasse

Brandt«, begann Brandt die Vorstellung. »Sind Sie Thomas Kohl?«

»Das bin ich. Geht es um Jana? Haben Sie sie gefunden?« Kohl wurde plötzlich sehr nervös. Sein Blick wanderte zwischen den beiden Beamten hin und her.

»Dürfen wir eintreten?«, blieb Brandt vage. Er wollte diese schlechte Nachricht nicht zwischen Tür und Angel überbringen. Immerhin war es möglich, dass Kohl einen Schock erlitt, da war es besser, wenn sie im Haus waren.

»Kommen Sie bitte rein.« Die Beamten folgten Kohl ins Wohnzimmer. Der äußere Eindruck des Hauses setzte sich im Inneren fort. Alles war sehr sauber, die Einrichtung farblich und auch vom Stil aufeinander abgestimmt. Ein Haus, in dem man sich wohlfühlen konnte. »Möchten Sie etwas trinken?« Brandt sah ihm an, dass er seine Nervosität überspielen wollte.

»Nein, vielen Dank für das Angebot. Wir müssen Ihnen leider mitteilen, dass Ihre Tochter Jana Kohl ermordet wurde.« Brandt kam gleich zum Punkt, er hielt nicht viel davon, das Ganze hinauszuzögern.

»Das kann nicht sein«, war die erste Reaktion des Vaters. Weder Brandt noch Aydin erwiderten etwas, Kohl sollte Zeit bekommen, sich zu sammeln. »Sind Sie sicher, dass Sie von meiner Tochter sprechen? Von Jana?«

»Es tut uns sehr leid.« Mehr brauchte Brandt nicht zu sagen, der Vater schien zu begreifen. Seine Augen wurden nass und er fing an zu weinen. Es war ein leises Weinen. Schnell wischte er sich die Tränen mit einem Taschentuch weg, das er aus der Hosentasche gezogen hatte.

»Wie gut, dass meine Frau nicht zu Hause ist. Das hätte ihr den Boden unter den Füßen fortgerissen. Ich muss ihr das sehr behutsam beibringen. Sie sind sich absolut sicher, dass es Jana ist?«

»Das sind wir. Wir haben die Leiche anhand der Halskette und der Tätowierung eindeutig identifiziert.«

»Nicht anhand des Gesichts? Was ist ihr widerfahren?«, fragte der Vater entsetzt.

»Sie wurde erstochen und ihre Leiche vermutlich in den Rhein geworfen. Sie wurde von einem Angler gefunden. Laut unseren Unterlagen haben Sie bei der Vermisstenanzeige zu Protokoll gegeben, dass sie vom Joggen nicht heimgekehrt sei. Stimmt das?«

»Das stimmt. Wir haben uns Sorgen gemacht, als sie weder auf Handyanrufe noch WhatsApp-Nachrichten reagiert hat. Als sie abends nicht zu Hause war, bin ich zur Polizei gegangen.«

»Wo war sie joggen?«

»Hier in der Nähe, am Rhein. Sie joggt die Strecke regelmäßig. Glauben Sie, dass ihr jemand aufgelauert hat?«

»Das wissen wir noch nicht. Wissen Sie, ob Jana Probleme hatte?«

»Probleme? Jana? Nein, sie war eine liebe und anständige junge Frau. Jeder mochte sie. Jana war kein Problemkind.«

»Das meinten wir nicht. Es wäre doch denkbar, dass sie mit jemandem aus der Nachbarschaft Ärger hatte. Jemand, der ihr etwas Schlechtes wollte. Manchmal reicht ein kleiner Streit, der eskaliert.«

»Nein, da war nichts. Jana hatte mit niemandem Streit oder Probleme. Ich kenne ihren Freundeskreis sehr gut, da wir unsere Tochter tolerant erzogen haben. Sie konnte immer zu uns kommen, wenn sie etwas beschäftigte.«

»Und das tat sie auch? Junge Frauen, gerade im Alter von Jana, neigen schon mal dazu, dass sie den Eltern nicht mehr alles anvertrauen.«

»Ich bin absolut sicher, Jana hatte weder Probleme noch Streit mit jemandem. Es muss jemand gewesen sein, den Jana nicht kannte. Ihre Wege haben sich unglücklicherweise gekreuzt.« Kohl atmete schnell durch die Nase ein und aus, aber er schien deutlich gefasster als noch vorhin.

Brandt glaubte ihm.

»War Jana allein joggen?«

»Ja, sie joggt immer allein. Zündorf ist überschaubar. Wir wohnen seit sieben Jahren hier. Die meisten Freunde von ihr leben in der Kölner oder Porzer Innenstadt. Sie hat es geliebt, am Rhein zu joggen.« Der Vater presste die Lippen zusammen und schaute nach oben, vermutlich, um nicht zu weinen.

»Verstehe. Hier ist meine Karte. Falls Ihnen oder Ihrer Frau noch etwas einfallen sollte, rufen Sie mich bitte an. Die Nummer ist zu jeder Zeit erreichbar.« Beide verabschiedeten sich und verließen das Haus.

»Wenn du mich fragst, liegt der Vater richtig. Jana war zur falschen Zeit am falschen Ort, wie Johannes«, sagte Brandt, als er und Aydin vor ihrem Dienstwagen standen.

»Das glaube ich auch. Allein, dass die Leiche nicht entwürdigend zur Schau gestellt wurde, beweist das. Wäre ja möglich, dass sie gestritten haben und der Mörder einfach zugestochen hat, würde zum Profil des Täters passen. Keine Empathie und sehr kurze Zündschnur.«

»Stimmt. Dennoch kann es nicht schaden, wenn Fischer das Umfeld von Jana etwas unter die Lupe nimmt.«

»Soll ich ihn anrufen?« Kaum hatte Aydin das ausgesprochen, klingelte Brandts Handy. Es war eine Nummer, die er nicht kannte.

»Kölner Polizei, Brandt.«

»Hallo, Herr Brandt, Marcello hier. Wir hatten gestern gesprochen.«

»Ich erinnere mich. Haben Sie Informationen?«

»Ja, ich glaube, ich erinnere mich an den Namen.«

KÖLN, 17. MÄRZ

»Sie haben eine Wasserleiche gefunden«, hörte sie Miriam sagen, als sie an das Büdchen trat.

»Was für eine Wasserleiche?«

Sie kannte Miriam vom Büdchen. Sie gehörte zu der Clique, die ihre Zeit hier totschlug, weil die Leute keinen Job und auch sonst nichts mit ihrem Leben anzufangen wussten. Dirk hätte sehr gut in diese kleine »elitäre« Gruppe gepasst, fand sie.

Sie selbst trank zwar ebenfalls gerne mal, aber Alkohol war sicherlich nicht die Lösung für alle Probleme.

»Na, eine Wasserleiche. In Poll. So ein junges Ding, wurde wohl beim Joggen abgeschlachtet.«

»Junges Ding, beim Joggen? Geht das auch genauer?« Ein Lächeln zauberte sich auf ihre Lippen, weil sie nicht ganz unschuldig an dem Ableben dieser Person war.

»Ja, beim Joggen. Die Kleine hat wohl in Zündorf gewohnt und der Täter hat sie in den Rhein geworfen wie ein Stück Müll. Die Strömung hat sie nach Poll gespült ... aber lies doch selbst. Ist auf der Titelseite des Express.«

»Und wieso glaubt die Presse, dass es ein Mann war?«

»Woher soll ich das wissen? Vermutlich hat die Polizei es

ihnen verraten.« Miriam drehte sich zum offenen Fenster des Büdchens und rief etwas lauter: »Peter, kriege ich noch ein Bier?«

Peter erschien am Fenster. »Dach, junge Frau, wie gehts heute?«, grüßte er sie und wandte sich dann an Miriam. »Ich bin nicht taub, das geht auch leiser.«

»'tschuldige, das war keine Absicht. Kriege ich noch ein Bier?« Miriams Stimme war deutlich leiser, ihr war anzusehen, dass sie vor Peter Respekt hatte.

»Du hast schon drei gehabt und in meinem kleinen Buch steht, dass du bereits mit 24 Euro in den Miesen bist.«

»Ist doch bald Monatsende, dann bin ich wieder frisch. Nur noch ein Bier.«

Peter schien seinen Frust auszuatmen, schüttelte den Kopf und gab ihr schließlich eine weitere Dose Bier.

»Du bist ein Schatz.«

»Ich hoffe, wenigstens du machst mir keine Kopfschmerzen«, wandte sich Peter an sie.

»Sicherlich nicht. Ich pflege meine Rechnungen immer zu bezahlen.« Auf die Frage, wie es ihr heute ging, wollte sie nicht antworten. Seit ihrem Besuch bei Zoran hatte sie entsetzlich viel Wut im Bauch.

»Ein wenig eitel und überheblich, die junge, vornehme Dame.« Miriam beäugte sie kritisch von unten bis oben, dann öffnete sie die Dose und gönnte sich einen kräftigen Schluck.

»Ich bin weder eitel noch überheblich, nur ehrlich.«

»Ehrlich? Was weißt du denn von meinem Leben? Du hast doch keine Ahnung, was ich alles durchgemacht habe.«

»Und du hast keine Ahnung, was ich durchgemacht habe. Aber im Gegensatz zu dir stelle ich mich meinen Problemen und ziehe nicht den Schwanz ein und verfalle dem Alkohol.«

»Dämliche Fotze«, rutschte es Miriam heraus. »Du bist keinen Deut besser als ich.«

»Du wagst es, mich Fotze zu nennen? Du Miststück«, platzte ihr der Kragen. So etwas geschah sehr schnell, sie hatte es nicht unter Kontrolle. Instinktiv holte sie mit der rechten Faust aus und traf Miriam auf die Wange. Sie fiel wie ein nasser Sack zu Boden. »Wag es noch ein Mal, mich Fotze zu nennen, du Hartz-IV-Schlampe.« Sie kriegte sich gar nicht mehr ein und wollte mit dem Fuß nachtreten, da wurde sie unsanft gebremst.

Peter war aus dem Büdchen gestürmt und hatte sie gepackt. Er war einen Kopf größer als sie. »Entspann dich. Miriam weiß doch nicht, was sie sagt, so viel Alkohol hat sie im Blut.«

»Dann soll sie endlich ihre Grenzen kennen. Nur weil sie betrunken ist, heißt das nicht, dass man ihr alles durchgehen lassen muss. Wir alle haben unser Päckchen zu tragen. Alle! Und, besaufen wir uns deswegen und entsagen dem Leben? Nein! Weil dann unsere Gesellschaft nicht mehr funktionieren würde.«

»Du hast ja recht. Trotzdem kein Grund, jemanden zu schlagen, der eh am Boden liegt.«

»Lass mich los.«

»Mach ich, aber du beruhigst dich. Klar?«

»Ja.« Ihre Wut hatte nicht abgenommen, sie wollte nur losgelassen werden. Zu gerne hätte sie Miriam totgeschlagen.

»Wie gehts dir?«, fragte Peter die am Boden liegende Miriam und half ihr auf die Beine.

»Die hat sie doch nicht mehr alle. Was glaubt die, wer sie ist, mich zu schlagen, diese verdammte ...«

»Halt deinen Mund«, fiel ihr Peter ins Wort. »Du hast sie provoziert.«

»Und deswegen schlägt sie mir ins Gesicht? Das gibt einen bösen blauen Fleck.«

»Das war nicht richtig von ihr, aber du musst lernen, dich zu beherrschen und nicht meine Kunden zu beleidigen.«

»Dann soll sie nicht so arrogant sein. Möchte gar nicht wissen, was aus ihr geworden wäre, wenn sie meine Schicksalsschläge erlitten hätte. Die würde doch sicherlich an der

Nadel hängen. Ich trinke nur ein paar Bier, um mir die Zeit zu vertreiben.«

»Ein paar?«, zog sie die deutlich ältere Miriam auf. Ihre Augen funkelten wütend, aber in ihr brodelte der Hass und flüsterte ihr zu, dass dieses Miststück eine echte Abreibung verdient hatte. Nur Peter stand ihr dabei im Weg.

»Wir entspannen uns jetzt alle. Heute ist so ein schöner Tag, die Sonne scheint und wir haben schon fast T-Shirt-Wetter. Kein Grund für Streitereien. Wenn ihr euch nicht vertragen könnt, muss ich euch bitten, mein Büdchen zu verlassen.«

»Ich war zuerst hier. Soll sie sich doch verpissen.«

»Miriam, du gehst gleich«, reagierte Peter nun deutlich schärfer. Miriam zuckte wegen der Strenge in seiner Stimme kurz zusammen.

»Alles gut. Ich kaufe meine Sachen, dann bin ich weg«, antwortete sie. Sie hatte keine Lust, sich weiter mit der alten Schabracke zu streiten, obwohl ihr Zorn kein bisschen abgenommen hatte und sie geradezu aufforderte, Miriam die verdiente Lektion zu erteilen.

»Das ist sehr lieb von dir«, sagte Peter und ging wieder in sein Büdchen. »Was brauchst du?« Er stand jetzt am Fenster.

»Zwei Schachteln Zigaretten und ein Cornetto Schoko«

»Genau richtig bei diesem tollen Wetter.« Peter reichte ihr die Zigaretten, dann das Eis. »Das Eis geht auf mich.«

»Danke, sehr freundlich.« Sie zahlte. »Ich könnte nie anschreiben lassen. Wer so tief sinkt, sollte sich echt überlegen, ob er sich nicht lieber die Kugel gibt.« Den letzten Satz betonte sie bewusst, sie wollte Miriam provozieren, die aber nichts darauf erwiderte.

»Kriege ich noch ein Bier?«, fragte sie stattdessen. »Die Dose ist runtergefallen, dafür kann ich nichts.«

»Nein, du kriegst kein Bier. Für heute ist es genug«, reagierte Peter deutlich gereizt.

»Fickt euch doch alle.« Miriam zeigte ihnen den Mittel-
finger und verließ das Büdchen.

»Bis die Tage«, sagte sie zu Peter.

»Bis die Tage und genieß die Sonne.«

»Mach ich. Ich werde etwas spazieren gehen.« Das hatte
sie eigentlich gar nicht vorgehabt, aber jetzt hatte sich alles
geändert. Sie beobachtete, in welche Richtung Miriam lief. In
gebührendem Abstand und das Eis schleckend folgte sie ihr
mit nur einem Ziel: Miriam ihr Taschenmesser in den Rücken
zu rammen.

KAPITEL DREIUNDDREISSIG

Die ersten Ergebnisse aus dem Labor und der Rechtsmedizin waren da und es gab keine Zweifel mehr, dass es sich bei der Tatwaffe um dasselbe Messer handelte, das auch bei dem Mord an Johannes Hirth gebraucht worden war.

So komisch es sich anhörte, Brandt hatte auf dieses Ergebnis gehofft, denn das bedeutete, dass sie nur einen Wahnsinnigen und nicht zwei jagen mussten, und dieser eine forderte bereits ihre volle Konzentration. Inzwischen war es Abend und sie hatten beschlossen, Walter einen Besuch abzustatten.

»Moin, Jungs, schön, euch zu sehen.«

»Moin, Walter«, antwortete Aydin und reichte Walter die Hand zur Begrüßung, Brandt war danach an der Reihe.

»Jungs, ihr seht etwas bedrückt aus. Macht euch der Fall zu schaffen?«

»So ungefähr. Wir kommen gerade von den Eltern von Jana Kohl. Gestern war ihre Mutter nicht da, deshalb sind wir eben noch mal hingefahren.«

»Jana ist doch die Wasserleiche, oder?«

»Genau.«

»Und, konnte euch die Mutter weiterhelfen? Ich möchte

nicht mit den Eltern tauschen. Sein Kind zu Grabe tragen zu müssen, muss entsetzlich sein.« Während Walter sprach, nahm er zwei Würstchen vom Grill und bereitete sie für die beiden Freunde vor, dann reichte er ihnen je ein Bier und öffnete für sich selbst eine Flasche Kölsch.

»Leider nicht. Schon als wir mit dem Vater gesprochen haben, sind wir davon ausgegangen, dass Jana einfach nur Pech hatte. Trotzdem wollten wir uns auch mit der Mutter unterhalten, wäre ja möglich, dass sie mehr weiß als der Vater.«

»Tut mir echt leid. Ich wünschte, ich könnte euch helfen, aber meine Kontakte wissen leider auch nicht mehr. Trotzdem bleibe ich am Ball.«

»Danke«, antwortete Aydin und biss ein Stück von seiner Rindswurst ab, Brandt ließ ebenfalls ein Stück Currywurst in seinem Mund verschwinden.

»Habt ihr denn keine heiße Spur?«

»Nicht wirklich. Fischer ist gerade dabei, für uns einen Namen herauszufinden.«

»Was für einen Namen?«

»Dirk Reil hatte Bekanntschaft mit einer weiteren jüngeren Frau. Sie wohnt vermutlich in Gremberghoven und heißt Tessa.« Diesen Vornamen hatte ihnen Marcello am vergangenen Nachmittag genannt, ihren Nachnamen kannte er nicht. Wie Hommel hatte er bestätigt, dass sie eine jüngere Frau war.

»Tessa? Sagt mir nichts. Dirk hat ihren Namen nie erwähnt. Es dürften bestimmt einige Tessas in Gremberghoven wohnen.«

»Wenn sie denn da wohnt. Bisher sind das alles nur Vermutungen von zwei potentiellen Zeugen, dennoch gehen wir ihnen nach. Fischer checkt gerade die Melderegister, die Datenbank der KFZ-Zulassungsstelle und andere öffentliche Datenbanken. Wir wissen nur, dass sie jünger ist, wahrscheinlich zwischen Mitte zwanzig und Ende dreißig, normale, eher schlanke Statur und dunkle Haare. Nordeuropäischer Typ«, erklärte Brandt. »Selbst wenn wir sie finden sollten, ist es denkbar, dass sie in keiner Verbindung zu den Taten oder dem Täter steht und nur eine weitere Escortdame ist, die Reil ab und zu gebucht hat.«

»Ich drücke euch die Daumen, dass ihr diese Tessa findet. Ich hör mich auch mal um, man kann ja nie wissen.«

»Stimmt, kann nicht schaden.«

»Übrigens, ihr werdet nie erraten, wer heute in meinem Imbiss war.«

»Bestimmt ein Promi, so geheimnisvoll, wie du tust«, schmunzelte Aydin. »Ist irgendein Star gerade in der Stadt?« Bevor Walter antworten konnte, fügte Aydin hinzu: »Klar, gestern war doch eine Filmpremiere mit The Rock Dwayne Johnson. Sag nicht, The Rock höchstpersönlich war hier?« Seine Augen strahlten.

»Unsere Prinzessin Promigeil«, konnte sich Brandt eine Spitze nicht verkneifen.

»Quatsch, aber Dwayne Johnson ist schon ein verdammt cooler Typ, ich folge ihm auf Insta. Außerdem ist er der erfolgreichste Schauspieler, den wir derzeit auf dem Planeten haben.«

»Nein, es war nicht The Rock«, mischte sich Walter ein.

»Nicht?«, fragte Aydin enttäuscht, doch schon hatte er eine neue Idee: »Sag nicht, Peter Walsh.«

»Nein, der war es auch nicht. Ich sage ja, ihr kommt nie drauf.«

»Dann mal raus damit, welcher Promi war hier und konnte sich an den leckeren Würstchen nicht sattessen? Wobei – auch auf die Gefahr hin, dass Kollege Brandt mir wieder einen Spruch reindrückt: Walsh und The Rock, das wäre eine krasse Geschichte. Ich könnte mir für die Rolle von Peter Walsh im Kino keinen Besseren vorstellen als Dwayne Johnson.«

»Fanboy«, entfuhr es Brandt nun doch. »Komm, Walter,

rück raus, bevor Aydin noch vor Aufregung anfängt zu schreien.«

»Doktor Glück.«

»Doktor Glück? Okay, was wollte er hier?« Brandt wurde hellhörig. Walter hatte ihn vor Monaten bei einem gemeinsamen Besuch im Café Rico kennengelernt.

»Auch Ärzte wie er essen gerne mal eine Currywurst. Wir hatten ein sehr angenehmes Gespräch. Ein wahnsinnig interessanter Typ. Voller Empathie, erinnert mich ein wenig an Rémy. Keine Ahnung, warum. Er hat über euch beide gesprochen.«

»Echt? Was hat er denn gesagt?«

»Dass ihr gute Polizisten seid und dass Aydin dich bewundern würde ...«

»Ich und Lasse bewundern? Da irrt er sich aber«, unterbrach Aydin Walter, doch jeder im Raum sah, dass seine Worte kaum glaubwürdig waren.

»Na ja, und dann wurde er etwas nachdenklich.«

»Nachdenklich?«, erkundigte sich Brandt.

»Ja, ihr hattet wohl vor Kurzem ein Gespräch mit ihm, da ging es um Übersinnliches oder so. Er hofft, dass euch beiden nie etwas zustoßen möge. Anschließend sagte er noch etwas sehr Interessantes.«

»Das wäre? Lass dir doch nicht alles aus der Nase ziehen«, drängte Brandt.

»Dass du einen zweiten Verlust nicht verkraften würdest. Weißt du, was er damit meint?«

»Sicherlich den Tod meines früheren Partners. Ich muss das mal am Rande erwähnt haben«, antwortete Brandt. Gleichzeitig bekam er ein mulmiges Gefühl, da er sich nicht erinnern konnte, jemals mit Glück darüber gesprochen zu haben. Allein die Erinnerung an seinen früheren Partner und Freund, der bei einem Polizeieinsatz ums Leben gekommen war, schmerzte ihn, obwohl das Ereignis schon Jahre zurücklag. Warum hätte er Glück davon erzählen sollen?

*Doch, bestimmt hast du das, du kannst dich nur nicht daran erin-
nern*, suchte er nach einer Erklärung, die ihn aber nicht zufrie-
denstellte.

»Das wird es sein. Ein unglaublich faszinierender Mann.
Er ist so jemand, dem man jedes Wort abkauft, überhaupt
nicht arrogant oder überheblich, dabei hätte er jeden Grund
dazu. Er ist nicht nur verdammt intelligent, er sieht auch
noch so wahnsinnig gut aus, dass man glatt ...« Das Offensichtliche sprach Walter nicht aus.

»Kein Wunder, dass Emre und du euch so gut versteht. Ihr
seid beide richtige Fanboys.« Dass er von Glück ebenso
magisch angezogen war, wollte Brandt ihnen nicht auf die
Nase binden.

Sein Handy klingelte. Er zog es aus der Jackentasche und
sah, dass Fischer anrief.

»Hallo, Lutz«, nahm er den Anruf entgegen und schaltete
den Lautsprecher ein.

»Hallo, Lasse. Ich hoffe, ich störe nicht. Du und Aydin
habt bestimmt schon Feierabend.« Inzwischen war es fast 19
Uhr. Bei Walter verging die Zeit immer viel zu schnell, ein
deutliches Zeichen dafür, dass sich die drei hervorragend
verstanden.

»Alles gut. Emre ist bei mir, wir sind bei Walter. Hast du
was für uns?«

»Möglicherweise. Es war sehr aufwendig, ich habe ein
kleines Programm geschrieben, um auf die Datenbanken
zugreifen zu können. Einige Behörden arbeiten noch mit
Faxen, wenn ich auf die gewartet hätte, hätte es Monate
gedauert.« Fischer hielt inne und Brandt sah vor seinem geistigen Auge, wie Fischer schmunzelte. Er wusste auch, warum.
Immerhin war Fischer vor seiner Karriere bei der Polizei ein
Hacker gewesen und noch heute pflegte er beste Kontakte
zur Szene. Für Brandts Dafürhalten gab es bei der Polizei in
Deutschland keinen besseren IT-Spezialisten als ihn, und es
war ihm, egal wie Fischer an die Informationen gelangte.

Dass er dafür etwas Illegales tat, würde er ihm niemals unterstellen.

»Na, dann schieß los«, antwortete Aydin.

»Es gibt zwei Frauen mit dem Vornamen Tessa in Gremberghoven, auf die eure Beschreibung passt. Erstaunlicherweise fahren beide einen Kombi.«

»Einen Kombi? Das würde doch passen.«

»Genau. Ich denke, ihr solltet beiden Tessas einen kurzen Besuch abstatten. Nicht heute, aber morgen.«

»Wir machen das gleich noch. Hat eine von ihnen ein Vorstrafenregister?«

»Nein, keine. Die eine hat einige Strafzettel bekommen, die andere zeigt überhaupt keine Auffälligkeiten. Wobei zu bedenken ist, dass wir keine Informationen über Straftaten haben, die sie in ihrer Jugend begangen haben könnten oder die verjährt sind. Aber keine Sorge, ich versuche, auch an diese Informationen ranzukommen, dauert nur ein wenig länger. Was für euch noch interessant sein könnte: Beide wohnen seit mindestens sieben Jahren in Gremberghoven, somit dürften beide ortskundig sein. Gerade vor dem Hintergrund, dass die Morde in der Nähe geschahen, nicht unwichtig.«

»Du bist der Beste. Schickst du uns die Informationen?«, sagte Aydin.

»Dürftet ihr seit zehn Minuten in eurem Postfach haben. Falls ihr Fragen habt, ich bin noch eine Weile im Büro. Ihr könnt mich gerne anrufen.«

»Nicht nötig. Du hast dir deinen Feierabend redlich verdient«, antwortete Brandt. Er hätte niemals damit gerechnet, dass Fischer so schnell Ergebnisse liefern würde und dass nur zwei Personen in dem Stadtteil wohnten, auf die die Beschreibung passte.

Wenn die beiden Zeugen denn recht haben und es sich bei einer der Tessas um die Frau handelt, die in Kontakt zu Reil stand, meldete sich ein kritischer Gedanke.

»Schön wärs«, ließ sich Fischer vernehmen, »aber ich muss noch ein paar Dinge erledigen.«

»Alles klar. Danke noch mal.« Brandt beendete das Gespräch, dann wandte er sich an Walter. »Machst du uns bitte die Rechnung?«

»Geht aufs Haus.«

»Quatsch. Was kriegst du von uns?«, fragte Aydin.

»Ärgert mich jetzt bloß nicht. Ab nach Gremberghoven und keine unnötigen, zeitraubenden Diskussionen mit Onkel Walter, sonst hast du gleich gar nichts mehr von deiner Tochter.«

»Ich fürchte, die wird eh schlafen, wenn ich zu Hause bin. Danke.«

Brandt bedankte sich ebenfalls und bekam ein mulmiges Gefühl in der Magengegend, das er sich nicht erklären konnte. Plötzlich musste er an Nikola Braun denken.

»Du wirst schon bald sterben«, hörte er sie in sein Ohr flüstern.

KAPITEL VIERUNDDREISSIG

DIE ERSTE, die sie aufsuchten, war Tessa Mey. Sie wohnte im Talweg. Brandt parkte den Wagen vor der Anschrift – einer der wenigen Vorteile, wenn man außerhalb der Kölner Innenstadt ermittelte, man fand so gut wie immer einen Parkplatz.

Gemeinsam mit Aydin hatte er die Unterlagen von Fischer gesichtet und entschieden, Mey zuerst zu besuchen.

Sie wohnte in einem Mehrfamilienhaus, Brandt betätigte die Klingel.

Es dauerte eine Weile, bis die Tür geöffnet wurde. Vor ihnen stand ein Mann, in etwa so groß wie Brandt, aber deutlich beleibter.

»Guten Abend«, sagte er. Sein Blick wanderte zwischen Brandt und Aydin hin und her.

»Guten Abend. Mein Name ist Lasse Brandt und das ist mein Kollege Emre Aydin. Wir sind von der Kölner Kriminalpolizei ...«, begann Brandt die übliche Vorstellung.

»Polizei? Um diese Zeit? Worum geht es denn?«

»Wir möchten uns kurz mit Tessa Mey unterhalten.«

»Tessa ist meine Tochter. Warum wollen Sie mit ihr sprechen?«

»Das darf ich Ihnen nicht sagen, da sie bereits volljährig ist.«

Mey rümpfte die Nase. »Zeigen Sie doch erst mal Ihre Dienstausweise. Kann ja jeder erzählen, dass er Polizist ist.«

Brandt und Aydin taten ihm den Gefallen und zückten ihre Ausweise. Mey prüfte sie sorgfältig und gab sie ihnen anschließend zurück. »Gibt es Probleme? Muss ich mir als Vater Sorgen machen?«

»Nein, vermutlich ist sie nur eine Zeugin«, kam Aydin dem Vater entgegen. Sicherlich, damit er sich nicht zu viele Sorgen machte.

»Zeugin?«

»Können wir bitte zu ihr?«, drängte Brandt. Es war überhaupt nicht zielführend, mit dem Vater zu sprechen, da sie nicht einmal wussten, ob sie die richtige Tessa war, und vor allem, ob sie überhaupt in irgendeiner Verbindung zu den Taten stand.

»Sie ist oben auf Ihrem Zimmer. Ich bring Sie hoch.«

Beide folgten dem Mann. Auf dem Flur begegneten sie einer Frau, vermutlich der Mutter. Die Sorge stand ihr ins Gesicht geschrieben. Brandt nahm an, dass sie gelauscht hatte. Die Eltern taten ihm ein wenig leid, da sie sicherlich nichts Gutes vermuteten, wenn die Polizei die Tochter schon zu Hause aufsuchte. Wahrscheinlich waren sie noch nie mit dem Gesetz in Konflikt geraten. Tessa jedenfalls hatte keinerlei Vermerke bei der Polizei, nicht einmal fürs Falschparken. Dennoch konnte Brandt keine Rücksicht darauf nehmen. Es wäre nicht das erste Mal, dass die armen Eltern nicht mitbekamen, welch schlimme Dinge ihre Kinder taten.

Der Vater klopfte kurz an die Tür und trat dann mit den Beamten ein.

»Schatz, das sind zwei Herren von der Polizei, die möchten sich kurz mit dir unterhalten.«

»Mit mir?« Tessa stand von ihrer Couch auf, sie schaute

gerade fern und war parallel dazu in ihr Handy vertieft. Etwas, was Brandt bei jüngeren Menschen immer häufiger beobachtete.

Der Vater nickte nur. »Ich lass euch mal alleine.« Er verließ den Raum und ließ die Tür ins Schloss fallen.

»Guten Abend, Frau Mey, bitte verzeihen Sie die Störung«, begann Aydin das Gespräch. »Wir ermitteln gerade in einigen Mordfällen und hätten ein paar Fragen an Sie.«

»Mordfälle? Fragen an mich?« Tessa wirkte erschrocken. Ihre Hände zitterten und Brandt bekam das Gefühl, dass sie einer falschen Spur folgten, dennoch mussten die Fragen gestellt werden.

»Unsere Ermittlungen haben uns zu Ihnen geführt, es wäre denkbar, dass Sie eine Zeugin sind.«

»Ich und eine Zeugin? Ich verstehe gerade gar nichts. Was habe ich mit so etwas zu tun?«

»Sagt Ihnen der Name Dirk Reil etwas?«, fragte nun Brandt. Er wollte Tessa nicht weiter auf die Folter spannen.

»Dirk wer?« Sie verzog das Gesicht.

»Dirk Reil.«

»Nein, sagt mir nichts. Wer soll das sein?«

»Eines der Opfer.«

»Ich glaube, Sie sind hier falsch. Mir sagt der Name nichts.«

»Und Jana Kohl?«

»Was ist mit Jana?«

Brandt horchte auf. Kannte sie Jana? Gab es doch eine Verbindung?

»Ihre Leiche wurde in Poll an Land geschwemmt.«

»Jana ist tot?« Tessa wirkte bestürzt, sie schlug sich die Hand vor den Mund. »Sind Sie sicher?«

»Falls wir von derselben Jana sprechen, ja. Sie wohnt in Zündorf.«

»Das ist Jana. Wir kennen uns aus einer Theatergruppe, in

der ich mal war. Wir sehen uns ab und zu noch.« Tessas Augen wurden feucht. »Was hat das Ganze mit mir und diesem Reil zu tun?«

Genau darauf suchten sie ebenfalls Antworten. Spielte ihnen Tessa etwas vor oder war sie am Ende nur die Freundin von Jana Kohl?

»Wir wissen, dass Dirk Reil Kontakt zu einer Tessa hatte, die zu Ihrer Beschreibung passt.«

»Ich kenne keinen Dirk Reil«, wurde sie nun etwas lauter, erschrak jedoch selbst wegen dieses Minianfalls.

»Es tut uns leid, dass wir Sie behelligen, aber es ist unser Job, jedem Hinweis nachzugehen, auch wenn er am Ende doch nichts mit unseren Ermittlungen zu tun hat«, erklärte Aydin.

»Wann haben Sie Jana das letzte Mal gesehen?«, fragte Brandt. Wenn sie schon Reil nicht kannte und als Tatverdächtige ausschied, war es ja möglich, dass sie eventuell als Zeugin für den Mord an Jana von Nutzen war.

»Das war letztes Jahr. Warum?«

»Hat sie Ihnen gegenüber mal irgendwelche Probleme erwähnt?«

»Jana?« Sie zog die Augenbrauen hoch. »Nein, bestimmt nicht. Jana war eine ausgeglichene junge Frau. Warum sollte sie Probleme haben? Glauben Sie, jemand aus ihrem Umfeld hat sie auf dem Gewissen?«

»Das wissen wir nicht. Wir ermitteln in jede Richtung«, antwortete Aydin.

»Ich kann mir schwer vorstellen, dass jemand aus ihrem Bekanntenkreis Jana töten würde. Sie war eine liebe und beliebte Person.«

»Kennen Sie eine Tessa Bergen?«

»Nein, der Name sagt mir nichts.«

»Eine letzte Frage«, sagte Brandt, es war Zeit, das Gespräch zu beenden. »Wo waren Sie am 8. März zwischen 16 und 18 Uhr?«

»Am 8. März? Montag, meinen Sie?«

»Ja, genau.«

»Ich hatte Frühschicht im Krankenhaus Merheim.«

»Wie lange ging Ihre Schicht?«

»Bis 14 Uhr.«

»Und danach?«

»Da war ich hier. Sie können meine Eltern fragen.«

»Danke für Ihre Zeit. Wir finden alleine raus.«

Brandt und Aydin verließen das Zimmer und schlossen die Tür hinter sich.

»Komischer Zufall, dass Sie Jana kannte, oder?«

»Möglich. Aber weder Zündorf noch Gremberghoven sind groß, da kennen sich die Leute.«

Unten an der Treppe wartete schon Tessas Vater.

»Muss ich mir Sorgen machen?«, fragte er.

»Nein, es tut uns leid für die Störung. Wir müssen nur jedem Hinweis nachgehen. Eine Frage hätte ich noch an Sie. Wo war Ihre Tochter am 8. März?«

»Arbeiten. Sie hatte Frühschicht. Danach war sie zu Hause, warum?«

»Nur fürs Protokoll.«

»Fürs Protokoll? Habe ich als Vater nicht das Recht, zu erfahren, was hier los ist? Ich mache mir Sorgen!«

Brandt überlegte einen Moment und gab sich dann einen Ruck, nicht ganz ohne Hintergedanken. Gremberghoven war ein Dorf und vielleicht hatte ja der Vater Reil gesehen.

»Wir ermitteln in einem Mordfall. Unglücklicherweise wurde der Name Ihrer Tochter als Zeugin genannt. Sagt Ihnen der Name Dirk Reil etwas?«

»Ist das der Tote, den man als Vogelscheuche zur Schau gestellt hat?«

»Genau.« Wie es schien, war der Vater, im Gegensatz zur Tochter, gut informiert, was darauf schließen ließ, dass er die Nachrichten verfolgte.

»Schlimme Sache. Der Täter soll ja angeblich noch zwei

weitere Opfer auf dem Gewissen haben, und das in unserem beschaulichen Porz. Ganz schlimm. Will mir gar nicht ausmalen, dass das jemand ist, den man aus der Nachbarschaft kennt. Gerade weil man ja glaubt, dass es solche Psychopathen hier in der Nähe gar nicht gibt.« Der Vater schien Gesprächsbedarf zu haben.

»Sagt Ihnen der Name Dirk Reil etwas?«, wiederholte Brandt seine Frage.

Der Vater überlegte. »Leider nicht. Der ist bestimmt nicht aus Gremberghoven. Im Express stand, dass er Anfang sechzig war, den würde ich kennen, wenn er von hier wäre.«

»Und eine Tessa Bergen?«

»Dem Vornamen nach zu urteilen, müsste die im Alter meiner Tochter sein, die junge Generation kenne ich leider nicht so gut. Haben Sie meine Tochter gefragt?«

»Das haben wir. Ihr sagt der Name nichts. Hier ist meine Karte. Falls Ihnen, Ihrer Frau oder Ihrer Tochter doch noch etwas einfallen sollte, rufen Sie mich bitte an.«

Der Vater nahm die Karte und verabschiedete die beiden Beamten.

»Ich weiß nicht«, sagte Aydin, als sie wieder im Auto saßen.

»Was weißt du nicht?«

»Wir sind uns doch einig darüber, dass wir einen männlichen Täter suchen.«

»So ziemlich.«

»Warum sollte dann eine der Frauen etwas mit den Morden zu tun haben?«

»Die Verbindung kenne ich auch noch nicht. Möchtest du, dass wir abbrechen und die zweite Tessa nicht besuchen?«

»Doch, lass uns das machen. Aber vielleicht übersehen wir etwas? Vielleicht sollten wir uns diesen Marcello noch mal zur Brust nehmen und Fiete auch.«

»Warum?«

»Ist nur so ein Gefühl. Alkoholiker sind doch redselige Menschen und ich hatte den Eindruck, dass Marcello mehr weiß, als er uns gesagt hat. Dazu das Gespräch zwischen ihm und Fiete, als wir die Kneipe betreten haben und sie plötzlich aufgehört haben, zu sprechen.«

»Dem Fiete traue ich das überhaupt nicht zu.«

»Beide wussten von dem Wettgewinn, und bis heute haben wir nicht herausgefunden, wie hoch die Gewinnsumme ist. Was, wenn beide gemeinsame Sache gemacht haben und das mit der Vogelscheuche eine falsche Spur ist?«

»Du machst einen Denkfehler, mein Guter.«

»Und der wäre?«

»Warum hätten Sie Jana Kohl ermorden sollen? Johannes würde ja noch Sinn ergeben.«

»Mist«, rutschte es Aydin heraus. »Und wenn einer von denen Jana missbrauchen wollte und sie deswegen sterben musste?«

»Ich weiß nicht, das klingt mir doch arg an den Haaren herbeigezogen. Lass uns das Gespräch mit der anderen Tessa abwarten, dann sehen wir weiter.«

»Wahrscheinlich hast du recht. Aber dass einer von den beiden der Täter ist, würde mehr Sinn machen, als dass es eine Frau ist.«

»Ich werde das Gefühl nicht los, dass du Probleme mit der Vorstellung hast, dass eine Frau der Täter ist.«

»Du meinst wohl ›die Täterin‹.«

»Nein, der Täter. Hör mir bloß mit diesem Genderschwachsinn auf. Du weißt, ich bin für vollkommene Gleichberechtigung in allen Belangen. Aber was man gerade mit unserer Sprache anstellt, ist schon mehr als peinlich. Dieser ganze Mist macht doch keinen Sinn, wer steigt da noch durch? Ich sags ja, unsere Politiker haben zu viel Zeit. Statt sich mit den wirklich dringenden Fragen zu beschäftigen, wird nur Murks gemacht.«

»Ich sehe das wie du.«

»Komm, lass uns endlich diese Tessa aufsuchen, bevor ich noch schlechtere Laune kriege. Sie wohnt ja um die Ecke, und wenn du Bock hast, fahren wir danach noch mal zu Walter auf ein Bier.«

»Das hört sich nach einem guten Plan an.«

Keine fünf Minuten später bog Brandt von der Rather Straße auf den Bahnhofplatz ab, ihr Ziel. An der Kreuzung fiel ihm ein kleines, freistehendes Büdchen auf, das noch geöffnet hatte. Einige Kunden standen mit einem Bier in der Hand davor. Vermutlich ein Treff in Gremberghoven, wo es kaum Gastronomie gab, so jedenfalls war Brandts Eindruck, der diesen Stadtteil nicht näher kannte.

Tessa Bergen wohnte in einem Wohnblock, der an den typischen Baustil der Sechzigerjahre erinnerte. Die Außenfassade hatte schon bessere Zeiten gesehen, die gesamte Umgebung wirkte etwas trist.

Auch hier fand Brandt einen Parkplatz direkt vor der Anschrift.

Aydin betätigte die Klingel. Dem Namensschild nach zu urteilen, wohnte Bergen im Erdgeschoss.

»Ausgeflogen?«, fragte Aydin. Sein Blick wanderte zu dem unteren Fenster. »Da brennt aber Licht.«

»Wenn das Fenster zu ihrer Wohnung gehört«, gab Brandt zu bedenken, auch wenn er ähnlich dachte. Aydin klingelte erneut, doch noch immer öffnete niemand.

»Lass uns gehen. Wir rufen sie morgen früh an.«

»Okay«, antwortete Aydin, drehte sich um und wollte Brandt folgen, als im selben Moment der Summer ertönte. Schnell drückte Aydin gegen die Haustür, bevor der Summer verklang.

Beide traten ein. Wie Aydin vermutet hatte, gehörte das Fenster zu der Wohnung. Vor der Wohnungstür erwartete sie eine Frau, im Flur brannte kein Licht.

»Guten Abend, Frau Bergen.«

»Was klingeln Sie um diese Zeit?«, fiel sie ihm harsch ins Wort und bestätigte damit, dass sie die Frau war, zu der sie wollten. Fischer hatte auf die Schnelle einige Daten über sie gefunden, aber nur ein altes Foto vom Einwohnermeldeamt, das als Passfoto für den Personalausweis genutzt wurde, welcher abgelaufen war.

»Wir möchten Ihren wohlverdienten Feierabend nicht stören ...«, versuchte Aydin freundlich zu bleiben.

»Dann hätten Sie nicht klingeln sollen. Wer sind Sie überhaupt?«

»Wir sind von der Kölner Kriminalpolizei ...«, begann Brandt die Vorstellung. Aydin drückte auf den Lichtschalter für die Beleuchtung im Flur, doch alles blieb dunkel. Die Lampe war definitiv defekt. Es blieb also lediglich das Licht aus der Wohnung, das ins Treppenhaus fiel.

»Und was habe ich mit den Bullen zu schaffen?«

»Wir sind noch immer die Polizei. Auch wenn Sie um diese Zeit keine besonders gute Laune haben, gibt es keinen Grund für Beleidigungen«, stellte Brandt klar. Man musste sich nicht alles gefallen lassen.

»Ist mir nur rausgerutscht.« Bergen lachte und Brandt sah ihr an, dass sie ihre Worte nicht ernst meinte. »Was wollen Sie von mir?«

»Dürfen wir eintreten?«

»Nein, dürfen Sie nicht. Die Wohnung ist unordentlich und ich möchte nicht noch mehr Dreck von der Straße bei mir drinnen haben. Sie können mir auch hier sagen, warum Sie mich abends aufsuchen. Als alleinlebende Frau könnte ich sonst auf dumme Gedanken kommen, zumal Sie mir nicht mal Ihre Dienstausweise gezeigt haben. Müssen Sie das nicht auf Aufforderung?«

Bergen war auf Krawall gebürstet, ganz anders als Tessa Mey. Brandt fand sie durch und durch unsympathisch. Um eine weitere Eskalation zu verhindern, zückte er dennoch seinen Ausweis, Aydin tat es ihm gleich.

»Trotzdem lass ich Sie nicht in meine Wohnung. Worum geht es überhaupt?«

»Wir haben Informationen, dass Sie einen Dirk Reil kennen«, antwortete Aydin, bemüht, freundlich zu bleiben.

»Einen Dirk Steil kenne ich nicht.«

»Nicht Steil, Reil. Anfang sechzig, schmächtige Person, wohnt in Westhoven.«

»Hören Sie, das sagt mir nichts. Was habe ich mit so einem alten Sack zu schaffen? Wie kommen Sie überhaupt auf meinen Namen?«

»Das ist vertraulich. Sind Sie ganz sicher? Sie sollten wissen, dass Sie sich strafbar machen, wenn Sie die Polizei belügen, erst recht, wenn es um laufende Ermittlungen geht.«

»Ja, ganz sicher. Der Name sagt mir nichts. Was hat denn dieser Dirki angestellt?«

»Er wurde ermordet.«

»Ermordet?« Sie machte ein überraschtes Gesicht.

Brandt nahm ihr diese Regung nicht ab. Seltsamerweise kam sie ihm irgendwie bekannt vor.

»Sagen Sie nicht, Reil ist diese Vogelscheuchenleiche«, fügte sie hinzu.

»Leider«, bestätigte Aydin. »Daher ist es wichtig, dass Sie versuchen, sich zu erinnern.«

Bergen antwortete nicht sofort, da eine Person die Treppe herunterkam, das Handy als Taschenlampe nutzend. »So ein Mist. Wann repariert die Hausverwaltung endlich die Lampen im Flur«, murrte die Nachbarin.

»Die können nur abkassieren«, schimpfte Bergen mit. Die junge Frau reagierte nicht auf ihre Worte und trat aus der Haustür. Bergen wandte sich wieder den Beamten zu: »Und jetzt ein letztes Mal: Keine Ahnung, wie mein Name in Ihre Ermittlungen passt, aber ich kenne keinen Dirk Reil. Ich gebe mich nicht mit Alkoholikern ab.«

»Woher wissen Sie, dass er Alkoholiker war?«, fragte Brandt. Konnte es sein, dass sich Bergen gerade in der Aufregung verplappert hatte?

»Das stand doch in der BILD. Habe den Artikel gelesen. Reil hatte sein Leben nicht im Griff. Es ist einfacher, dem Alkohol an allem die Schuld zu geben, als bei sich selbst anzufangen. Sind wir fertig?«

»Hier ist meine Karte, falls Ihnen doch noch was einfallen sollte.« Aydin gab ihr die Karte und Bergen ließ die Tür ins Schloss fallen.

»Komische Frau, verdammt aggressiv«, sagte Aydin, als beide draußen waren.

»Dem gibt es nichts hinzuzufügen. Und ich glaube, dass sie lügt. Die Frage ist: warum?«

»Möglich, aber wie wollen wir ihr das beweisen?«

»Lass uns zum Büdchen gehen. Ich habe da eine Idee.«

»Wir sollten prüfen, ob in der BILD-Zeitung tatsächlich stand, dass Reil Alkoholiker war. Wenn nicht, hätten wir ein Argument, sie unter Druck zu setzen.«

»Fischer soll das machen. Das Passfoto von ihr, das Fischer uns gezeigt hat, war sehr alt, man hat sie kaum darauf erkannt, aber irgendwie kommt sie mir bekannt vor.«

»Klar, du hast sie im Gym gesehen, als wir uns mit Hadi unterhalten haben.«

»Stimmt.« Ein Gefühl sagte Brandt, dass das kein Zufall war. Schon im Fitnessstudio hatte er das Gefühl gehabt, dass sie sie belauschen würde, es aber als Neugierde abgetan. »Ich will alles über diese Frau wissen. Fischer soll noch tiefer bohren.«

»Geht klar.« Aydin wählte Fischers Nummer. »Hallo, Lutz.«

Sie waren inzwischen an Brandts Dienstfahrzeug angekommen und setzten sich hinein, während Aydin das Gespräch auf laut stellte.

»Hallo, Emre. Was gibt es um diese Stunde?«

»Verzeih die Störung. Lasse und ich hätten eine Bitte.«

»Schieß los.«

»Wir brauchen mehr Informationen über Tessa Bergen, und wir müssen wissen, ob in der BILD oder einer anderen Zeitung etwas Privates über Dirk Reil veröffentlicht wurde, zum Beispiel seine Alkoholsucht.«

»Ich kümmere mich darum. Wenn ich euch schon mal dran habe: Der Backgroundcheck zu Nikola Braun liegt mir vor. Ich schicke euch das gleich als Anhang. Kurzes Fazit vorab: bisher völlig unauffällig, keine kriminelle Vergangenheit. Es gibt auch keine Verbindungen zu unseren Opfern.«

»Danke, das habe ich mir schon gedacht. Braun ist nicht mehr ermittlungsrelevant«, antwortete Brandt.

»Das mit den Seilen und den Holzpfählen ist übrigens auch eine Sackgasse. Es gibt zu viele Vertriebswege, die Einkreisung auf Stückkäufe hat ebenso nicht den gewünschten Erfolg gebracht.«

»Dann lass es sein, du hast genug Arbeit.«

»Mach ich. Ich wünschte, ich hätte eine andere Antwort für euch.«

»Hast du auf dem Laptop noch etwas finden können?«, erkundigte sich Brandt.

»Leider nicht.«

»Informier uns, sobald du was hast. Dir einen schönen Feierabend.«

»Danke, euch auch.«

Aydin beendete das Gespräch. »Zum Büdchen?«

»Ja, kann nicht schaden. Es ist fußläufig von Bergens Wohnung entfernt. Würde mich nicht wundern, wenn man sie da kennt und vielleicht auch Reil, wenn er sie öfter besuchte. Dir sind bestimmt die paar Personen aufgefallen, die am Büdchen standen.«

»Ist mir nicht entgangen, alle mit einem Bier in der Hand.«

»Sehr gute Beobachtungsgabe.« Sie stiegen aus.

Kurz überlegte Brandt, ob er Bergen hätte fragen sollen, wo sie am 8. März gewesen war, aber für diese Frage war noch Zeit. Mit ihr war er noch lange nicht fertig. Irgendetwas verheimlichte sie, und er würde herausfinden, was es war.

»Guten Abend«, machte sich Brandt am Büdchen bemerkbar.

»Hallo, was kann ich für euch tun?«, grüßte sie der Mann im Büdchen. Er war älter, sehr groß und schlank und trug einen etwas längeren Bart, der am Ende spitz zulief.

»Peter, krieg ich noch ein Bier?«

»Für heute dürfte es doch reichen, Miriam«, erwiderte Peter. »Nutz meine Gutmütigkeit nicht aus.«

»Komm schon, ein letztes. Nach dem ganzen Stress heute. Ich zahle auch morgen.«

»Morgen?« Er atmete aus. »Das sagst du immer.« Trotzdem holte er ein Bier hervor und reichte es Miriam, die die beiden Beamten kritisch beäugte.

»Ihr seid nicht von hier, oder?«, fragte sie, öffnete die Dose und setzte zum Trinken an.

»Wir sind von der Kölner Kriminalpolizei«, antwortete Brandt.

»Von der Polizei? Um diese Zeit? Wurde wieder jemand ermordet?«, fragte nun der Mann, der schon zuvor neben Miriam gestanden hatte.

»Nein, das nicht.« Brandt wandte sich an Peter. »Wir würden Ihnen gern ein, zwei Fragen stellen.«

»Was wollen Sie denn wissen?«

»Kennen Sie einen Dirk Reil?«

»Dirk Reil?« Peter überlegte. »Der Name sagt mir nichts. Er kommt sicherlich nicht aus der Ecke, oder? Weil, hier kenne ich jeden. Er hat aber nichts mit dieser Wasserleiche zu tun, über die alle sprechen?«

»Er wohnte in Westhoven. Er soll sich das ein oder andere Mal mit Tessa Bergen getroffen haben.« Brandt wusste, dass er keine Beweise für diese Behauptung hatte, dennoch war er bereit, dieses Risiko einzugehen.

»Tessa sollten Sie verhaften«, schimpfte Miriam von der Seite.

»Warum?«, fragte Brandt interessiert.

»Weil dieses Miststück mich töten wollte.«

KAPITEL FÜNFUNDDREISSIG

Etwas lief hier schief, aber komplett!

Sie brauchte dringend eine Schachtel Zigaretten, eine Tafel Schokolade und ein Bier, bis sie sich einigermaßen beruhigen würde.

»Wie sind die Bullen nur auf mich aufmerksam geworden?« Ihr Blick wanderte zur Decke. Die Polizisten hatten doch Saad verdächtigt, das hatte sie mit eigenen Ohren gehört. Warum hatten die beiden jetzt sie aufgesucht?

»Saad«, entfuhr es ihr. »Hat die Schwuchtel Verdacht geschöpft, als ich ihn über diesen arroganten Brandt ausgefragt habe?«

Sie schüttelte den Kopf. »Nein, so viel Hirnschmalz hat der nicht.«

Abgesehen von ihm kam allerdings niemand infrage.

»Und wenn es Zufall war?«

Vielleicht war die Polizei auf die berühmte Nadel im Heuhaufen gestoßen, ohne es zu ahnen? Es war jedenfalls ausgesprochen clever von ihr gewesen, sie nicht in die Wohnung zu lassen. Sie atmete aus.

»Dieser Aydin ist ein Schlaffi, den könnte ich mit meinem Körper leicht um den Finger wickeln, aber dieser Brandt, der ist gefährlich, weil er dominant ist und sehr von sich überzeugt. So jemanden kann ich mit meinem Körper nicht in die Knie zwingen.«

Hoffentlich hatten sie ihr ihre Lüge abgenommen, doch ein Gefühl sagte ihr, dass es leider nicht so war. Das Gefühl war eine Art Besorgnis, wirklich Angst hatte sie noch nie gehabt, ihr ganzes Leben lang nicht. Auch damals nicht, als ihr Vater sie alkoholisiert zusammengeschlagen und ihre Mutter nur zugeschaut hatte. *»Du bist vom Teufel besessen«*, hatte ihr Vater ihr an den Kopf geworfen, weil sie nicht weinte. Irgendwann hatte sie sich sogar gewehrt.

»Irgendwas muss ich jetzt wohl unternehmen, oder?« Wieder ging ihr Blick zur Decke, ohne dass sie dabei merklich den Kopf hob.

»Vielleicht aber auch nicht. Wenn es nur ein dummer Zufall war, würde ich bloß Aufsehen erregen. Andererseits macht dieser Brandt den Eindruck, als würde er so lange bohren, bis er etwas findet. Warum sonst ist er auf mich gestoßen?«

Sie nahm ihr Handy und schaute, ob es irgendwelche Neuigkeiten zu den Morden und dem potentiellen Täter gab. Vielleicht fand sie dort die Antwort, wie die Polizei auf sie aufmerksam geworden war.

Doch es gab nichts Neues. Sie legte ihr Handy zur Seite.

»Was für ein beschissener Tag. Erst geht mir diese Miriam auf den Sack und lässt sich nicht töten und jetzt auch noch der Stress mit den Bullen.«

Sie war Miriam gefolgt, aber immer wieder waren ihr Passanten in die Quere gekommen, die verhinderten, dass sie ihr das Messer in den Rücken jagen konnte, und dann war Miriam in einem Haus verschwunden. Sie hatte eine geschlagene Stunde davor gewartet, doch Miriam war nicht mehr rausgekommen. Vermutlich weil es ihre eigene, miese kleine Wohnung war. Also war sie entnervt wieder nach Hause gegangen.

»Mit Zoran war es auch nicht besser«, sagte sie wütend.

Immerhin war er allein zu Hause gewesen und sie hatte voller Vorfreude, dass sie ihn in Kürze würde töten können, neben ihm gesessen. Alles hatte für ihren Plan gesprochen. Doch dann klingelte Zorans Handy. Es war seine dämliche Ex, die ihn unter Tränen um ein Gespräch bat. Und was machte die Pussy Zoran? Er verließ panikartig die Wohnung, um zu der Frau zu rennen, die ihn verarscht hatte.

Jemanden zu töten, war nicht so leicht, wie es manchmal den Anschein hatte!

»Egal, dieser arrogante Brandt wird deinen Zorn zu spüren bekommen. Er darf nicht ungeschoren davonkommen. Ich muss endlich jemanden töten, sonst drehe ich noch durch.«

Dieses Verlangen war zu stark, es ließ ihr keine Ruhe. Nur, wie sollte sie das anstellen? Ihre letzten Vorhaben waren ja gründlich schiefgegangen und dieser Brandt war ein Bulle, also sicher sehr gewieft. Wie konnte sie so jemanden in die Falle locken?

So ausgeprägt ihr Selbstbewusstsein war, hatte sie dennoch Zweifel, ob Brandt nicht eine Nummer zu groß für sie war.

»Angenommen, ich töte diesen Aydin? Der wirkt ziemlich treudoof.« Sie nickte zufrieden. »Aber wie bekomme ich ihn von Brandt weg und locke ihn in eine Falle?«

Ihr Handy vibrierte. Sie schaute aufs Display. Andre schrieb ihr.

Hey, was machst du Schönes?

Verächtlich schüttelte sie den Kopf. »Was machst du Schönes? Der denkt sich auch nie was Neues aus.« Kurz überlegte sie, ob sie ihm antworten sollte. Vermutlich wollte er ficken und hoffte, dass sie sich treffen könnten.

»Aber daraus wird nichts.«

Andre musste erst sein Versprechen erfüllen, bevor sie ihn erneut ranlassen würde.

Fernsehen. Du?,

schrieb sie ihm dann, dabei war es ihr völlig egal, was er tat. Aber es gehörte sich wohl so.

Ich bin gerade heimgekommen, war duschen. War ein langer Tag.

Na, jetzt hast du es ja hinter dir. Ruh dich aus.

War das der Grund, warum er ihr schrieb, um ihr zu sagen, dass er einen langen Tag gehabt hatte, oder war er zu feige, um zu fragen, ob sie sich treffen wollten?

Du darfst mir übrigens gratulieren.

Warum?

Sie verstand die Nachricht nicht. Hatte er eine Gehaltserhöhung bekommen oder warum sollte sie ihm gratulieren? Langsam nervte Andre.

Ich habe, was du brauchst, und sogar noch mehr.

Geht das auch genauer? Ich mag es nicht, wenn man in Rätseln schreibt.

Was Andre hier abzog, half ihr gar nicht, runterzukommen oder der Nacht etwas optimistischer entgegenzusehen. Sie war dermaßen aufgewühlt, dass sie kein Auge zutun würde, so gut kannte sie sich.

Vielleicht sollte ich noch auf ein Bier zu Peter, überlegte sie, aber wenn diese Miriam da war, würde ihre Laune nur noch schlechter werden.

Andererseits, warum sollte sie da sein? Sie war in ihre Wohnung gegangen und Peter schrieb nichts mehr an für sie. »Die bleibt zu Hause, die geht doch nur zum Saufen raus.«

Ihr Handy vibrierte, eine neue Nachricht von Andre.

Wenn dein schwuler Freund möchte, kann ich ihm sogar sagen, wo dieser Lasse Brandt wohnt.

Plötzlich hob sich ihre Laune wieder. War das vielleicht die Lösung für ihr Problem? Dieser Brandt würde niemals damit rechnen, dass sie ihm vor seiner Wohnung auflauerte.

Hoffnung keimte in ihr auf, trotzdem drängte sich auch die andere Idee wieder in den Vordergrund – nicht Brandt zu töten, sondern diesen Emre Aydin. Gedankenverloren drehte sie die Visitenkarte, die sie von den Beamten bekommen hatte, zwischen den Fingern.

»Oder beide?«

Es war das erste Mal, dass sie seit dem Gespräch mit den beiden Beamten wieder lächelte.

KAPITEL SECHSUNDDREISSIG

Eigentlich gehörte Brandt zu den Menschen, die ihre Arbeit nicht mit in ihre Träume nahmen. Eigentlich!

Er kannte einige Kollegen, denen das nicht gelang, doch bei ihm hatte es nur eine Zeit gegeben, in der es ihm richtig dreckig gegangen war: als er seinen Kollegen und Freund bei einem Einsatz verloren hatte. Damals hatte er auch beschissene Nächte gehabt und oft im Alkohol einen Ausweg gesucht. Dennoch hatte er niemals seine Arbeit vernachlässigt.

In dieser Nacht hatte er wieder einmal schlecht geschlafen und von Dingen geträumt, die nicht zu seinem Charakter passten, weil sie einfach keinen Sinn ergaben.

Kurz nach 7 Uhr stand er auf, an Schlaf war nicht mehr zu denken. Er stellte sich unter die Dusche, um den ganzen seelischen Mist der Nacht abzuwaschen. Der Tag konnte und würde ihn nicht so ärgern, wie es die Nacht getan hatte.

Als er zurück ins Schlafzimmer ging, um sich anzuziehen, vibrierte sein Handy. Ein Blick aufs Display zeigte ihm, dass Aydin ihm geschrieben hatte.

· · ·

Schon wach?

Klar, war eine Runde joggen.

Übertreib mal nicht!,

war die Antwort, gefolgt von ein paar Emojis.

Wieso bist du schon wach?

Ich fahre gleich Leah in den Kindergarten, damit Nina ausschlafen kann.

Sehr löblich,

antwortete Brandt und musste an seine Freundin Ylva denken, die mal wieder auf einem Lehrgang war.

Hast du Bock, zu frühstücken? Könnte um 8 Uhr beim Café Rico sein.

Klar, warum nicht.

Super. Freu mich.

. . .

Ich auch. Und drück meine Patentochter ganz lieb von mir.

Mach ich. Bis gleich.

Bis gleich.

Brandts Stimmung besserte sich deutlich. Frühstück mit Aydin war jetzt genau das Richtige, um sich abzulenken und mit positiver Energie in den Tag zu starten.

Kurz vor 8 Uhr betrat er das Café.

»Guten Morgen, schöner Mann«, grüßte ihn ein sichtlich gut gelaunter Raúl Salvatore mit seinem brasilianischen Akzent und seiner positiven Ausstrahlung, die gleich auf einen übersprang.

»Guten Morgen, Raúl. Hast du einen ruhigen Tisch für zwei?«

»Einen ruhigen Tisch für zwei? Erwartest du eine sexy Lady?« Raúl schenkte ihm sein Sonntagslächeln.

»Nur Emre.« Brandt musste schmunzeln.

»Für euch beiden Hübschen habe ich doch immer einen Platz.«

Raúl ging vor und Brandt folgte ihm. Das Rico war um diese Zeit noch nicht stark besucht und der Platz, zu dem Raúl ihn führte, war passend. Hier würden Aydin und er sich ungestört unterhalten können.

»Möchtest du schon was bestellen oder auf Emre warten?«

»Ich warte. Wir wollten zusammen frühstücken.«

»Sehr schön. Apropos, du hast großen Eindruck bei Saad hinterlassen.«

»Bei Saad Hadi?«

»Ja, er meinte, ihr hättet ihn befragt. Ich hoffe, er muss sich keine Sorgen machen. Saad sieht zwar mit seinen Tattoos und diesen übertriebenen Muskeln wie ein Gangster aus, aber er ist zahmer als das zahmste Kätzchen.«

»Kein Grund zur Sorge. Er hat nichts mit unseren Ermittlungen zu tun. Er kann also beruhigt schlafen.«

»Das freut mich sehr. Er fand dich trotzdem verdammt sexy. Aber ich habe ihm schon gesagt, dass er sich bei dir keine Hoffnungen machen muss und dass du mit Ylva eine Granate zur Freundin hast.«

»Ich hatte ihm eigentlich erklärt, dass ich nicht schwul bin.«

Raúl lachte. »Das hat in der Gay-Community nicht viel zu sagen. Saad ist ein Jäger.«

»Bei mir aber aussichtslos, auch wenn ich mich geschmeichelt fühle.«

»Lasse fühlt sich geschmeichelt? Habe ich was verpasst?«, hörte Brandt Aydins Stimme, er trat zu ihnen.

»Hallo, mein Süßer«, grüßte Raúl ihn. »Saad schwärmt für deinen Kollegen.«

Aydin lachte leise. »Wer weiß, vielleicht ist Lasse doch etwas bi.«

»Ganz bestimmt nicht.« Brandt schüttelte den Kopf und Aydin nahm Platz.

»Was möchtet ihr trinken?«

Brandt bestellte einen Kaffee und Aydin einen Tee. »Mach uns doch eine leckere Frühstücksplatte mit einer Auswahl an Aufschnitt und je zwei Spiegeleiern«, schlug Brandt vor. Aydin stimmte zu.

»Sollte kein Problem sein. Jetzt lasse ich euch zwei Hübschen aber allein, ihr habt sicherlich einiges zu bereden.« Mit gewohnt elegantem Hüftschwung ging Raúl Richtung Küche.

»Und, wie gehts meiner süßen Patentochter?«, fragte Brandt.

»So weit gut, nur ihr Zahn macht etwas Ärger. Ich wünschte, dass der letzte Zahnarztbesuch das endlich behoben hat.«

»Das möchte ich doch hoffen.«

»Wird schon. Was ist mit Tessa Bergen? Sollen wir sie heute noch mal aufsuchen?«

»Auf jeden Fall. Irgendwas stimmt mit ihr nicht. Und wir sollten in Erfahrung bringen, welchen Wagen sie fährt. Vielleicht weiß das der Büdchenbesitzer, dann könnten wir einen kurzen Blick in ihr Auto riskieren, ohne dass sie davon Wind bekommt. Von sich aus wird sie uns ihr Auto nicht zeigen.«

»Und was machen wir mit den Vorwürfen, die diese Miriam erhoben hat?«

»Du hast doch Peter gehört, der hat das alles viel harmloser dargestellt. Miriam ist eine Alkoholikerin und hat Bergen provoziert, die wiederum eine Frau ist, die sich nicht provozieren lässt. Es steht Miriam frei, sie anzuzeigen, was sie aber sicherlich nicht tun wird, das weißt du so gut wie ich.« Brandt war etwas vorsichtiger bei Aussagen von Alkoholikern, weil seine Erfahrung leider gezeigt hatte, dass diese Menschen häufig logen oder übertrieben. In einem stimmte er Miriam aber zu, Tessa Bergen hatte etwas zu verbergen.

»Die hat Leichen im Keller, glauben Sie mir das«, hatte Miriam ihnen gesagt.

Raúl kam mit den Getränken und dem Frühstück auf einem Tablett zu ihnen. »Ich wünsche euch einen guten Appetit. Ihr wisst ja, das Frühstück ist die wichtigste Mahlzeit des Tages. Nur mit gesättigtem Magen lässt es sich jagen.« Raúl lachte über seinen Spruch. »Chicos, das hat sich sogar gereimt.«

»Danke dir. Sieht sehr lecker aus. Ich habe einen Bärenhunger«, stimmte Aydin zu.

»Wann hast du mal keinen Hunger?«, scherzte Brandt.

»Witzig.«

»So liebe ich euch.« Raúl drehte sich um, wandte sich aber

anschließend wieder zu Brandt. »Du scheinst übrigens auch beim weiblichen Geschlecht im Gym Eindruck hinterlassen zu haben.«

»Inwiefern?« Brandt verstand nicht, worauf Raúl hinauswollte.

»Der hebt gleich ab vor lauter Bewunderung«, entgegnete Aydin, der Raúls Anspielung augenscheinlich zu deuten wusste.

»Einen Tag, nachdem ihr mit Saad gesprochen habt, hat eine Frau ihn nach dir ausgefragt.«

»Eine Frau? Wie sah sie denn aus?«

»Das weiß ich leider nicht. Er kennt sie nur flüchtig und war etwas überrascht, dass sie so viel über dich wissen wollte. Ich nahm daher an, dass sie dich heiß findet.« Raúl machte eine typische Geste mit der Hand. »Ihren Namen hat er mir gesagt, aber ich habe ihn mir leider nicht gemerkt, ich Schusselchen. Ich glaube, sie hieß Tara oder so.«

»War das vielleicht Tessa?«

»Ja, genau. Kennt ihr sie?«

»Nicht richtig. Sie ist eine Zeugin in unseren aktuellen Ermittlungen«, blieb Brandt vage. So gerne er Raúl hatte, er war nicht Walter, vor dem er keine Geheimnisse hatte.

»Brich mir nicht so viele Herzen«, sagte Raúl und drohte spaßhaft mit dem Zeigefinger. »Genug geschwafelt. Eure Getränke und die Spiegeleier werden kalt. Lasst es euch schmecken, Chicos.«

Beide Beamten bedankten sich und fingen an zu frühstücken.

»Ich hatte schon im Gym ein komisches Gefühl, als sie an uns vorbeiging«, bemerkte Brandt nachdenklich. »Warum fragt sie Hadi nach mir aus?«

»Gute Frage. Wir sollten sie ihr nachher stellen. Vielleicht hat sie nur Angst.«

»Angst?«

»Ja, weil sie nicht einschätzen kann, was es bedeutet, dass

sie Dirk Reil kennt. Sie weiß von seinem Tod, auch wenn sie leugnet, ihn zu kennen. Möglicherweise hat sie Sorge, dass sie plötzlich als Tatverdächtige dasteht.«

»Sie hat mir nicht den Eindruck gemacht, als würde sie sich vor irgendetwas fürchten. Vielleicht hat sie etwas mit seinem Tod zu tun und versucht, von sich abzulenken.«

»Ich weiß nicht. Reil ist zwar schmächtig und von kleiner Statur, aber sie ist doch auch nur maximal einen Meter siebzig. Wie hätte sie seine Leiche aus der Wohnung schaffen sollen? Zudem wohnt sie in einem Wohnblock. Glaubst du, das kriegt keiner mit?«

»Ich halte das für möglich. Höre zu und lerne.« Brandt aß etwas von seinem Spiegelei. Es war auf den Punkt gebraten, so wie er es mochte. »Das Licht im Flur funktioniert nicht, das heißt, wenn sie ihn abends wegschafft, muss sie keine Sorge haben, dass das Licht angeht und jemand sie sehen könnte. Außerdem weißt du wie ich, wie anonym solche Wohnblöcke sind. Vielleicht erinnerst du dich an die junge Frau auf der Treppe. Die hat Bergen komplett ignoriert. Und wie oft hatten wir Fälle wegen häuslicher Gewalt in solchen Wohnanlagen, wo kein Nachbar etwas gesehen haben will, obwohl man meinen sollte, dass man die Schreie hört. Außerdem, wer sagt dir denn, dass sie keinen Komplizen hatte, und vor allem, dass sie Reil in ihrer Wohnung ermordet hat? Sie besitzt ein Fahrzeug und hätte mit ihm auch woanders hinfahren können. Genau deswegen müssen wir uns unbedingt ihr Auto anschauen.«

Aydin schien nicht gänzlich überzeugt. »Hört sich zwar plausibel an, aber meine Einschätzung ist auch nicht verkehrt. Und jetzt ziehe ich den Joker.«

»Den Joker?« Brandt hob seine Augenbrauen.

»Was, wenn sie als Escort arbeitet und es ihr unangenehm ist, zugeben zu müssen, dass Reil ihr Gast war?«

»Wir finden das heute heraus. So leicht wie gestern mache

ich es ihr diesmal nicht.« Brandt war entschlossen, die Wahrheit in Erfahrung zu bringen.

Danach besprachen sie die weitere Vorgehensweise und gingen den Stand der Ermittlungen durch. Über dem Gespräch vergaß Brandt seinen Albtraum und befand, dass es die beste Idee gewesen war, gemeinsam zu frühstücken.

»Das sollten wir regelmäßig machen«, sagte Aydin, nachdem sie sich zum Abschluss einen Espresso bestellt hatten.

»Gute Idee. Ob wir uns im kargen Büro oder bei einem guten Frühstück abstimmen, ist am Ende egal.«

»Bin dabei.«

»Möchtet ihr noch was?«, fragte Raúl, der an ihren Tisch getreten war.

»Die Rechnung. Wir müssen ins Präsidium. Ich zahle.«

»Kommt nicht infrage, ich mach das«, entgegnete Aydin.

»Raúl, bring mir die Rechnung bitte. Emre zahlt das nächste Mal.«

Unter Protest stimmte Aydin zu. Dass sein Freund ihm mit dem Frühstücksvorschlag einen riesigen Gefallen getan hatte, wollte Brandt ihm gerade nicht auf die Nase binden, weil Aydin dann nur nachgebohrt und irgendwelche Geister gesehen hätte, die es nicht gab.

Raúl brachte die Rechnung und Brandt rundete großzügig auf, wofür Raúl sich herzlich bedankte.

Beide verließen das Café und gingen zu Brandts Dienstwagen, den er ganz in der Nähe geparkt hatte. Als er einstieg, sah er Doktor Glück, wie er mit einer anderen Person das Café betrat. Glück schaute in seine Richtung. Brandt war sich nicht sicher, ob Glück ihn erkannt hatte, aber der Ausdruck in Glücks Gesicht war merkwürdig. Als wäre er sehr nachdenklich oder in Sorge.

· · ·

Zwanzig Minuten später saß Brandt vor seinem Rechner und bearbeitete einige offene E-Mails, als Aydins Handy klingelte.

Brandt bekam beiläufig mit, dass es der Kindergarten war und es wohl um Leah ging.

»Ist was mit ihr?«, fragte Brandt, als Aydin den Anruf beendet hatte.

»Es ist wieder ihr Zahn, der ihr Schmerzen macht. Kann ich dich ein, zwei Stunden allein lassen?«

»Was für eine Frage. Meine Patentochter hat immer höchste Priorität.«

»Danke.« Aydin stand auf und zog sich an.

»Gib mir Bescheid, wenn was ist.«

»Mach ich. Ich melde mich, sobald ich auf dem Rückweg bin.«

»Kein Stress.«

Aydin ging aus dem Büro. Brandt sah ihm an, dass er in Sorge um seine Tochter war und gleichzeitig ein schlechtes Gewissen hatte, dass er während der Arbeitszeit seinen Arbeitsplatz verließ. Brandt hatte damit überhaupt kein Problem. Sie riskierten täglich ihr Leben für fremde Menschen und hatten hunderte Überstunden angehäuft. Wenn dann jemand aus der Familie krank wurde oder sie brauchte, musste die Arbeit zurückstehen, an dieser Einstellung sollte besser niemand rütteln.

Keine zwanzig Minuten später klingelte sein Bürotelefon.

»Moin, Fischer. Was gibt es?«, nahm er das Gespräch an. Wenn Fischer anrief, hatte er in den allermeisten Fällen wichtige neue Hinweise gefunden.

»Ich habe vielleicht was Interessantes für euch.«

»Schieß los.«

»Heute in der Früh kamen die Verbindungsnachweise von Dirk Reils Handy. Ich habe die letzten Nummern überprüft, die er angerufen hat.«

»Sehr gut. Was ist dabei rausgekommen?« Brandt ballte unwillkürlich die Hand zur Faust. Sollten sie vielleicht eine neue Spur haben? Immerhin war es möglich, dass Reil vor seinem Tod telefonischen Kontakt zu seinem Mörder gehabt hatte oder zumindest zu jemandem, der ihnen sagen könnte, mit wem er sich getroffen hatte. Bisher hatten sie nur Tessa Bergen als heiße Spur und das war zu wenig.

»Die letzte Nummer hat er am Tag seines Todes angerufen, um 11:25 Uhr.«

»Weißt du, zu wem die Nummer gehört?« Brandt wurde hellhörig, er fühlte sich in seiner Überlegung bestätigt. »Oder handelt es sich um eine Prepaidnummer?« Erinnerungen an ihren letzten Fall kamen wieder hoch, als eine Person, die in Kontakt mit dem Opfer gestanden hatte, aufgrund ihrer Prepaidkarte lange nicht hatte identifiziert werden können.

»Diesmal haben wir mehr Glück. Die Handynummer ist auf eine Person registriert, und noch mehr: Ich konnte die Handynummer sogar im Internet finden.«

»Im Internet?«

»Ja, auf eBay-Kleinanzeigen. Die Person hat dort eine Verkaufsanzeige aufgegeben und ihre Handynummer eingetragen.«

»Was für eine Anzeige?«

»Eine Geldbörse.«

»Und zu wem gehört die Nummer?« Brandt hatte eine leise Ahnung.

»Tessa Bergen.«

»Irrtum ausgeschlossen?«

»So gut wie. Die endgültige Bestätigung durch den Provider fehlt, aber die Software, die ich nutze, um registrierte Handys zu lokalisieren, hat mir ihren Wohnort ausgespuckt. In der Anzeige nennt sich der Verkäufer: Tessa B.«

»Um was für eine Geldbörse handelt es sich?«

»Etwas älter. Würde auf eine Herrengeldbörse tippen.«

Konnte das wirklich sein? War Bergen so verrückt und verkaufte die Geldbörse von Reil oder spielte sein Verstand ihm einen Streich? So oder so, Brandt hatte jede Menge Fragen und die würde sie ihm beantworten müssen.

»Ist sie noch zu Hause?«

»Laut meinem Programm hält sie sich fünfzig Meter plus/minus zu ihrem Wohnort auf. Das Handy ist eingeschaltet.«

»Danke dir.« Brandt beendete das Gespräch und beschloss, Bergen jetzt sofort aufzusuchen, da er nicht wusste, wie lange Aydin noch weg sein würde und er ihn nicht anrufen wollte. Aydin sollte bei Leah bleiben, so lange wie notwendig.

Er nahm seine Waffe, zog seine Jacke an und verließ sein Büro, begleitet von einer Anspannung, die er nur von Einsätzen kannte.

KAPITEL SIEBENUNDDREISSIG

DER KÖLNER VERKEHR hatte wenig Erbarmen mit Brandt. Die Fahrt, die unter gewöhnlichen Umständen zwanzig Minuten in Anspruch nahm, dauerte diesmal fast doppelt so lang. Aydin hatte sich noch immer nicht gemeldet, weshalb Brandt ein wenig Sorge hatte, dass Leahs Zahnentzündung schlimmer war, als Aydin zugab.

Er parkte seinen Dienstwagen in einer Seitenstraße neben Bergens Anschrift, da er nicht auffallen wollte. Schließlich wollte er vor dem Gespräch noch einen kurzen Blick in ihr Auto werfen. Während der Fahrt hatte er Fischer gefragt, ob er wisse, um welches Modell genau es sich bei Bergens Wagen handelte, immerhin war es auf ihren Namen zugelassen, somit musste es Unterlagen der Zulassungsstelle geben. An diese einfache Lösung, ohne den Umweg über eine Befragung des Büdchenbesitzers zu gehen, hatte er erst jetzt gedacht. Der Spruch »Den Wald vor lauter Bäumen nicht sehen« passte einmal wieder. Manchmal bedachte man die naheliegendsten Dinge nicht, aber am Ende waren Polizeibeamte auch nur Menschen und er entschuldigte sich damit, dass Aydin ebenso wenig daran gedacht hatte.

Glücklicherweise konnte Fischer ihm Modell und Farbe

inklusive des Kennzeichens nennen. Brandt war sehr zufrieden, als er aus seinem Fahrzeug stieg, um die restlichen Meter zu Fuß zu gehen und dabei Bergens Auto zu suchen.

Leider konnte er es nicht finden. Schließlich fiel sein Blick auf den Hinterhof der Wohnanlage.

»Garagen!« Deshalb war er also bisher nicht erfolgreich gewesen.

Trotz dieser Enttäuschung gab es weiterhin jede Menge Argumente, die belegten, dass Bergen in Kontakt mit Reil gestanden hatte, und er war gespannt auf ihre Antwort. Würde sie immer noch lügen oder sich den neuen Fakten stellen?

Aber angenommen, Aydin hatte recht und Bergen arbeitete ebenfalls als Escort? Es blieb nämlich die Frage, wie sie Reils Leiche alleine als Vogelscheuche hätte aufstellen sollen. Die Lösung konnte nur sein, dass es noch jemanden gab. Doch so eine Person, die einem bei einem Mord half, musste man erst einmal finden.

Brandt wischte die Bedenken weg, als er zu Bergens Haustür ging. Was jetzt zählte, war nur das Gespräch.

Er betätigte die Klingel. Keine Reaktion.

Sein Blick wanderte zu dem Fenster, es war verschlossen und um diese Zeit brannte auch kein Licht dahinter. Da die Gardinen zugezogen waren, konnte er nicht ins Innere der Wohnung schauen. So blieb ihm nichts anderes übrig, als erneut zu klingeln.

Wieder keine Reaktion.

Brandt überlegte, ob er sie anrufen sollte. Fischer hatte gesagt, dass er ihr Handy in der Nähe der Wohnung geortet habe, aber das war eine Stunde her. Möglicherweise war sie ausgeflogen.

Vielleicht ist sie beim Büdchen, überlegte er. Statt sie anzurufen, würde er lieber dorthin gehen. Den Trumpf, dass sie ihre Handynummer hatten, wollte er zunächst nicht ausspielen.

Kurz bevor er das Büdchen erreichte, kam ihm Tessa Bergen entgegen.

»Guten Morgen. Sie wollen sicherlich zu mir«, grüßte Bergen ihn. Sie wirkte gut gelaunt, ganz anders als gestern.

»Guten Morgen. Genau. Ich habe da noch ein paar Fragen an Sie.«

»Wo ist Ihr Kollege?«

»Der hat heute frei.« Brandt würde ihr mit Sicherheit nicht erzählen, was Aydin tat, das hatte sie nicht zu interessieren.

»Stört es Sie, wenn ich rauche?« Sie hielt eine Schachtel Zigaretten in der Hand.

»Nein.«

Bergen zündete sich eine Zigarette an. »Dann schießen Sie mal los.«

Bevor Brandt seine Frage stellen konnte, hörte er, wie jemand rief: »Verhaften Sie diese Schlägerin!« Als er sich in die Richtung umdrehte, sah er Miriam, die aufgeregt mit den Händen fuchtelte. Sie stand vor dem Büdchen.

»Kennen Sie die Frau?«, fragte Brandt.

»Ja, das ist Miriam. Wir hatten gestern eine Auseinandersetzung. Sie hat mich aufs Übelste beleidigt und dann ist mir eine harte Rechte ausgerutscht.« Das kurze Lachen verriet Brandt, dass sie den Schlag überhaupt nicht bereute. Wenigstens hatte sie nicht gelogen. Miriam interessierte Brandt nicht.

»Mir geht es noch immer um Dirk Reil«, kam er daher zu seinem Anliegen.

»Hören Sie, ich kenne den Mann nicht.«

»Bevor Sie weitersprechen, sollten Sie mich ausreden lassen«, entgegnete Brandt. »Wir wissen, dass Reil Sie am 8. März um 11:25 Uhr angerufen hat. Wir haben seine Verbindungsnachweise. Wie kann er Sie anrufen, wenn Sie ihn nicht kennen?«

Bergen starrte Brandt wortlos an, wirkte aber ansonsten

nicht überrascht oder erschrocken. Er konnte diesen fast stoischen Gesichtsausdruck nicht recht deuten.

»Ja, gut. Ich kannte ihn«, gestand sie ein.

»Und warum haben Sie dann gestern gelogen?«

»Ist das nicht offensichtlich?«

»Die Polizei zu belügen, ist nie eine gute Idee«, zeigte sich Brandt unbeeindruckt. Wenigstens hatte sie endlich die Wahrheit gesagt. Jetzt musste er nur noch in Erfahrung bringen, in welcher Verbindung sie zu Reil stand.

»Ich weiß, aber ich hatte Angst, dass alles rauskommt und ich am Ende als Tatverdächtige dastehe. Man sieht das doch immer in Krimis, dass man plötzlich als vermeintlicher Täter nur noch Ärger am Hals hat.«

»Dass was rauskommt?«, hakte Brandt nach.

Bevor sie antwortete, schaute sie sich um, als hätte sie Sorge, dass jemand lauschen könnte. »Ist das nicht offensichtlich?« Wieder huschte dieses merkwürdige Lächeln über ihre Lippen, als würde sie sich über etwas lustig machen.

»Nein, kommen Sie bitte zum Punkt.«

»Warum sollte eine junge Frau wie ich mit jemandem wie Reil abhängen, wenn nicht für Geld? Der war doch kaputt, ein Wrack. Ein Ekelpaket.« Sie schüttelte sich, als wollte sie ihren Worten damit mehr Gewicht verleihen.

»Arbeiten Sie nebenbei als Escort?« Wie es schien, hatte Aydin mit seiner Vermutung recht gehabt. Die Spur zu Bergen entpuppte sich ebenfalls als Sackgasse.

Sie nickte kurz. »Deswegen habe ich gelogen. Ich möchte nicht, dass das rauskommt.« Inzwischen hatten sie die Wohnanlage erreicht. »Darf ich Sie um einen Gefallen bitten?«

»Welchen?«

»Ich habe zwei Säcke mit Blumenerde für meinen kleinen Garten gekauft. Ob Sie mir helfen könnten, einen davon in den Garten zu tragen? Die beiden Säcke sind im Kofferraum.«

»Kann ich machen.« Brandts Antwort war nicht ganz uneigennützig, bot sich ihm doch so die Gelegenheit, einen Blick in ihr Auto zu werfen. Auch wenn vieles dafürsprach, dass sie nur als Escort arbeitete, durfte er sich diese Chance nicht entgehen lassen.

Wie vermutet, stand ihr Wagen in der Garage. Sie öffnete das Garagentor und gemeinsam traten sie ein. Brandt fiel auf, dass das Auto ausgesprochen sauber war. Keine Spuren einer Fahrt über einen Feldweg oder Ähnliches. Ein Indiz mehr, das dafürsprach, dass sie nichts mit dem Mord zu tun hatte. Sie drückte auf den Türöffner des Autos an ihrem Schlüssel.

»Der Kofferraum ist offen. Können Sie bitte die Säcke rausholen? Ich nehme Ihnen einen ab.«

Brandt nickte und beugte sich zum Kofferraum, gleichzeitig suchte er mit seinen Blicken das Innere des Wagens ab, so gut es von dieser Position aus ging.

Plötzlich spürte er einen stechenden Schmerz, dann einen zweiten und einen dritten. Es ging ganz schnell.

Bevor er blutüberströmt zu Boden stürzte und das Bewusstsein verlor, hörte er Bergen noch sagen: »Glauben Sie, dass Sie mir ans Bein pinkeln können?«

KAPITEL ACHTUNDDREISSIG

Der Zahnarztbesuch hatte deutlich mehr Zeit in Anspruch genommen, als Aydin angenommen hatte. Die Praxis war sehr voll und dementsprechend kamen sie erst spät an die Reihe, zudem war der Zahnarzt dieses Mal besonders gründlich und vorsichtig.

Knapp drei Stunden später saß Aydin wieder im Auto, um ins Präsidium zu fahren, nachdem er seine Tochter zu den Schwiegereltern gebracht hatte, wo seine Frau war.

Ein Blick auf die Uhr sagte ihm, dass es kurz nach 13 Uhr war.

»Mittagszeit. Hoffentlich hat Lasse noch nicht gegessen.«

Er rief Brandts Nummer an, aber niemand nahm ab.

»Bestimmt hat er sein Handy wieder im Büro liegen lassen.«

Daher schrieb er ihm eine Nachricht.

Schon zu Mittag gewesen? Bin gleich im Präsidium, könnten zusammen was essen gehen.

. . .

Zwanzig Minuten später betrat er ihr Büro. Von Brandt fehlte jede Spur und sein Handy lag nicht auf seinem Schreibtisch. Seine Jacke hing auch nicht an der Garderobe, was wohl bedeutete, dass sein Dienstpartner unterwegs war.

»Ob er ohne mich zu Bergen gefahren ist?«, murmelte Aydin und wählte erneut Brandts Nummer. Diesmal ertönte kein Freizeichen, sondern ein Besetztzeichen.

»Telefoniert bestimmt.«

Etwas stutzig machte ihn nur, dass er nicht auf seine Nachricht geantwortet hatte, das sah Brandt gar nicht ähnlich.

Einige Minuten später wählte er erneut Brandts Nummer, doch noch immer war ein Besetztzeichen zu hören. Langsam wurde er nervös. Er hoffte, dass es keinen Grund dafür gab, dennoch konnte er diese Nervosität nicht abstellen.

Er rief Fischer an.

»Hallo, Emre, was kann ich für dich tun?«, nahm Fischer den Anruf entgegen.

»Weißt du zufällig, wo Lasse ist?«

»Bist du nicht bei ihm?«

»Nein, ich musste meine Tochter zum Zahnarzt bringen.«

»Hoffe, ihr geht es gut.«

»Alles wieder in Ordnung. Ein Zahn macht ihr etwas Kummer, aber ich glaube, der Zahnarzt hat dieses Problem endlich aus der Welt geschafft. Weißt du, wo Lasse ist?«, wiederholte Aydin seine Frage.

»Soviel ich weiß, wollte er zu Tessa Bergen, weil ich heute in der Früh die Verbindungsnachweise bekommen habe und die letzte Nummer, die Reil vor seinem Tod angerufen hat, war die von Bergen.«

»Wann war das?«

»Ist schon einige Stunden her.«

»Komisch. Ich kann ihn leider telefonisch nicht erreichen und auf meine Nachricht reagiert er auch nicht. Kannst du sein Handy lokalisieren?«

»Mach ich. Ich melde mich gleich bei dir.«

»Danke.«

Der Rückruf erfolgte nur wenige Minuten später. Minuten, in denen Aydin wieder mehrmals versucht hatte, Brandt zu erreichen – ohne Erfolg. Inzwischen wurden seine Sorgenfalten tiefer.

»Leider kann ich das Handy nicht lokalisieren. Vielleicht ist es ihm unglücklich runtergefallen, kaputt gegangen oder der Akku ist leer, dann klappt das nicht so leicht, da bräuchte ich mehr Zeit. Aber Frau Bergen ist nicht weit weg von ihrer Wohnstätte, falls das von Interesse für dich sein sollte. Ihr Handy habe ich lokalisiert.«

»Schick mir die Koordinaten, ich werde ihr einen Besuch abstatten.«

»Willst du einen Kollegen mitnehmen?«

»Nein, ich mach das alleine, ich will jetzt keine Pferde scheu machen. Wäre ziemlich peinlich, wenn am Ende nur der Akku leer war.«

»Gut, wenn was ist, melde dich.«

»Mach ich.«

Aydin zog sich an und eilte zu seinem Auto. Das mulmige Gefühl in der Magengegend wollte nicht verschwinden.

Keine vierzig Minuten später war Aydin nur noch knapp einen Kilometer von seinem Ziel entfernt, dem Ort, an dem Fischer Bergens Handy geortet hatte. Er fuhr den Alten Deutzer Postweg entlang und verlangsamte das Tempo.

Auf der einen Seite der Straße lagen einige Schrebergärten. Das Navigationssystem wies ihn an, links abzubiegen. Er kam dem Ziel immer näher und wurde zunehmend nervöser, weil er auch während der Fahrt ständig Brandts Nummer gewählt hatte, obwohl die Vernunft ihm sagte, dass das Handy seines Freundes nicht erreichbar war.

Knapp einhundert Meter vor dem Ziel parkte er sein

Fahrzeug. Er zog eine schusssichere Weste unter der Jacke an, dann nahm er seine gesicherte Waffe, steckte sie in die Jackentasche und stieg aus.

In kurzer Entfernung sah er ein einsames Häuschen. Ein mulmiges Gefühl beschlich ihn. Dass Bergens Handy ausgerechnet hier geortet worden war, fand er überaus seltsam, vor allem vor dem Hintergrund, dass Brandt sie hatte aufsuchen wollen und nun nicht erreichbar war. Das Gefühl, dass Brandt womöglich in ihren Händen war, wurde immer stärker. Vielleicht war er schwer verletzt? Vorsichtig näherte er sich dem Anwesen. Mit entsicherter Waffe.

Allmählich kam Brandt zu sich. Er hatte starke Schmerzen und fühlte sich entsetzlich schwach, immer wieder hatte er das Gefühl, ohnmächtig zu werden. Alles Anzeichen dafür, dass er viel Blut verloren hatte.

Er hatte überhaupt keine Ahnung, wo er war und wie er hierher gelangt war. Er konnte sich nur noch an die Garage erinnern und daran, dass er plötzlich einen starken Schmerz gespürt und kurz darauf das Bewusstsein verloren hatte.

Jetzt hatte ihn jemand an einen Stuhl gefesselt. Die Jacke hatte man ihm ausgezogen.

»Sind Sie endlich wach«, hörte er eine Frau sagen. Als sie vor ihn trat, erkannte er Tessa Bergen. »Ich hatte Sorge, Sie verrecken schon. Dabei habe ich doch noch einiges mit Ihnen vor.«

»Sie sollten sich ergeben.«

»Ergeben?« Bergen lachte. »Ich weiß ja nicht. Augenscheinlich hat sich der große Blutverlust negativ auf Ihren Verstand ausgewirkt.« Sie machte einen Schritt auf ihn zu. »Sie gehören mir und wir sind noch lange nicht fertig. Gleich werden Sie spüren, was echte Schmerzen sind. Das verspreche ich Ihnen.« Kaum hatte sie das ausgesprochen, schlug sie ihm mit der Faust ins Gesicht. Brandt war zu schwach, um zu schreien. »Hätte ich Dirk nicht angerufen, wären Sie nie auf mich gekommen«, sagte sie und hielt dann inne. »Oder hat Saad auch gepetzt?«

Brandt blieb ihr die Antwort schuldig. »Meine Kollegen wissen, dass ich zu Ihnen wollte. Sie werden bald nach mir suchen und ...« Er konnte seinen Satz nicht zu Ende bringen, weil sie erneut ohne Vorwarnung auf ihn einschlug.

»Das glaube ich nicht. Ich habe Ihr Handy zerstört. Niemand wird Ihnen zu Hilfe eilen.«

»Seien Sie doch nicht so naiv. Stellen Sie sich und ich verspreche Ihnen, dass ich beim Staatsanwalt ein gutes Wort für Sie einlegen werde.«

»Halten Sie den Mund. Glauben Sie etwa, ich habe Angst vor dem Tod? Da schätzen Sie mich falsch ein. Ich kenne keine Angst, fragen Sie meinen gewalttätigen Vater. Wie oft hat er auf mich eingeschlagen, wenn er besoffen war, und hatte ich auch nur ein Mal Angst deswegen? Nein!« Sie wurde laut, Speicheltröpfchen flogen aus ihrem Mund. »Ich werde Sie töten. Ich muss Sie töten, ich kann nicht anders. Dieses Verlangen ist kaum noch zu ertragen.« Sie lachte höhnisch. »Jemanden zu töten, ist nicht leicht, glauben Sie mir. Auf meiner Liste standen noch der fette Zoran und diese vorlaute Miriam. Na ja, kurzzeitig auch Andre, aber sie leben alle. Nur bei Ihnen werde ich nicht versagen. Ich werde Sie töten und dann zur Schau stellen: der arrogante und selbstverliebte Bulle, der selbst im Tod gedemütigt wird.«

»Also geben Sie zu, dass Sie Dirk Reil ermordet haben?«

»Warum sollte ich es leugnen? Er hatte es verdient, zu sterben. Hat immer wieder rumgeheult, dass er seine Frau vermissen würde, hat aber sein ganzes Geld für Bier und Nutten ausgegeben. Wie kann man sagen, man würde seine Frau vermissen, wenn man andere Frauen fickt? Am Ende habe ich der Menschheit einen Gefallen damit getan. Reil war eine falsche Schlange und eine Pussy noch dazu. Er hat es nicht anders verdient.«

Mit diesem Geständnis hatte Brandt den Beweis, dass Bergen die Täterin war. Trotzdem konnte er sich nicht vorstellen, dass sie allein gehandelt hatte. Also fragte er sie: »Aber warum die Sache mit der Vogelscheuche? Sie können das doch unmöglich allein gemacht haben?« Kaum hatte er das gesagt, kehrte dieses starke Gefühl zurück, dass er gleich ohnmächtig werden würde. Er wusste, dass er dagegen ankämpfen musste. Wenn er das Bewusstsein verlöre, würde er sterben, das stand außer Frage.

»Es war meine Idee. Ich wollte, dass die Welt das wahre Gesicht von Dirki sieht.« Sie holte tief Luft.

»Und wer hat Ihnen geholfen, die Leiche aufzustellen? Haben Sie keine Angst, dass er sie verpfeifen wird?«

»Wiktor niemals«, reagierte sie scharf. »Es gibt keinen Menschen, dem ich mehr vertraue als ihm. Das hier ist sein Haus. Er wohnt alleine hier, keine Zeugen. Und ganz blöd bin ich auch nicht. Auf Dirks Leiche sind seine Fingerabdrücke, denn im Gegensatz zu ihm habe ich Handschuhe getragen.«

»Als ob das etwas ändert. Sie haben jede Menge DNA am Tatort gelassen.«

»Bestimmt nicht. Sie lügen«, wurde sie laut und schlug erneut zu. Dieser Schlag saß. Brandt verlor kurz das Bewusstsein.

»Nicht sterben, wir sind noch nicht fertig«, hörte er Bergen wieder schreien.

Brandt kam zu Bewusstsein. Mit jeder Minute wurde seine persönliche Situation dramatischer, doch er hatte keine Ahnung, wie er sich aus dieser misslichen Lage befreien sollte, und Hilfe war auch nicht in Sicht.

Bergen trat an ihn heran, beugte sich ganz nah an sein Ohr und flüsterte: »Gleich haben wir richtig viel Spaß zusammen, und wenn Sie tot sind, werde ich Ihnen Frauenkleider anziehen, Sie schminken und dann sehen wir mal, wo ich Sie zur Schau stellen werde. Niemand wird das zu verhindern wissen. Bevor Ihre Kollegen überhaupt wissen, wo ich bin, tauche ich in Polen unter. Wiktor hat da irgendwo an der Ostsee ein kleines Häuschen, das seine Eltern ihm vor Jahren vererbt haben.«

***

Aydin hatte sich dem Haus gefährlich genähert. Sein Blick fiel auf einen Kombi, der vor dem Anwesen parkte. Er wusste, dass Bergen einen Kombi fuhr. Ob es dieser hier war, konnte er nicht sagen, aber alles sprach dafür. Sein Herz raste, er fürchtete schon, dass es ihn verraten würde, so angespannt und nervös war er. Adrenalin schoss durch seine Adern.

Vorsichtig näherte er sich der Südseite des Hauses und suchte Deckung an der Hauswand. Sein Blick wanderte immer wieder in alle Richtungen. Zum einen, weil er nach potentiellen Gefahrenquellen Ausschau hielt, zum anderen, weil er eine Einstiegsmöglichkeit ins Haus suchte.

Das Gebäude war alt und wirkte sanierungsbedürftig, was Aydin in die Hände spielte. Er sah ein Fenster, das zum Keller gehörte. Vorsichtig trat er heran und prüfte, ob er es öffnen konnte. Es war verschlossen, doch nur knapp zwei Meter weiter rechts gab es noch ein Fenster. Es hatte einen leichten Sprung. Das Risiko, es einzuschlagen, ging er nicht ein, er versuchte lieber, es zu öffnen, und spürte, dass es nachgab. Er drückte etwas fester und das Fenster öffnete sich einen Spalt, dann drückte er noch einmal und endlich gab es nach. Sich rasch nach hinten absichernd, verschaffte er sich Zugang in den Keller.

Überall lag Müll herum, aber es gab keinen Hinweis auf die Anwesenheit von Brandt.

Aydin verließ den Raum und befand sich jetzt im Kellergang. Er vernahm Stimmen und fast glaubte er, dass eine davon Brandts war. Schwach, sehr schwach, doch er hörte ihn sprechen. Langsam näherte er sich der Tür, hinter der die Stimmen erklangen.

Als er direkt davorstand, zögerte er keine Sekunde, trat die Tür ein und machte mit der Waffe einen Schritt in den Raum. »Lassen Sie das Messer fallen«, brüllte er und zielte auf Bergen, dann hörte er, wie Brandt schrie: »Hinter dir!«

Schnell drehte er sich zur Seite und hörte einen Schuss, der haarscharf an ihm vorbeiging. Aus dem Augenwinkel sah er einen Mann, in der Hand eine Pistole, die wie Brandts Dienstwaffe aussah. Vermutlich hatte man sie ihm abgenommen. Aber Aydin war schneller, er schoss zwei Mal und traf den Mann tödlich. Er sackte zu Boden und rührte sich nicht mehr. Dann drehte sich Aydin zu Bergen.

»Lassen Sie das Messer fallen«, rief er.

Die Frau dachte jedoch nicht daran und stach blindwütend auf den am Stuhl gefesselten Brandt ein. Aydin feuerte mehrere Schüsse ab und auch Bergen ging zu Boden.

Aus Brandts Oberkörper spritzte das Blut in alle Richtungen. Aydin zog seine Jacke und seinen Pullover aus, anschließend auch das T-Shirt, riss es in Stücke und legte einen Druckverband auf die Wunde. Dann zückte er sein Handy und rief Fischer an, damit er dem Rettungsdienst die Koordinaten durchsagen konnte.

»Alles wird gut«, sagte er, indem er sich zu Brandt herunterbeugte, aber der reagierte nicht. »Hörst du? Alles wird gut! Du darfst nicht sterben.«

Er prüfte den Puls des Freundes, er war kaum fühlbar. Panik machte sich breit. Kurz überlegte er, ob er Brandt selbst ins Krankenhaus fahren sollte, verwarf den Gedanken jedoch, weil er nicht wusste, ob Brandt innere Verletzungen hatte, und er sein Auto nicht vor dem Haus geparkt hatte. Er wollte seinen besten Freund nicht allein lassen.

»Wach auf, du musst wach bleiben. Hörst du?«

»Bist du es?«, hörte er endlich Brandts Stimme. Sie war schwach und dennoch aller Grund für Hoffnung.

»Ja, halte durch. Der Rettungswagen müsste jeden Augenblick da sein.«

»Ich habe zu viel Blut verloren, ich fürchte ...«

»Nein, du wirst nicht sterben! Hörst du! Diesen einfachen Weg wählst du nicht. Wir brauchen dich. Walter braucht dich, Tolga braucht dich, Leah braucht dich. Wie soll ich denen erklären, dass du gestorben bist? Du hast Verantwortung, du kannst nicht gehen, ich brauche dich. Verlass mich nicht. Bleib nur wach.«

»Ich wünschte ...« Brandts Stimme wurde schwächer, er war kaum noch zu verstehen. Aydins Sorge stieg ins Unermessliche. Tränen sammelten sich in seinen Augen, aber er verbot sich, zu weinen, weil er stark sein musste, für seinen besten Freund Lasse.

Aydin kam sich so hilflos vor. Er konnte nur noch das Shirt auf die Wunde drücken, es war inzwischen blutdurchtränkt. Leider war es nicht die einzige Wunde, es gab noch mehr Stichverletzungen, doch diese hier war seinem Gefühl nach die gefährlichste, denn sie war auf Höhe des Herzens.

Endlich hörte er Sirenen.

»Halte durch. Der Rettungswagen ist da.«

Brandt antwortete nicht, er atmete nur, sehr schwach, aber er atmete, und das bedeutete, dass er am Leben war. »Halte durch! Ich bin bei dir.«

Die Rettungssanitäter wollten Aydin nicht in den Wagen lassen, aber er ließ ihnen keine Wahl. Er würde Brandt keine Sekunde aus den Augen lassen. Er forderte sie auf, seinen Kollegen in die Notaufnahme der Uniklinik zu fahren und vorab darum zu bitten, dass ein Herr Doktor Glück Brandt operierte. Der Rettungssanitäter kam seinem Wunsch nach.

»Er behandelt gerade jemanden«, sagte er dann. »Sie

wissen nicht, wie lange die OP noch dauert. Es könnte eng werden. Aber seien Sie unbesorgt, auch die anderen Ärzte verstehen ihr Handwerk.«

»Es muss Doktor Glück sein«, beharrte Aydin.

»Das Krankenhaus versucht sein Bestes. Bitte beruhigen Sie sich«, entgegnete der Rettungssanitäter.

Beruhigen? Wie sollte er sich beruhigen, wenn sein bester Freund um sein Leben kämpfte?

Endlich erreichten sie die Notaufnahme. Aydin sprang als Erster aus dem Wagen, dann wurde Brandt ins Krankenhaus geschoben. Aydin folgte ihnen. Brandt sah sehr bleich aus, er regte sich nicht.

Eine Krankenschwester eilte ihnen entgegen und fühlte seinen Puls. Sie wirkte erschrocken.

»Er hat keinen Puls! Sofort Wiederbelebungsmaßnahmen einleiten«, hörte er sie rufen.

Brandt wurde in einen Raum geschoben, Aydin wollte ihm folgen, doch ein Mann hielt ihn auf.

»Sie können hier nicht rein.«

»Ich muss, er ist mein bester Freund.«

»Nur medizinisches Personal darf hier rein. Es tut mir leid. Brauchen Sie etwas?«

»Nein, nein. Mir geht es gut. Kümmern Sie sich um ihn.«

»Was ist geschehen?«, hörte er da jemand anderen sagen. Als er zur Seite schaute, sah er Doktor Glück, der auf ihn zugerannt kam.

»Lasse ist in dem OP-Saal. Er wurde mehrmals mit einem Messer getroffen und hat sehr viel Blut verloren. Ich glaube, sie versuchen ihn gerade wiederzubeleben. Bitte, Sie müssen ihn retten.«

Glück nickte nur und verschwand in den OP-Saal. Aydin blieb allein zurück. Er nahm auf einer Sitzbank im Flur Platz. Seine Gedanken waren bei Brandt und dem letzten Bild, das er von ihm hatte. Kreidebleich und ohne Puls.

»Du darfst nicht sterben«, sagte er, um sich Mut zu

machen, auch wenn sein Verstand ihn warnte, dass sein Freund zu viel Blut verloren hatte und dass nur ein Wunder ihn retten würde.

Sein Handy klingelte, aber er hatte keine Kraft, das Gespräch anzunehmen, es ging jetzt nur um Brandt. Alles andere musste warten.

Aydin hatte jegliches Gefühl für Raum und Zeit verloren. Er wusste nicht, wie lange er schon vor dem OP wartete, als die Tür sich öffnete und einige Krankenschwestern heraustraten. Keine von ihnen wollte ihm etwas sagen.

Endlich kam Glück aus dem Operationssaal. Er sah sehr mitgenommen und müde aus.

»Hallo«, machte er sich leise bemerkbar.

»Was ist mit Lasse? Lebt er?« Aydin war aufgesprungen. Er hatte große Angst vor der Frage, aber noch viel größere Angst vor der Antwort.

»Er hat sehr viel Blut verloren. Ein Einstich hat wichtige Arterien nur um Millimeter verfehlt. Wir konnten die Blutung stoppen, aber ich möchte Sie nicht anlügen, es wäre möglich, dass er diese Nacht nicht überlebt. Vielleicht sollten Sie die Angehörigen informieren.«

»Seine Eltern wohnen in Hamburg und Ylva ist auf einem Lehrgang. Walter und ich sind seine Familie.«

»Dann sollten Sie Walter informieren. Es tut mir leid. Ich habe alles in meiner Macht Stehende versucht.« Glück wirkte sehr nachdenklich.

»Ich danke Ihnen, dass Sie es trotzdem versucht haben.« Mehr konnte Aydin gerade nicht sagen, seine Stimme brach. Dann weinte er. Wenn Glück schon sagte, dass Brandt sterben würde, welche Hoffnung gab es da noch?

WALTER UND AYDIN warteten vor der Intensivstation.

»Lasse ist stark, hörst du? Er wird nicht sterben.«

»Ja, du hast recht.« Aydin wollte auch positiv denken, doch seit Stunden gab es überhaupt keine Nachrichten, die dieser Hoffnung Nahrung geben konnten. Nina hatte angerufen und gefragt, ob sie etwas vorbeibringen solle, aber Aydin hatte dankend abgelehnt. Sie solle bei Leah bleiben. Er bat sie, Ylva vorerst nicht zu informieren, solange sie nicht wussten, was aus Brandt wurde. Dass sie herkäme, hatte gerade keinen Sinn, sie war auf einem Lehrgang in Wien.

So sehr Aydin sich auch gegen die Gedanken wehrte, sie ließen ihn nicht in Ruhe: Wie sollte er Tolga und Leah Lasses Tod beibringen? Leah war noch jung, sie würde darüber hinwegkommen, vor allem, weil sie ihr nicht unbedingt die brutale Wahrheit erzählen mussten. Aber Tolga, sein jüngerer Bruder mit Trisomie 21? Der würde daran kaputt gehen, weil er in Lasse vernarrt war. Lasse und Walter waren mit Abstand seine besten Freunde. Tolga würde am meisten von ihnen leiden.

Auch die Kollegen und Bender hatten angerufen, aber

Aydin hatte darum gebeten, dass niemand kommen möge. Es reichte, dass Walter und er da waren.

Walter, dieser Berg von Mann, wischte sich immer wieder die Tränen vom Gesicht. Er wirkte um Jahre gealtert. »Brandt ist ein Kämpfer. So jemandem machen doch die paar Messerstiche nichts aus.«

Aydin presste die Lippen zusammen. Es tat ihm gut, dass Walter bei ihm war, er gab ihm Kraft.

In dem Moment betrat Glück den Flur und steuerte auf die beiden Männer zu.

»Sie sollten sich etwas Ruhe gönnen«, sagte er.

»Wie können wir uns ausruhen, wenn Lasse um sein Leben kämpft?«, fragte Aydin. Er war müde und schwach, keine Frage, doch das war nichts im Vergleich zu dem, was Brandt gerade durchmachte.

»Wenn Sie wollen, lasse ich für Sie beide ein Zimmer herrichten, dann können Sie sich abwechselnd ausruhen.«

»Ich bleibe hier, bis ich weiß, dass es Lasse besser geht«, antwortete Walter.

»Das Gleiche gilt für mich.«

»Herr Brandt kann sich sehr glücklich schätzen, Freunde wie Sie zu haben.« Glück wirkte beeindruckt.

»Wie geht es ihm?«, kam Walter Aydin mit der Frage zuvor.

»Nicht gut. Die nächsten Stunden werden entscheiden, ob er durchkommt. Ich wollte gerade nach ihm schauen.«

»Können wir kurz zu ihm?«, fragte Aydin.

»Das ist unmöglich, tut mir leid. Wenn ich etwas für Sie tun kann, lassen Sie es mich bitte wissen.«

»Nicht für uns, nur für Lasse, bitte. Nur ihm sollte Ihre volle Aufmerksamkeit gehören.«

Glück nickte kurz, dann verabschiedete er sich von beiden und betrat die Intensivstation.

Aydin und Walter blieb nichts anderes übrig, als weiter zu warten. Unablässig wanderte Aydins Blick zur Tür. Glück war noch immer in dem Zimmer und Aydin fragte sich, was er da so lange machte, zumal Brandt ein Einzelzimmer hatte. War das ein Zeichen, dass sein Zustand sich verschlimmert hatte?

Schnell wischte Aydin den Gedanken beiseite. Er musste positiv denken, was gerade sehr schwer war.

Nach einer gefühlten Ewigkeit trat Glück aus dem Zimmer. Er sah blass und ausgelaugt aus, als hätte ihn irgendetwas erschöpft.

»Wie geht es Lasse?«, fragte Aydin, aber Glück ignorierte ihn und verließ die Station. Aydin schaute ihm ungläubig hinterher. Irgendetwas stimmte hier nicht. So seltsam abwesend hatte er Glück noch nie erlebt.

Er hielt es nicht mehr aus, er stand von seinem Platz auf und ging auf das Zimmer von Brandt zu, er musste wissen, was geschehen war. Doch gerade, als er die Hand auf der Türklinke hatte, rief eine Krankenschwester: »Stopp!«

»Ich muss wissen, wie es ihm geht, sonst drehe ich durch«, flehte Aydin. Seine Augen wurden feucht. »Nur eine Minute, bitte.«

»Sein Zustand ist sehr kritisch«, erwiderte die Krankenschwester.

»Wie, kritisch?«

»Das weiß ich nicht. Haben Sie nicht mit Doktor Glück gesprochen?«

»Nein, er ist einfach weitergegangen.«

»Nehmen Sie es ihm nicht übel, er hat gerade sehr viele Patienten, die auf der Intensivstation liegen, und jeder Einzelne berührt ihn persönlich sehr.«

»Das kam falsch rüber, verzeihen Sie. Ich bin Doktor Glück für alles dankbar, was er für meinen Freund getan hat. Aber es muss doch möglich sein, für eine Minute zu ihm zu dürfen. Eine Minute, ist das zu viel verlangt?«

Die Krankenschwester zögerte, was Aydin als gutes Zeichen wertete, dann wanderte ihr Blick zum Ende des

Flurs, wo ihre Station war. Dort stand Glück. Die Schwester schaute ihn an, er nickte kaum erkennbar.

»Gut, eine Minute«, sagte sie dann die erlösenden Worte. Sie konnte nicht wissen, was für eine große Freude sie Aydin damit machte. Es war, als würde ein tonnenschwerer Stein von ihm abfallen. »Aber wirklich nur ganz kurz. Nichts anfassen.«

»Das werden wir nicht.«

»Wir?«

»Walter hat dasselbe Recht, ihn zu sehen, er steht ihm ebenso nahe wie ich.«

Sie grummelte etwas und antwortete dann: »Eine Minute. Und bitte die Hände desinfizieren.« Dabei schaute sie demonstrativ auf ihre Uhr.

»Danke.« Walter und Aydin zögerten keine Sekunde und betraten vorsichtig die Intensivstation. Sie desinfizierten sich ihre Hände und traten an das Bett von Brandt. Unzählige Schläuche führten von einer Reihe Apparaten zu Brandts Körper. Ihn so zu sehen, schmerzte Aydin sehr, Walter nicht minder.

»Moin«, sagte Walter leise.

»Moin«, flüsterte Aydin. Was sollte man in so einer Situation sagen? Aydin wusste, dass man möglichst schöne Dinge ansprechen sollte, auch wenn es den Anschein erweckte, dass die Patienten nichts mitbekamen, weil sie ins künstliche Koma versetzt oder schwer verletzt waren. Ihr Unterbewusstsein bekam mehr mit, als Besucher glauben mochten. Dabei wusste Aydin nicht einmal, ob man Brandt ins künstliche Koma versetzt hatte oder ob die schweren Verletzungen und die Medikamente dafür sorgten, dass er wie ein Toter dalag.

Sein Freund sah nicht gut aus. Vermutlich war das der Grund, warum Glück so erschöpft und blass an ihm vorbeigegangen war, ohne etwas zu sagen. Wusste er, dass Brandt sterben würde?

»Wir brauchen dich«, sagte Walter. »Weil wir dich alle

lieben, hörst du? Wir lieben dich, ich liebe dich. Du und Aydin habt einem alten störrischen Mann wie mir wieder gezeigt, was es bedeutet, Freude am Leben zu haben. Du bist unsere Familie. Und wir geben dich nicht auf, Familie hält zusammen, hörst du? Aydin und ich werden hier auf dich warten, bis du die Augen aufmachst.«

»Walter hat recht. Wir brauchen dich, weil du unsere Familie bist. Tolga, Leah, Ylva, Nina, alle brauchen dich, weil sie dich lieben. Du hast keine andere Wahl, als zu uns zurückzukommen. Ich brauche dich, weil ich dich liebe und bewundere.« Aydin konnte seine Tränen nicht mehr zurückhalten, es waren zu viele und sie waren zu stark. Die Emotionen übermannten ihn. Ganz zaghaft berührte er Brandts Hand. Auch Walter weinte und keiner schämte sich für seine Tränen, denn Aydin nahm an, dass dies die Stunde des Abschieds war.

Doch dann geschah etwas Seltsames. Noch immer hielt Aydin Brandts Hand und plötzlich spürte er eine zarte Bewegung. Zunächst glaubte er, dass es nur Einbildung war, aber als er auf die Hand schaute, sah er, wie sie sich ganz leicht bewegte.

Hoffnung!

Dann bewegte Brandt auch den Kopf, vorsichtig nach links, und wie durch ein Wunder öffnete er langsam die Augen. Walter strahlte vor Glück und Aydin nicht minder.

»Wo bin ich?«, fragte Brandt. Es war kaum hörbar, aber er sprach. Wenn das kein Wunder war, was dann?

»In Sicherheit bei deiner Familie«, antwortete Aydin.

»Meine Familie. Schön, euch zu sehen«, sagte Brandt leise.

Diese Worte zu hören, waren seit Langem das Wunderbarste, was Aydin widerfahren war.

KAPITEL VIERZIG

Es war wirklich ein Wunder, ein anderes Wort fiel Aydin dafür nicht ein. Nach einer guten Woche war Brandt auf eine normale Station verlegt worden, und wenn sich der Heilungsverlauf so positiv weiterentwickelte, würde er demnächst das Krankenhaus verlassen dürfen.

In den vergangenen Tagen hatte er immer wieder an Nikola Braun gedacht und sich endlich die Aufzeichnung angehört, die so plötzlich beendet worden war. Er brauchte Klarheit. War es wirklich nur Zufall, was sie vorausgesagt hatte? Am liebsten hätte er sie besucht, aber Braun war weder telefonisch noch persönlich zu Hause zu erreichen. Fischer hatte später herausgefunden, dass sie sich in ein Krankenhaus hatte einweisen lassen, wegen psychischer Probleme. Als Aydin das erfuhr, hatte er von einem persönlichen Gespräch abgesehen. Brandt war gesund, das war das Einzige, was zählte.

Gerade waren Walter und er wieder im Krankenhaus, um Brandt zu besuchen.

»Moin«, grüßte Brandt gut gelaunt. »Wenn das mal nicht nach einer leckeren Currywurst riecht.«

»Moin, mein Bester. Ich dachte, du hast Appetit auf eine Currywurst von Walter.«

»Wie könnte ich da Nein sagen?«

Aydin begrüßte seinen besten Freund mit einem Faustgruß. Es war schön, ihn lachend und bei guter Gesundheit zu sehen.

»Jungs, was haltet ihr davon, wenn wir nächstes Wochenende mit dem Auto an die Ostsee fahren. Nur wir drei Männer?«

»Wenn Glück grünes Licht gibt, dann gerne«, antwortete Aydin, der Brandts typisch überschäumenden Enthusiasmus etwas bremsen musste.

»Ich fühle mich fit.«

»Das sieht man. Du siehst richtig gut aus«, sagte Walter. »Trotzdem bist du kein Arzt.«

»Strenger als jede Mutter«, schien sich Brandt einen Spruch nicht verkneifen zu können, aber er lächelte dabei, daher verstanden beide, wie er es meinte. »Gibt es Neuigkeiten zu unseren Ermittlungen?«, fragte er und widmete sich dann ganz der Currywurst, während Aydin berichtete.

»Der Fall ist abgeschlossen. An allen Leichen wurde DNA von Tessa Bergen gefunden. An der Leiche von Dirk Reil auch DNA von Wiktor Kowalczyk. Die Rekonstruktion der Fälle wird noch einige Zeit in Anspruch nehmen, aber das ist nicht mehr unsere Baustelle. Wiktor und Bergen waren seit mindestens zehn Jahren befreundet und aus Erzählungen von Nachbarn und Bekannten wissen wir, dass sie ihn irgendwie unter Kontrolle hatte. Er widersprach ihr nie und tat, was sie von ihm verlangte. Einige Nachbarn fanden das sehr befremdlich. Fischer hat noch herausgefunden, dass der gewalttätige Vater von Bergen sich das Leben genommen hat, als sie fünfzehn war. Wobei im Abschlussbericht erwähnt wird, dass neben Selbstmord auch ein Mord infrage kam. Die Ermittlungen wurden allerdings eingestellt.«

»Glaubst du, sie hat ihren Vater ermordet?«

»Ich traue ihr das ohne Weiteres zu. Ein medizinisches Gutachten kam schon damals zu dem Ergebnis, dass sie über sehr wenig Empathie und ein hohes Gewaltpotential verfüge. Sie sei weder kritikfähig noch in der Lage, sich mit kritischen Situationen auseinanderzusetzen. Alles Anzeichen dafür, dass sie eine Soziopathin und Psychopathin war.«

»Egal. Sie ist tot, der Rest interessiert mich nicht. Ich hoffe, ihr habt alle eingeweiht, dass weder Leah noch Tolga je erfahren dürfen, wie schlimm es um ihren Helden gestanden hat.« Das Wort »Held« betonte Brandt besonders. Walter schmunzelte.

»Keine Sorge, die glauben, du wärst auf einem Lehrgang«, beruhigte Walter ihn. »Wobei Tolga schon ziemlich gebohrt hat, er wollte dich unbedingt auf dem Lehrgang anrufen, um deine Stimme zu hören, und dich fragen, ob es dir gut geht. Dann fragte er mich: ›Onkel Walter, du würdest es mir doch sagen, wenn Onkel Lasse krank ist.‹ Ich muss gestehen, da kam ich kurz ins Straucheln, aber ich wusste ja, wie wichtig diese kleine Notlüge ist. Tolga ist ein sehr feinfühliger Mensch.«

»Das stimmt. Ich freue mich, wenn er uns wieder in Köln besucht. Oder was haltet ihr davon, wenn wir ihn mit an die Ostsee nehmen?«, schlug Brandt vor.

»Gute Idee, aber Tolga ist ab morgen mit seiner Gruppe in Dänemark auf einer Art Klassenfahrt«, antwortete Aydin.

»Schade. Na, da wird er auch bestimmt viel Freude haben.«

Es klopfte an der Tür und Doktor Glück trat ein.

»Guten Tag, die Herren. Wie ist das Wohlbefinden?«

»Fast, als wäre nichts gewesen«, antwortete Brandt.

Aydin musste wieder an die Szene denken, als Glück so erschöpft und blass die Intensivstation verlassen hatte, als wäre er von einer überaus anstrengenden Tätigkeit vollkommen ausgelaugt. Ein Gedanke huschte durch seinen Kopf, den er besser für sich behielt, weil Brandt ihn sonst sicherlich ausgelacht hätte. Dabei waren sich alle im Raum einig, dass Glück etwas Besonderes umgab. Aber konnte er Menschen vielleicht wirklich Leben einhauchen?

Aydin glaubte vieles, doch so weit wollte er nicht gehen. Am Ende zählte nur eins: Glück hatte Brandt das Leben gerettet. Er und Walter hatten sich auch schon bei ihm dafür bedankt, was er etwas verlegen zur Kenntnis genommen und mit der Bemerkung abgewehrt hatte: »Ich habe nur die Wunden zugenäht. Es war sein Kämpferherz und die Liebe zu Ihnen, deswegen lebt er.«

Glück prüfte nun Puls und Temperatur bei Brandt. »Sie beeindrucken mich. Alles normal, wenn es so weitergeht, spricht nichts dagegen, dass Sie am Mittwoch das Krankenhaus verlassen dürfen. Es sei denn, Sie möchten noch einige Tage kostenlose Vollpension.«

»Nein, danke. Je früher ich draußen bin, desto besser. Ich werde mich nie an Krankenhäuser gewöhnen.« Brandts Blick wanderte zu Walter und Aydin. »Jungs, könnt ihr mich kurz mit Herrn Doktor Glück allein lassen?«

»Klar. Wir warten draußen«, sagte Aydin. Er nahm an, dass sich Brandt noch einmal bei dem Arzt bedanken wollte.

»Ich habe mich noch gar nicht richtig bei Ihnen bedankt.« Brandt wusste, dass er diesem Arzt sein Leben verdankte, dafür würde er ihm auf ewig dankbar und verbunden sein.

»Doch, das haben Sie, indem Sie sich für das Leben entschieden haben. Ihre Zeit war noch nicht gekommen.«

»Nein, ohne Sie würde ich nicht hier sein. Sie sind zu bescheiden, dafür gibt es keinen Grund.«

»Danke.« Glück blickte zur Seite. »Sie haben gute Freunde. Sie sind keine Sekunde von Ihrer Seite gewichen. So etwas ist sehr kostbar, vergessen Sie das nicht.«

»Das werde ich niemals tun!« Brandt schaute nachdenklich

auf seine Hände, dann sah er wieder zu Glück auf. »Da ist noch etwas, was mich beschäftigt.«

»Das sehe ich. Deswegen haben Sie Ihre Freunde rausgeschickt.«

»Genau. Ich kann es mir nicht erklären ... Es war, bevor ich wachgeworden bin. Da war jemand in meinem Zimmer, meine Augen waren geschlossen, aber mir war, als wären Sie das gewesen, an meinem Bett.«

»Das war Ihr Unterbewusstsein. Es hat mich registriert, auch wenn Sie mich nicht sehen konnten. Es gibt ja den Geruchssinn, der selbst in Ihrem damaligen Zustand noch aktiv ist. Ich habe nach Ihnen geschaut, reine Routine.«

»Da war aber noch etwas anderes. Ich habe eine Berührung auf meiner Brust gespürt. Sie haben meinen Oberkörper berührt und dann war da diese Wärme, eine Energie, die durch meinen ganzen Körper floss. Ein wunderschönes Gefühl, ich kann es nicht mit Worten beschreiben, weil es unglaublich klingt.«

»Was es auch ist. Ich habe sie berührt, um ein paar Messungen vorzunehmen und zu schauen, ob noch alle Kanülen richtig liegen und der Verband gewechselt werden muss. Ihr Unterbewusstsein hat Ihnen einen Streich gespielt. Trotzdem meine Bitte an Sie: Behalten Sie das für sich. Ihre Freunde sind für Übersinnliches und Spirituelles leicht zu begeistern und ich möchte nicht, so sehr ich mich auch geschmeichelt fühle, dass mir so etwas anhaftet. Ich bin Mediziner, weil ich an die Kraft der Wissenschaft glaube, an die Logik«, holte Glück aus und fügte hinzu: »Meistens jedenfalls.«

Damit ließ er viel Spielraum.

»Das verspreche ich Ihnen«, sagte Brandt. »Deswegen habe ich die beiden auch rausgeschickt. Es war mir ein Bedürfnis, es Ihnen zu sagen. Sie wissen, dass ich nicht an so etwas glaube. Ich bin wie Sie ein Freund der Wissenschaft und der Logik.« Er richtete sich ein wenig im Bett auf. »Ich werde immer in Ihrer Schuld stehen. Wann immer Sie meine Hilfe benötigen, zögern Sie nicht, mich anzusprechen.«

»Vielen Dank für Ihr selbstloses Angebot, aber Sie stehen nicht in meiner Schuld. Als Arzt habe ich nur meine Pflicht getan. Der nächste Patient erwartet mich. Ich wünsche Ihnen von Herzen alles Gute und dass wir uns nach Ihrer Entlassung möglichst nicht mehr hier im Krankenhaus wiedersehen.«

»Danke. Der nächste Espresso im Café Rico geht auf mich.«

»Sehr gerne. Wir sehen uns morgen zur Kontrolle.«

Brandt verabschiedete sich von Glück. Das Gespräch hatte ihm gutgetan und seine Bewunderung für den Arzt stieg, weil er so bescheiden war. Trotzdem wollte der Gedanke nicht weichen, dass Glück an dem Abend, als er seine Hand auf seine Brust gelegt hatte, etwas getan hatte, was man mit der Schulmedizin nicht erklären konnte. Aber er würde einen Teufel tun und Aydin oder Walter davon erzählen, weil beide daraus etwas machen würden, was Glück nicht wollte.

Brandts Gedanken wanderten zu Nikola Braun. Sie hatte mit ihren »Prophezeiungen«, wenn man das so nennen konnte, tatsächlich recht behalten, dennoch wollte er sich nicht weiter mit ihr beschäftigen. Erstaunlicherweise hatte er die letzten Tage keine Albträume mehr gehabt, nein, er hatte sogar sehr gut geschlafen und fühlte sich so fit, als könnte er Bäume ausreißen. Nikola war kein Teil seiner Gedankenwelt mehr und das war auch gut so.

Aydin und Walter betraten das Zimmer.

»Und, worüber habt ihr gesprochen?«, fragte Aydin.

»Ich wollte mich nur noch einmal persönlich bei ihm bedanken.«

»Sehr schön. Er ist ein verdammt guter Arzt«, kommentierte Walter. »Der dürfte mich auch jederzeit aufschneiden.«

Brandt musste lachen und Aydin fiel mit ein.

»Jungs, unserem Wochenende steht nichts mehr im Weg.

Ich freue mich darauf, ein paar schöne Tage mit euch zu verbringen. Wir öffnen ein paar Flaschen Bier und dann schmeißen wir den Grill an und es gibt leckere Würstchen. Das Leben kann doch schön sein.«

»Das Leben ist schön«, antwortete Aydin.

– Ende –

Ein weiterer Köln-Krimi, den ich gerne geschrieben habe und der Sie hoffentlich für einige Stunden aus unserer verrückten Welt herausholen und ablenken, vor allem aber unterhalten konnte.

In diesem neunzehnten Teil der Köln-Krimi-Reihe ist der Täter kein männlicher Psychopath, es ist eine Frau, die mit kalter Freude am Morden Menschen umbringt. So etwas gab es zuvor nur ein Mal in meinen Büchern.

Sicherlich wird es den einen oder anderen unter Ihnen geben, der sich fragt, ob ich nicht an der einen oder anderen Stelle übertrieben habe, weil keine Frau so durchgeknallt sein kann wie Tessa, doch seien Sie versichert, es ist leider realistisch. Dieser Krimi basiert auf tatsächlichen Ereignissen. Vor einiger Zeit habe ich eine Dokumentation über die Serientäterin Joanna Dennehy gesehen, eine Psychopathin und Soziopathin. Sie hat die Leichen der Männer, die sie ermordete, in entwürdigenden Posen zur Schau gestellt. Einmal schminkte sie eine der Leichen. Jeder Mord diente einzig und allein der Befriedigung ihrer unstillbaren Mordlust. Wie Tessa Bergen in dem Buch Hilfe durch Wiktor hatte, um die Leichen wegzuschaffen oder als Vogelscheuche aufzustellen, hatte auch Joanna Dennehy männliche Helfer, die ihr zur Hand gingen, um die Leichen loszuwerden.

Der gesunde Menschenverstand verbietet einem sicherlich, zu glauben, dass Wiktor der Mörderin hilft, die Leichen fortzuschaffen, aber Sie sehen, selbst das beruht auf wahren Tatsachen. Nur, warum tun Männer so etwas und machen sich damit strafbar?

Die Antwort ist: emotionale Abhängigkeit. Sowohl Joanna als auch Tessa verstehen es vorzüglich, durch ihre dominante und ichbezogene Art andere Menschen zu manipulieren.

Wenn Sie mehr über Joanna Dennehy erfahren möchten, googeln Sie ihren Namen. Sie finden jede Menge Beiträge. In der ZDF-Mediathek gibt es derzeit (Stand März 2021) eine gute Doku über sie.

Nun genug von der Psychopathin. Lassen Sie uns ein wenig über Nikola Braun nachdenken. Ich hoffe, der Charakter hat Sie neugierig gemacht. Was glauben Sie, hat sie wirklich die Fähigkeit, durch Gedanken Ereignisse zu manipulieren oder sich in andere Menschen hineinzuversetzen, oder ist sie psychisch krank? Auch hier gilt das Gleiche wie bei der Figur der Mörderin Tessa: einiges, was im Buch erwähnt wird, ist nicht komplett meiner Fantasie entsprungen. So forscht das Fraunhofer Institut seit einigen Jahren an Lösungen, bei denen Gedankensteuerung im Mittelpunkt steht. Inzwischen können daher bereits Computerspiele durch Gedanken gesteuert werden, aber auch im Bereich der Medizin ist dies möglich. Menschen können Prothesen durch ihre Gedanken steuern. Gerade bei Armprothesen ist das ein unglaublicher Fortschritt. In den nächsten Jahren wird diese Entwicklung dank neuerer, besserer Technologien wie den Quantencomputern enorm an Fahrt gewinnen. Ich finde das sehr spannend.

Auch wenn ich mich als jemanden sehe, der an die

Forschung und die Wissenschaft, also an Fakten, Physik und Mathematik glaubt, fasziniert mich gleichzeitig immer wieder das Unerklärliche und Mystische bis hin zum Magischen. Daher baue ich Ereignisse mit diesem Hintergrund immer wieder in meine Bücher ein, allerdings immer in Bezug auf Fakten. In diesem Fall ist das Schlagwort: Astralprojektion. Etwas, was im Hinduismus und im Buddhismus bereits beschrieben und als möglich dargestellt wird, aber auch im Christentum und in anderen Religionen sind Seelenreisen kein Fremdwort.

Ob das wirklich möglich ist?

Mein Verstand sagt, Nein, der Autor in mir ist jedoch unentschlossen. Was denken Sie?

Lesern der Peter-Walsh-Thriller wird nicht entgangen sein, dass ich dieses Thema bereits dort verarbeitet habe, denn Walsh besitzt die Gabe, seinen Geist von seinem Körper zu lösen, was ihn sehr viel Kraft kostet. Denjenigen, die die Walsh-Bücher noch nicht kennen, möchte ich sie hiermit ans Herz legen.

Nun genug zur Astralprojektion und zurück zu Nikola Braun. Wird es ein Wiedersehen mit ihr geben?

Lassen Sie sich überraschen.

Zum Ende noch zwei andere wichtige Ereignisse aus dem Buch.

Zunächst die beinahe tödliche Verletzung von Lasse Brandt. Wie viele von Ihnen haben geglaubt, dass es ihn erwischen würde? Hand aufs Herz.

Ich will ehrlich zu Ihnen sein: Geplant war, dass Aydin stirbt. Im Laufe des Schreibens bekam die Geschichte jedoch eine Eigendynamik, der ich mich nicht entziehen konnte, und es wurde immer klarer, dass nur Brandt das Opfer sein konnte. Bis zu den letzten Seiten wusste ich selbst nicht, ob er überleben wird. Es gab da einen Teil in mir, der glaubte, dass es an der Zeit wäre, dass eine der beliebtesten Figuren würde sterben müssen, um der Reihe etwas ganz Neues zu geben. Aber es gab auch einen anderen Teil in mir, der dem widersprach.

Dann gab es noch Doktor Glück.

Er war die Lösung, warum Brandt am Ende überleben durfte. Diese mysteriöse Figur, die etwas Übersinnliches umgibt, die durch und durch sympathisch ist, sie sorgte dafür, dass Brandt überlebte.

Jetzt stellt sich die Frage, ob Brandts Überleben ein Wunder war, ob Glück vielleicht doch über magische Kräfte verfügt und den Kommissar von den Toten zurückholte, als er seine Hand auf seine Brust legte. Oder waren es allein seine medizinischen Fähigkeiten, denen Brandt die Heilung zu verdanken hat?

Die Beantwortung dieser Frage überlasse ich Ihrer Fantasie. Wenn ich für alles eine Antwort liefern würde, wäre es ja langweilig. Eins ist jedoch sicher: Glück wird auch in den nächsten Büchern eine tragende Rolle spielen.

Zum Schluss sei noch erwähnt, dass die Geschichte dieses Romans von mir frei erfunden ist. Betonen möchte ich außerdem, dass die Gedanken, die Einstellungen oder persönlichen Meinungen der Figuren, insbesondere die von Tessa Bergen, rein gar nichts mit meinem Gedankengut zu tun haben. Immer wieder bekomme ich Nachrichten von sehr sensiblen Lesern, die sich beschweren, dass die Täter bisweilen abartig krank seien, und sich fragen, warum ich eine „so derbe" Sprache benutze. Dazu kann ich nur sagen, dass das notwendig ist, weil sonst der Täter sicherlich alles andere als authentisch wirken würde. Oder würden Sie einem Mörder abnehmen, dass er ein Psychopath ist, wenn er die ganze Zeit nur freundliche Worte von sich gibt, Gewalt verabscheut und alle lieb hat?

In diesem Sinne, passen Sie auf sich auf und wir lesen uns im nächsten Buch.

Bis dahin

Ihr

Salim Güler